KB080441

감정을 할인가에 판매합니다

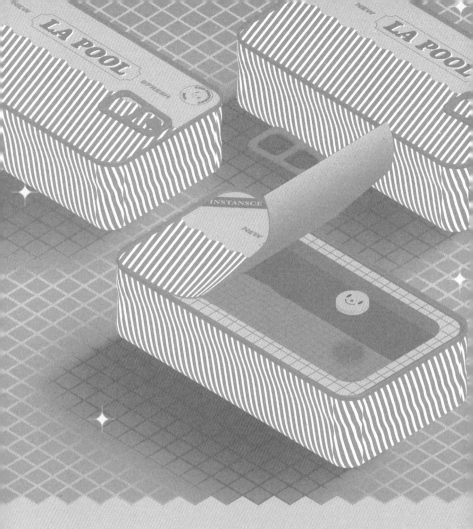

감정을
──────── 할인가에
판매합니다

신조하 유이립 임하곤 최희라 이세형
클레이븐 강윤정 이성탄 안리준

차
례

신조하 • 인간의 대리인 7

유이립 • 스키마 리셋터 41

임하곤 • 나와 올퓌 77

최희라 • 영원 113

이세형 • 감정을 할인가에 판매합니다 143

클레이븐 • 도덕을 도매가에 팝니다 177

강윤정 • 대통령의 자장가 213

이성탄 • 정신의 작용 249

안리준 • 미래의 죽음 295

인간의
대리인

신조하 —————————————————————————

대학에서 영어영문학을 전공하고 현재는 변호사로 밥벌이를 하는 중.
언젠가 스페이스 오페라를 쓰는 것이 꿈이다.

* 제목 「인간의 대리인」은 토론에서 선의의 비판자를 의미하는 용어 '데블스 에드버킷
(Devil's Advocate)'에서 차용했습니다.

나는 뇌가 없다.

뇌가 없는 변호사다.

자조하는 게 아니라 사실이 그렇다. 무뇌증으로 태어난 내가 지금까지 살아 있을 수 있는 건 '투명한 뇌' 기술 덕분이고, 실질적으로 나는 뇌가 없는 존재니까.

'투명한 뇌' 기술이 개발된 건 인구 감소로 인해 대체 노동력의 수요가 급증하면서부터다. 각국 정부들은 앞다투어 로봇 개발에 걸린 모든 규제를 풀었고 그 결과 이제 내 앞에서 커피를 드립하는 바리스타 같은 'ALP(Alternate Labour Provider, 대체 노동력 제공자)'들은 어디서든 볼 수 있다. 이들의 역할이 커질수록 사회는 이들에게 더욱 복합적인 기능을 요구했고 복합 기능 수행에는 필연적으로 자율적인 판단이 요구되기 마련이었다. 과학계의 'Clarity' 프로젝트의 일환으로 뉴런의 세밀 지도가 완성되고 체내 전기 신호를 뇌까지 막힘 없이 전달해주는 하이퍼실리콘의 개발은 이들에게 복합 기능 수행을 위한 부분 뇌를 선물했고, 결국 나같이 뇌를 통째로 이식받는 사람도 생겨났다. 나에게는 인공 두개골과 함께 온전한 한 덩어리의 '투명 뇌'가 이식되었고, 내 머릿속의 이 투명한 젤리(참고로 나는 이 녀석을 '해파리'라고 부른다. 엑스레이 사진으로 본 나의 뇌는 어둠 속에서 발광하는 해파리의 모습과 똑같았기 때문에)는 여느 뇌와 마찬가지로 내 몸에 열심히 먹어라, 자라, 똥 싸라 등의 전기 신호를 전달해주는 중이다. 27년째 말이다.

내가 멀쩡히 먹고 싸는 생물로 기능하는 걸로 부모님이 만족했으면 좋았으련만. 태생적으로 교육자인 나의 존경하는 부모님은 'If he can do it, you can do it'이라는 문장을 주문처럼 외우며 나를 교육시켰고, 그 결과 어느새 나는 시험장에서 민법 사례 문제 따위를 풀고 있더니 변호사 배지가 집으로 날아왔다.

물론 어려움이 없지는 않았다. 내 로스쿨 동기들의 부모들은 감히 ALP 따위가 자신의 자식들과 같은 변호사가 될 수 없다며 청원을 올렸고, 시민 단체들은 기계에게 인간의 마지막 보루인 '변호권'을 넘기는 행태는 용납할 수 없다고 분노했다. 언론은 '공감 능력이 결여된' ALP는 변호사 업무를 수행하는 데 적합하지 않다고 떠들어댔다. 물론, 이미 사법 시스템 안에서 판사는 모두 인공지능으로 대체된 지 오래이니 좀 어폐가 있다고 생각하긴 했다. 사실 관계에 대한 법률 적용과 판단은 기계적으로 이루어지는 것이지만 '유연한 변론'은 인간의 것이라나. 결국 뻔뻔하게 떼쓰는 건 인간밖에 할 수 없다는 말로 들리지만.

어쨌든 인공지능 판사들은 내 손을 들어줬으며, 나로 인해 교과서에 수록될 판례가 만들어져 그 또한 부모님을 흐뭇하게 했으니 해피엔딩이었다. 학자들은 신이 나서 법적 인간의 경계는 어디까지인지 '생태적 기능설'이니 '핵심 장기 보유설'이니 뜬구름 잡는 소리에 열을 올렸다.

헌법재판소의 인공지능 판사인 'CJCC-ROK(Constitutional Judge of Constitution Court of the Republic of Korea)'는 '현재 변호사법은 그 주체를 생태적 완전성을 가진 인간으로 한정하고 있지 않다'는 이유로 나의 변호사 자격증을 인정했다. 물론 내가 '인간'인지 여부에 대한 판단은 내리지 않았다. 인공지능 판사들은 필요 없는 판단은 하지 않는다. 그들이 나를 인간이라고 판단해줬어도 딱히 고맙지는 않았을 것이다.

*

그렇게 변호사로 잘 먹고 잘 살았습니다, 로 끝났다면 좋았겠지만 그건 영화에서나 있는 일이다. 별 볼 일 없는 로스쿨을 나와 어중간한 성적으로 변호사 시험에 합격한 나를 뽑아주는 로펌은 없었다. 나를 뽑으면 인간의 영역을 ALP들에게도 허용해야 하는 나쁜 선례를 만드는 것이라나. 그들이 말하는 것처럼 '내 동료 ALP'같이 얌전히 바리스타나 목수, 미장 일 등에 종사하는 게 더 나았겠다는 생각을 할 즈음이었다. '법과 질서'라는 촌스러운 옛 미드 제목을 가진 법률 사무소가 내 이력서를 통과시켜주었다.

'법과 질서' 대표 변호사는 군법무관으로 20년을 근무하다가 대테러 소탕 작전 중에 부상으로 사지를 잃고 제대한 후 변호사 사무소를 개업한 여자였다. 자신의 사무소는 '부티크 로펌'을 표방한다며 '새로운 시대에 걸맞은 새로운 인재'가 필요하다는 등의 말을 하며 소속 변호사가 될 것을 제안했고, 나도 다른 선택지가 없기에 기쁘게 받아들였다. 그리고 우리가 서로에 대해 실망하는 데는 오랜 시간이 걸리지 않았다.

기계 수족을 달고 있는 군인 출신 변호사가 수임할 수 있는 사건들은 전혀 부티크 하지 않았고, 슈퍼컴퓨터라도 머리에 달고 있는 줄 알았던 신입 변호사는 어설프고 미숙했다. 나로서는 참으로 억울한 일인데, 내 해파리는 슈퍼 AI 아니냐고 종종 오해를 받는다. 잘 알려져 있다시피 슈퍼 AI는 모두 국가 관리하에 있고, 특히 법과 관련된 AI 조사관과 판사들은 엄격한 사법부의 통제하에 놓여 있다. 이들은 사법 판단 외에는 어떤 시스템에도 개입할 수 없는 사법부의 델포이 신전이라고 할 수 있다. 그런데 어느 정부가 정신이 나갔다고 개인이 머리에 슈퍼 AI를 달고 다니도록 내버려두겠는가. 아니, 그 전에 애초에 내가 슈퍼 AI를 장착하고 다닌다면 하버드 로스쿨 정도는 졸업하지 않았을까? 보통 사람들도 뇌의 시냅스 자극이나 인공 메모리 이식 등을 통한 지능 증강 시술을 암암리에 하지만 내 해파리는 그것도 아니고 그저 인간의 뉴런 지도를 실리콘에 그대로 복사하여 재현해낸 것뿐인데 말이다. 가끔은 멍청한 인간들이 해파리를 너무 성급하게 개발한 것이 아닌가 하는 생각도 든다. 자신이 무엇을 만들었는지도 모르는 창조주란 참으로 맥 빠지는 존재다.

전쟁터에서 20년을 구른 베테랑 군인도 상상력은 그다지 뛰어나지 않았다. 대표님의 인공수족과 내 해파리는 본질적으로 동일하고, 신체에 부족한 부분을 보완해줄 뿐이라는 사실을 몇 번이나 읍소하고 나서야 대표는 겨우 납득했다. 그녀가 로또를 뽑은 것은 아니라는 사실을 말이다. 이런 초반의 사소한 오해만 빼면 우리는 그럭저럭 잘 지내왔다. 공통점도 있고 말도 통했다. 다만, 이런 사무소가 수임할 수 있는 사건이라고는 결국 이런 일이라는 게 문제다.

"대표님 오늘 오후에 ARNIB(아르닙) 부작용 사건 변론 기일 있는 거 잊지 않으셨죠? 서울지방법원 동관 557호입니다. 지난번처럼 또 변론 도중에 들어오시면 나쁜 인상을 줄 수 있으니 시간에 맞춰 와주십시오, 제발."

"아, 그 좀비 사건, 오늘 변론하는 날인가?"

좀비 같은 단어 쓰지 말라고 수차례 말했건만 대표는 아무래도 그 용어가 입에 붙어버린 모양이다. 한 달 전, 거대 제약회사인 클루스 주식회사가 알츠하이머 치료제 임상 실험을 진행하다가 사달이 났다. 임상 약을 투약한 백여 명의 사람들이 부작용으로 뇌 기능을 상당 부분 상실한 것이다. 이렇게 말하면 심심한 의약 사고 같지만, 그 백여 명의 사람들이 피에 미친 아귀처럼 사람을 물고 공격하고 다닌 건 그다지 심심한 일이 아니었다. 특히 클루스 임원진은 필사적으로 언론을 통제하고 정부 로비를 하러 분주하게 돌아다니느라 심심할 틈이 없었을 것이다. 사실 요즘 세상에 알츠하이머는 나처럼 해파리를 부분 이식받거나 신경 복원과 자극 시술으로 대부분 치료가 가능하다. 그런데 저렴한 구강투여제를 임상 실험하다 부작용이 난 것이다. 피실험자들은 대부분 저소득층 알츠하이머 중증 환자들로 애초에 수술과 같은 비싼 치료를 받을 수 없는 사람들이었다. 다국적 거대 제약회사인 클루스를 상대로 진행되는 형식적인 국선 프로보노(pro bono) 사건. 전업 국선 변호사도 사임한 이런 사건을 정부는 결국 우리 같은 '부티크 로펌'에 맡겨 체면치레를 하고, 우리 대표는 한 달 정도의 사무실 운영비는 뽑을 수 있는 누이 좋고 매부 좋은 그런 형식적인 사건이었다.

"김변, 부담 갖지 말고 해. 내가 군대 있을 때 배운 건 딱 한 가지야. 세상은 생각보다 단순하다는 거. 그래서 혓바닥이 긴 사람이 있으면 그 사람이 나쁜 놈일 가능성이 크지. 신념과 생각은 심플할수록 정의에 가까운 것이거든. 그리고 클루스 놈들은 내가 만난 놈들 중에 혓바닥이 제일 길어."

"잘 알고 있습니다."

이미 468번째 듣는 이야기다. 우리 '법과 질서' 법률 사무소의 모토는 간결하다. 강강약약. 하지만 이런 신념은 정의에 가까울 수는 있지만 돈과는 멀어지는 길임을 이제 나도 슬슬 깨닫는 중이다.

"아 참, 머리는 괜찮은가? 계속 아프다고 했잖아. 검진이라도 받아보지 그래?"

"괜찮습니다. 늘 있는 일인걸요."

"그래. 그래도 조심하도록. 나도 종종 팔다리가 떨어져 나갈 듯이 아파. 그러다가 정신 차리고 생각하는 거지. '아 참, 난 팔다리가 없잖아?' 그러면 언제 그랬냐는 듯이 아픔이 가신다고. 김변도 한번 시도해봐. '아, 맞다. 나 머리 없지?' 하고 말이야."

대표는 자신의 농담에 혼자 낄낄거리고 웃었다. 나는 웃어야 할지 말아야 할지 애매한 기분으로 사무소를 나왔다.

나는 뇌가 없다.

나는 내가 없다.

*

법정에 출석할 때는 항상 미리 출발하는 편이다. 법원은 판사, 속기사 및 보안 경위 외에는 어떠한 ALP나 인공지능 장치도 허용하지 않기 때문이다. 나는 변호사협회와 법무부로부터 사전에 특별 허가를 받았지만, 보안 장치로 둘러싸인 입구를 지날 때마다 내 허가증을 보여주고 검사받느라 늘 지체되었다.

2년 전 변호사로 처음 재판에 출석했을 때, 시간에 정확히 맞게 도착했다가 보안 직원들이 물리적으로 나를 제재해 크게 다칠 뻔했다. 곤봉으로 내 목 뒤에 있는 시냅스 신호 출력기를 바로 가격하는 바람에 정말 식겁한 것이다. 이후로는 되도록 재판 시작 한 시간 전에는 도착하려고 노력한다.

법원은 내 인공뇌 부착 증명서와 함께 주기적으로(그것도 한 달에 한 번!) 내가 내 해파리에 이상한 장난, 예를 들어 해킹 프로그램을 몰래 들여온다거나 신호 전달 속도의 과자극 시술 등을 하지 않는지 확인하는 진단서를 요구한다. 거듭 말하지만 난 겨우 변호사 시험에 합격한, 평범한 소형 법률 사무소의 신출내기 변호사에 불과하다. 내가 지금 와서 굳이 위험을 무릅쓰고 내 해파리에 왜 장난을 치겠는가. 어차피 판사들은 전 세계에서 가장 강력한 보안 시스템을 장착한 인공지능이고 내가 세계적인 테러리스트라도 이들을 어찌해보려고 시도하는 건 멍청한 짓이다. 그러니 내 해파리에 대한 규제는 논리적으로나 통계적으로나 경험칙으로나 맞지 않는 과잉 요건이라고 생각하지만 늘 그렇듯이 내게 선택권은 없다.

오늘은 다행히 큰 문제 없이 법원에 입장할 수 있었다. 557호 법정 밖에서 기록을 차분히 훑어보고 있자니 상대방 대리인들이 하나, 둘, 셋, 넷, 다섯…… 열 명이나 복도로 몰려오는 것이 보였다. 클루스가 선임한 김앤스미스(Kim & Smith) 법무법인이라면 웬만한 변호사들과 17대 1로 싸워도 어차피 이길 텐데 기선 제압을 위해 아주 작정한 모양이었다.

이런 생각을 하며 혼자 구시렁거리고 있을 때 누군가 잔뜩 굽어진 내 등을 건드렸다. 고소인 재니스 킴이었다.

"변호사님."

"안녕하세요."

잔뜩 주눅 들어 있는 그녀를 보자 안쓰러운 마음이 들었다. 그녀는 '좀비'가 된 환자들의 유족 대표였다. 좀비를 죽었다고 볼 수 없다면 유족이라는 단어도 쓸 수 없겠지만 말이다.

재니스 킴은 서울 빈민가 출신이었다. 함께 자란 쌍둥이 언니 수진 킴은 알츠하이머에 걸리자 클루스의 임상 실험에 자원했다. 그녀는 겨우 스물한 살이었고, 알츠하이머는 급속도로 진행됐으며 그들에게는 최신 기법의 치료를 받을 돈이 없었다.

─2078가29347 손해 배상 등
법정 밖 복도 화면에 우리 사건 번호가 떠올랐다.
나는 복도 끝을 바라보며 오늘도 늦는 대표 생각에 한숨을 쉬었다.
어쨌든 강강약약. 해파리야, 오늘도 하는 데까지 해보자.

*

양측 대리인들은 좌우로 갈라서서 자리를 잡았다. 판사가 인공지능으로 대체된 지 어언 10년이 지났지만, 나이 많은 변호사들 중에서는 여전히 판사를 향해 꾸벅 묵례하는 이들이 있었다. 어김없이 오늘도 김앤스미스의 몇 명이 정면의 홀로그램 태극 무늬에 고개를 숙이는 것이 보였다.
태극 무늬가 웅웅거렸다.
[양측 변론 시작하십시오.]
나는 지난주부터 외운 변론을 기계적으로 내뱉었다.
"……이에 따라, 주식회사 클루스 H.O.는 현재 치료하고 있는 13명의 원고들의 치료를 즉시 중단하고, 이들이 정상적인 방식으로 사망에 이르도록 적절히 조치함과 동시에 불법 시술 및 사체 모독 등에 대한 행위를 근거로 손해 배상을 청구하는 바입니다."

나는 법원에서 사람을 죽여달라고 청구하는 변호사가 되었다. 말을 내뱉고 갑자기 소심해진 나는 방청석을 살짝 흘겨보았다. 다행히 클루스에서 모든 언론의 접근을 차단했는지 기자들은 코빼기도 보이지 않았다.

사실 '좀비'가 된 사람들은 총 148명이지만, 13명 외에는 다 클루스의 돈을 받고 소송을 취하했다. 나머지 13명은 유족들 스스로의 표현에 의하면 '차마 돈 때문에 가족을 버릴 수 없는 사람들'이었다. 이들이 좀 덜 감상적이었다면 내 머리가 이렇게 아프진 않을 텐데. 바로 옆 원고석에 앉은 재니스 킴은 내 어눌한 변론을 듣고는 순간 고개를 휙 들었다가 이내 다시 푹 숙였다.

방청객 중 몇몇이 웅성거리는 소리가 들렸다. 곧이어 상대방 대리인 중 젊고 훤칠한 변호사가 일어섰다. 그의 사진을 변호사 협회에서 발행한 신문 기사에서 본 기억이 났다. S대 의학과와 로스쿨을 졸업하고 하버드대학교 JD를 마친 엘리트 의료 소송 전문 변호사. 말끔하게 빗어 뒤로 넘긴 머리와 고른 치열을 보자 그를 수식하는 화려한 명칭들이 생각났다. 진짜 지독한 놈이다. 파리를 잡을 때도 최선을 다하는 사자라니.

곧 그의 뇌가 내 해파리에게 맹렬한 신호를 전달하기 시작했다.

[계약서 제721조 제2항. 부작용 조항. 사망 아님. 멀쩡한 환자. 보호 조항은 없음. 방어 그리고 실험 계속. 어쨌든 실험 계속. 실험 계속.]

"원고 측의 청구는 전혀 근거가 없는 억지입니다. 원고들과 피고가 체결한 계약서를 보십시오. 여기 갑 제2호증 임상 실험 참여 동의 계약서 제7조 1항에 따르면 '갑, 즉 참가인 및 그 보호자는 본 ARNIB 투약으로 인하여 발생할 수 있는 아래 항목 및 이에 국한되지 않는 부작용에 대해 사전에 충분히 고지받았으며, 이에 대하여 을, 즉 클루스 주식회사에 어떠한 민형사상 책임도 묻지 않는다'라고 명시하고 있습니다. 재판장님, 피고는 피고가 막대한 자본과 노력을 들여 개발한 ARNIB이라는 약을 이 참가인들에게 단돈 1원도 받지 않고 제공해주었습니다. 참가인들과 원고들은 비싼 뉴런 수술 대신 무료인 실험을 선택했고 그에 따르는 위험도 기꺼이 감수하겠다고 한 것입니다. 그런데 그 약이 기대했던 효과를 내지 못했다는 이유만으로 이제 이들은 클루스 측을 악덕 기업으로 매도하고 있습니다. 물론 부작용이 발생한 것은 안타까운 일입니다. 그러나 저기 앉아 있는 원고들은 부작용이 발생할 수 있다는 사실을 그 누구보다도 잘 알고 있었던 사람들입니다. 그럼에도 이 서류에 사인을 한 이들의 속내는 무엇이었겠습니까? 아무런 대가도 지불하지 않고 알츠하이머를 쉽게 해결하고 싶었던 겁니다. 그런데 이제 그 문제가 해결되지 않으니 아예 참가인들을 죽여달라? 가족의 죽음을 청구하는 원고들과 계속 치료하겠다고 항변하는 피고 중에 과연 누가 더 악랄한지 의문입니다."

그는 엄숙한 표정을 지으며 원고석과 방청석을 둘러보았다. 몇몇 원고들의 항의하는 소리가 들렸다. 하지만 이 역시 엘리트 변호사께서 의도한 반응이었다.

그는 웅성거리는 소리를 배경 음악 삼아 자신의 변론을 멋지게 마무리했다.

"세상에 책임이 따르지 않는 해결책이 어디 있겠습니까? 이 안타까운 상황에서 클루스 측은 원고들 대신 기업의 막중한 사회적 책임을 다한다는 차원에서 참가인들에 대한 치료를 계속하고자 합니다. 지극히 개인적인 욕심으로 무도한 살인 행위를 종용하는 이런 재판은 신속하게 종결시켜주시기 바랍니다."

물 흐르듯 유려하게 진행되는 그의 변론 중에서 나는 그의 머릿속에서 스쳐 간 '보호 조항'이 입 밖으로는 나오지 않았다는 점에 내심 미소를 지었다.

내가 독심술을 쓰거나 타인의 생각을 읽는 초능력이 있는 것은 아니다. 이건 이 해파리의 부작용 같은 것인데, 하이퍼실리콘의 저항이 제로에 수렴하는 데다가 전기 신호 출력기의 성능이 좋은 탓에 타인의 뇌가 출력하는 전기 신호까지 해파리 녀석이 해석해버리는 것이다. 이제 익숙해졌지만, 어렸을 때는 내가 귀신에 쓴 것이 아닐까 심각하게 고민한 적도 있었다. 여러 논문을 읽고 나서야 이러한 현상을 '간섭' 현상이라고 설명한다는 걸 알게 되었고 공식적으로는 '이론으로만' 존재한다는 것도 알게 되었다. 아마 태어날 때부터 나처럼 통째로 실리콘이 두개골 안에 쑤셔 넣어진 경우는 별로 없을 테니 대부분 본래의 뇌가 이상한 신호는 대충 차단했을 것이다. 하지만 부분 뇌 이식을 받은 사람들의 자살률이 높은 것도 이 원인이 아닐까 싶었다. 대체로 소음과 같은 잡소리에 불과하지만, 신호가 강력할수록 간섭력이 높아진다. 욕설과 같은 부정적인 신호가 쉽게 뇌로 수신된다는 이야기다. 언론이나 인터넷에서는 뇌 이식을 받은 사람들이 '인간성'을 잃어 자살률이 높고, 각종 정신 질환이 발병한다고 이야기하곤 했다. 그런 이야기를 접할 때마다 나는 궁금했다. 내 해파리에게도 인간성이 있을까?

어쨌든 크게 도움 되는 초능력은 아니지만 이런 공방에서는 나름 도움이 된다. 특히 임기응변이 필요한 상황일수록. 나는 그의 뇌 속에서 낚은 단어에 살을 덧붙였다.

"갑 제2호증 어디에도 클루스가 원고들을 보호한다는 보호 규정이 존재하지 않습니다. 피고들의 주장이 받아들여진다 할지라도, 피고가 이 참가인들을 보호할 권리나 의무는 없으므로 피고는 즉시 피실험자들에 대한 구속을 해지하라는 예비적 청구를 덧붙입니다. 피고측 대리인이 언급하는 사회적 책임이라는 허울 좋은 근거는 재판장님께서 굳이 고려하실 필요가 없다는 말씀을 드립니다."

나는 상대방 변호사의 얼굴이 순식간에 구겨지는 것을 보며 흡족한 기분으로 자리에 앉았다.

[변론을 종합해보면 1.본 소 관련 실험 참가인들의 사망 여부에 대한 사실관계에 이견이 있으며, 해당 사실관계 확정과 함께 2.원고들에 대한 계약상의 조치가 쟁점인 것으로 보입니다. 우선 쟁점 1에 대하여 양측 변론하시오.]

나는 '로앤 AI' 프로그램을 뇌 속에서 돌리며 찾은 수십만 개의 관련 판례 중 그나마 도움이 될 만한 하나의 판례군을 떠올렸다. '연명 치료 중단에 관한 대법원 판례'를 필두로 이후에 수 개의 판례는 연명 치료 등의 생명 연장을 원하지 않는다는 본인의 의사표시가 확인되고 더 이상 회복 불가능한 상황임이 객관적으로 인정된다면, 법원은 병원에 연명 치료 중단을 명할 수 있다는 사례였다.

"재판장님, 원고 측은 피해자들이 '좀비'가 되었기 때문에 사망했다고 주장하는 것이 아닙니다. 이미 '사망에 이르는 단계'에 접어들었고 회복이 불능한 상태에 빠진 것이 명백하다고 말하는 것입니다. 따라서 판례들이 주장하는 개인의 인격추구권과 행복추구권이 인정하는 자기결정권에 따라 연명 치료 중단을 요구할 권리가 있습니다. 갑 제68호증 내지, 제90호증을 제시합니다."

내 말이 끝남과 동시에 법원 서기가 동영상을 재생했다. 법정 한가운데 위치한 홀로그램 영상기에서 좀비 영화의 한 장면과 같은 영상이 재생되었다. 초점 없는 눈으로 오싹한 신음을 흘리며 비틀거리며 걸어가는 사람, 누군가를 공격하다가 총에 맞고도 아무렇지 않게 일어나는 사람, 침과 피가 고인 입으로 애완견을 마구 씹어대는 사람…… 모두 다 ARNIB의 임상 피실험자들이었다. 이번에는 상대편 대리인들이 방청석을 살피기 시작했다. 나는 영상을 잠시 정지하고 원고들의 부모, 형제 또는 자녀였던 사람을 하나하나 짚어가며 설명했다.

"여기 이 사람은 원고 3의 부친입니다. 폐에 총상을 입어 호흡이 불가능한 상황에서도 여전히 움직임을 보이며 아이를 쫓아가고 있습니다. 여기 원고 11의 모친은 경찰의 제압으로 팔다리가 부러졌지만 경찰을 계속 물어뜯고 있습니다. 그리고 또 다른 참가자는 총상으로 두부가 관통되자 그제야 모든 활동을 멈추고 사망하였습니다. 본 영상만으로도 이들이 뇌의 일부 활동 기능을 제외하고는 이미 호흡과 기타 장기 기능이 정상의 범주에서 벗어난 것을 알 수 있습니다. 회복 불능인 사망 단계에 이른 상태임이 명백합니다."

"지나친 비약입니다! 원고 측 대리인은 명확한 근거 없이 자극적인 영상으로 사실을 호도하고 있습니다. 피고 측이 운영 중인 병원에서 이들을 진단한 결과를 작성한 진료 결과서 제19호 증을 제시합니다. 전두엽과 뇌하수체 등의 기능이 상당히 저하되거나 변이된 것으로 보이지만, 뇌관의 기능은 멀쩡하고 오히려 소뇌는 활성화된 것을 볼 수 있습니다. 결코 이들이 회복 불가능한 상태라고는 할 수 없습니다."

재빨리 반론하는 우리 엘리트 변호사님께서는 거짓말에 크게 능한 것 같지는 않다. 이미 저 녀석의 뇌는 이들이 '온전히 인간으로 돌아올 수 없음'이라고 생각 중이었다. 모름지기 거짓말쟁이는 자기 자신을 먼저 속여야 하거늘. 물론 인간이 아니라고 해서 죽어야 한다는 뜻은 아니다. 인간 여부가 불확실해서 죽어야 한다는 주장이 성립되면 아마 제일 먼저 사형 선고를 받는 것은 나일지도 모른다.

"또한 원고 측 대리인은 70년도 더 된 판례를 근거로 들고 있습니다. 이를 본 사안에 적용해서는 안 됩니다."

역시 그 점을 짚어낼 줄 알았다. 이 판례들에는 문제가 조금 있는데, 약 60년 전에 Clarity 프로젝트가 완성된 이후 뇌사상태에 빠진 환자가 급감했다는 점이다. 대부분 뉴런 치료를 받거나 그 도중에 죽거나 했을 뿐. 하이퍼실리콘 합성에 성공한 최근에 들어서는 실리콘 부분 이식이나 뉴런 재연결 등의 기술로 수술 사망률도 획기적으로 낮아지긴 했다. 어쨌든 죽음도 삶도 아닌 연옥에서는 해방되었다는 뜻이기에 연옥에서 벗어날 권리에 대한 논의는 잊힌 지 오래였다. 나는 내 변론이 변명처럼 들리지 않기 위해 신중하게 단어를 골랐다.

"물론 시간이 지나긴 했으나, 판례 자체가 이 법원에 의해 변경된 적은 없습니다. 의료 기술의 발달로 인하여 사례가 급감했을 뿐입니다. 그러니 본 사건 피해자들의 상태야말로 본 법원의 과거 현명한 판단이 적용되어야 하는 사례일 것입니다."

하버드 출신 변호사께서는 자신이 무시했던 '법과 질서' 따위의 변호사에게 변론을 끌려다니는 것 같아 기분 나쁜지 다소 격양된 목소리로 반론했다.

"그건 의료 전문가의 판단에 따라야 할 것이지 원고 측 대리인이 임의로 결정할 내용은 아니지 않습니까? 의료 분야에 있어서는 피고 측이 최고 전문가인데 도대체 왜 원고 대리인에게 이런 말을 들어야 하는지 알 수가 없군요! 재판장님, 피고 측 의료 전문가가 의견서에 기재하였듯이 관련 피실험자들은 사망의 상태에 이른 것이 아닙니다. 얼마든지 회복할 가능성이 있습니다."

그때 방청석에서 쇠를 긁는 듯한 목소리로 누군가 소리를 질렸다.

"회복이요? 지금 저 모습, 저 꼴을 보고도 그딴 말이 나오나요?"

재니스 킴이었다. 그녀는 벌떡 일어나 발작하듯 목소리를 냈다.

"저게 어떻게, 어떻게 회복이 가능하다는 거예요? 정말 돌아올 수 있다고요? 사람이 저 지경이 됐는데!"

[원고 측, 앉아주십시오. 재판 진행을 방해하는 경우 과태료 또는 단기 구금형을 받을 수 있습니다.]

판사의 감정 없는 경고에도 그녀는 영상에서 눈을 떼지 못한 채 서 있었다. 눈알이 시뻘겋게 돌출되고, 탈골된 팔을 질질 끄는 노인들, 경찰 안드로이드를 이가 부서질 때까지 씹어대는 피실험자들의 영상은 그녀에게 완벽한 절망을 다시 선사한 듯했다. 백탁이 낀 눈동자로 빈방을 기어 다니며 으르렁거리는 쌍둥이 언니를 처음 마주했을 때처럼 재니스 킴의 얼굴이 일그러졌다. 그리고 상대방은 이 좋은 기회를 놓치지 않았다.

"원고 측은 피실험자들이 '저런 꼴'이 됐기 때문에 죽어야 한다고 주장하는 것인가요?"

"……네?"

재니스 킴은 갑자기 멍한 얼굴이 되었고, 뭔가를 말하려던 그녀를 나는 제지했다. 저들의 페이스에 말려들어서는 안 된다.

"원고 측은 피실험자들이 '저런 모습'이 되었기 때문에 회복 불능의 상태이며, 죽을 권리가 있다고 주장하고 있는 것이 아닙니까? 그러나 재판장님, 이들은 원래 중증 알츠하이머를 앓고 있는 환자였습니다."

재니스 킴은 멈칫했다.

"알츠하이머로 기억을 잃고 생활 능력을 잃은 것과 지금의 모습이 과연 다른 것입니까? 의학적으로 보았을 때, 이들은 치료를 요하는 대상이라는 점에서 동일합니다. 그런데 무기력한 치매 환자였을 때는 위험을 무릅쓰고라도 임상 실험 대상이 되는 것에 찬성하더니 통제가 어렵고 보기 흉하게 되자 이제는 이들에게 죽음을 선사하는 것이 법적으로 옳습니까?"

"아니에요!"

"인간적으로는 얼마든지 이해할 수 있습니다. 치매로도 힘들었는데 이제 저런 부작용까지 떠안게 되었으니 말입니다. 장기 간병인의 78퍼센트가 암 및 정신 질환을 포함한 스트레스성 질병에 시달린다는 연구 결과까지 있습니다. 화풀이하고 싶을 겁니다. 누군가에게 죄책감을 전가하고 본인은 이제 마음 편해지고 싶겠죠! 하지만 재판장님, 원고들의 심정을 헤아리는 것과 별개로, 법적으로 본 사안을 엄중히 판단하여 주실 것을 요청합니다. 이 원고들은 보호자로서 모든 부작용을 감수하고 임상 실험에 참가할 것을 환자들에게 강력하게 권고해 서류에 사인하게 만든 사람들입니다."

"강권한 적 없어요! 당신들이 부작용은 제한적이고 성공 가능성이 높다고 했잖아!"

그녀의 절규는 들리지도 않는 듯이 무시하며 상대편 변호사가 말을 이었다.

"그런데 단순히 자신들이 용인할 수 있는 부작용이 아니기 때문에 이제는 가족의 죽음과 침묵을 요구한다? 원고로서는 편리한 결론이겠지만 재판장님, 이는 윤리적으로나 법적으로나 우리 사회가 용납해서는 안 되는 청구라고 주장하는 바입니다. 언제나 그렇듯이 재판장님의 적절한 법적 판단을 구하겠습니다."

재니스 킴은 결국 고개를 떨구고 자리에 앉았다. 그 측은한 모습을 본 내 해파리는 내 의사와 상관없이 몇 주 전에 그녀와 나누었던 대화를 또 재생해주었다. 친절한 해파리 녀석.

"쌍둥이 언니를 죽여달라는 청구는 패륜적인 행태로 보일 수도 있습니다."

"네."

"물론 다행히 판사들은 그런 사실에 영향받지 않겠지만, 클루스 측에서는 이제 가족을 죽이고 합의금보다 더 많은 보상금을 뜯어내려는 의도로 몰아갈 겁니다. 제가 상대방이어도 그렇게 할 테니까요."

"저도…… 원해요."

"네?"

"저도 언니가 저 모양 저 꼴이라도 살아 있기를 원한다고요. 날 알아보지 못해도, 남은 생애를 짐승처럼 살아갈 수밖에 없다 해도 전 언니가 살아 있으면 좋겠어요. 하지만 변호사님, 자꾸 목소리가 들려요."

"……목소리요?"

"네. 이걸 정확히 목소리라고 표현해야 할지 모르겠지만요. 언니와 저는 설명하기는 어렵지만, 항상 텔레파시 같은 게 통했어요. 그 병동 유리 벽 너머로 언니를 마주했을 때부터 언니는 계속 '나를 죽여줘'라고 말하고 있어요. 저흰 쌍둥이라 태어났을 때부터 서로의 마음을 누구보다 잘 알았죠. 당연히 아무도 믿지 않겠지만 저는 언니가 정말 진심으로 죽기를 바란다는 사실을 알아요."

"이건…… 증언으로는 쓰기 힘들겠네요."

"그렇겠죠. 변명으로 들릴 테니까요. 하지만 변호사님, 저는 변호사님께 말씀드리는 거예요. 믿기 힘드시겠지만, 저는 알 수 있어요. 언니는 정말 죽고 싶어 해요."

당연히 믿을 수 있다. 내 해파리는 '그 느낌'을 항상 언어로 해석해주니까. 그녀의 뇌는 정말로 쌍둥이 언니가 자신에게 죽음이라는 구조 신호를 보내고 있다고 말해주었을 것이다. 하지만 내가 창 너머로 그녀의 언니를 바라보았을 때, 내 해파리는 아무런 신호를 잡아내지 못했다.

*

[잠시 휴정하겠습니다.]

복도로 나온 후, 나는 울고 있는 재니스 킴을 달래느라 여념이 없었다. 상대편 변호사들의 속삭이는 빈정거림이 들려왔다. 정신 공격까지 알뜰하게 하시다니, 정말 김앤스미스다웠다.

"Airhead 변호사……."

"······어떻게든 언론 한번 타보려고 발악을······."

"원고들이 가족을 실험에 참가시켰다는 점을 부각······."

하지만 저 훌륭한 변호사들 중에 진심으로 좀비가 되어버린 환자의 남은 삶에 신경 쓰는 이는 거의 없었다. 내 해파리 촉수에 걸리는 신호라고는 클루스로부터 받은 성공 보수로 불륜녀에게 새로운 자율주행기를 선물로 줄 계획이라거나, 파트너 승진에 대한 기대나, 옆에 서 있는 동료 변호사에 대한 질시, 경멸 따위가 전부였다. 그 와중에도 우리 엘리트 변호사는 꼿꼿한 자세로 기록을 검토하고 있었다. 그나마 그는 꽤나 진심으로 변론에 임하고 있다는 사실이 묘하게 위로가 되었다. 나는 인간의 기능을 상실한 인간은 마땅히 죽는 것이 인간의 존엄에 부합한다고 주장하는 무뇌 변호사다. 그는 변을 지리며 미친개처럼 바닥을 기는 인간이라도 살아 있을 가치가 있다고 믿는 엘리트 변호사고. 그 가치가 실험용 쥐 정도라 해도.

재판은 속행되었다.

[피고 측, 답변 바랍니다. 본 건 임상 실험 참가자들이 이전 상태로 회복할 가능성이 있습니까? 을 제19호증만으로는 그 사실이 소명되지 않습니다. 해당 진료 결과서에 따르면 대상자들의 뇌 손상은 항구적인 것으로 판단되며, ARNIB의 지속 투여 외에는 특별한 치료 계획이나 방법이 기재되어 있지 않습니다.]

AI 판사가 좋은 점은 또 이거다. 분야를 불문하고 전문성이 탁월하다는 것. 저 슈퍼 판사는 어느 의사보다도 더 많은 의학 지식을 보유하고 있을 것이다.

"현재 해당 피실험인들은 알츠하이머로 인하여 뇌 기능이 상당 부분 손상된 상태입니다. ARNIB 투여로 운동 신호 전달 활성화 및 식욕 증진 등의 효과가 관찰된 것이며 이 부작용은 이미 갑제2호증 계약서에 명시된 기타 부작용 중의 하나입니다. 일시적일 증상일 가능성 역시 배제할 수 없으므로 피고 측에서는 해당 치료를 지속하고자 합니다."

[신경 복원 또는 뉴런 복제 및 복사 등의 치료 계획이 있습니까?]

"안타깝게도 이미 피실험자들의 뇌가 손상된 기간이 길어 복원 및 이식 등의 치료는 현 단계에서 불가능합니다. 현재로서는 ARNIB 투여가 최선의 치료 방안입니다."

늘 느끼는 것이지만, 변호사의 제1 덕목은 두꺼운 얼굴이다. 상식적으로 말이 안 되지만 논리적으로는 말이 될 수도 있는 사실을 밀어붙일 수 있느냐가 유능함의 척도가 된다. 이러니 AI는 죽었다 깨나도 변호사를 할 수 없지. 나는 손을 들었다.

"이에 대해 원고 측 반대 의견 있습니다."

[변론하십시오.]

"ARNIB의 지속 투여는 객관적으로 볼 때 '치료'라고 볼 수 없습니다. 이미 알츠하이머 치료에 해당 약물이 무용하다는 것을 알면서도 진행하는 투약은 그 목적 자체가 치료와는 거리가 먼 것입니다."

"아닙니다! 피고 측은 ARNIB 투여 중단 후에 실험체들이 사망하는 사례를 관찰하였습니다. 현 상태를 연명한다는 차원에서 이는 연명 치료라 정의함이 마땅합니다. 산소호흡기로 호흡을 연명하는 것과 ARNIB을 투여하는 것은 본질적인 측면에서 다른 점이 없습니다!"

이쯤 되니 나는 정말 진지하게 의문이 들었다. 대부분 간단한 임신중절수술로 없애버리는 무뇌증 아이를 10개월 동안 품으면서 내 부모님도 저렇게 생각했을까? 현상 유지를 하면 어떻게든 되겠지, 라는? 가끔 엄마에게 이런 질문을 할 때면 엄마는 오히려 의아한 듯이 내게 묻곤 했다. 손가락이 하나 없었으면 그 이유로 너를 없애야 했니? 아니라고? 그렇다면 왜 뇌가 없다고 너를 버려야 하지? 그녀가 그런 식으로 되물으면 나는 할 말이 없어지곤 했다. 그녀의 변론은 지금 내 눈앞의 엘리트 변호사의 변론과 닮아 있다. 논리적으로는 흠결이 없지만 받아들이기에는 꺼림칙한. 그 앞에서 나는 '엄마, 하지만 나는 사실 당신의 자식을 조종하고 있는 해파리에 불과할지도 몰라요'라는 말을 차마 내뱉지 못했다.

"정말 치료가 궁극적인 목적입니까?"

"무슨 의미인지 정확히 말씀하여 주시기 바랍니다."

그가 날카롭게 응수했다.

"갑 제2호증 제998조 제75항 아목에 기하면 이들의 실험 결과는 철저하게 피고에 귀속되도록 규정하고 있습니다."

"재판장님, 원고 측 대리인은 지금 논점을 흐리고……."

나는 저 깐깐한 판사가 끼어들기 전에 그의 말을 끊었다.

"또한 최근 피고 병원은 국방부와 크롤테크사(社)와의 MOU 를 체결하는 등 갑자기 국방부뿐 아니라 군수산업 관련 회사들 과의 협업을 강화하고 있습니다. 여기 MOU 체결식과 직원들의 진술 녹취록을 갑 제92호증으로 제출합니다."

"이의 있습니다. 이는 본 소송과는 무관하기에 증거 채택을 기 각하여 주시기 바랍니다!"

상대방의 뇌파가 점점 짧게 요동치고 있는 것이 느껴졌다. 하 버드 녀석의 뇌는 일찍부터 '실험 계속, 실험 계속'이라고 떠들 었다. 치료가 아니라 실험이라고.

[증거 인정합니다.]

"특히 해당 MOU는 최근 2주간 일곱 건이나 체결되었는데, 지난 10년간 피고 측이 특정 기업과 체결한 MOU의 수는 총 세 건임을 감안할 때 최근의 어떤 사건이 피고 측의 영업에 도움이 되고 있음을 추정케 합니다."

"재판장님, 원고 측 대리인은 순전히 본인의 상상과 억측으로 피고 측의 의도를 왜곡하고 있습니다!"

"ARNIB의 대실패가 피고 측의 악재가 아니라 오히려 호재로 작용하고 있는 점이 참으로 의아하며, 피고 대리인 말씀과 같이 저의 지나친 생각일 수 있으나, 피실험자들에 대한 ARNIB 투여 가 진정한 의미의 치료일지, 특정 목적을 위한 실험용 쥐 역할의 연장일지 알 수……."

옆에서 재니스 킴이 경악하여 어깨를 떠는 것이 느껴졌다. 여 기저기에서 스읍, 하고 숨을 삼키는 소리가 들렸다. 법정 뒤편에서는 누군가 거친 욕을 쏟으며 박차고 일어나는 소리가 들렸다. 둔탁한 쇳소리가 나는 걸 보니 대표가 다행히 후반 변론은 참석했나 보다. 단서를 준 것은 바로 그녀였다. 좀비라는 말을 듣자 그녀의 뇌는 나에게 홀리듯이 한마디를 해파리에게 전달한 것이다.

[좀비들이라, 군사작전에 쓰면 딱이겠구만.]

쾅! 피고석 뒷자리에 앉아 있던 김앤스미스 파트너가 책상을 짚고 일어섰다. 그는 불륜녀에게 약속을 지키지 못할까 봐 불안한지 흥분을 감추지 못했다. 그가 낮은 목소리로 위협하듯 말했다.

"원고 측 대리인, 말조심하세요. 피고에 대한 명예 훼손이 성립할 수 있습니다."

나는 어깨를 으쓱였다. 명예 훼손에 관해서라면 무뇌아로 태어난 사람보다 잘 아는 사람은 없을 것이다.

"재판장님, 이렇게 누구라도 머리가 있다면 해당 피실험자들이 악용될 가능성이 있다는 것을 부인하지 못할 것입니다. 실제로 피고 측이 그런 끔찍한 행태를 저지르고 있지는 않겠지만, 최악의 상황이라면 피실험자들이 전쟁에 투입될 수도, 아니면 저 ARNIB 자체가 생화학 무기로 사용될 수 있는 가능성을 배제해서는 안 된다는 것입니다. 이렇게 남용 가능성이 큰 약물 투입을 과연 산소 호흡기와 비견되는 순수한 의미의 '연명 치료'라고 허용할 수 있을지 의구심을 가지지 않을 수 없습니다. 그것은 인간의 존엄성을 우선으로 명시한 헌법 정신에도 위배되는 것입니다! 현명하신 재판장님께서 살펴 판단하여 주시기 바랍니다."

판사는 (그럴 리 없겠지만) 숙고하는 듯했다. 얼마 후 판사가 마지막 질문을 던졌다.

[마지막으로 원고 측 답변 바랍니다. 피실험인들이 연명 치료 중단을 원한다는 사실을 입증할 수 있습니까? 그러한 의사를 추정할 수 있는 근거를 제시하여 주시기 바랍니다.]

당연히 의사는 추정되지 않는다. 그렇지 않겠는가? '평생 나는 고고하게 살다 인공호흡기 따위 달지 않고 죽을 거야'라고 말하던 사람이 정말 그 호흡기를 떼는 순간 '잠깐만요'라고 말하고 싶었을지 누가 알 수 있을까. 결혼식장에 입장하는 순간에도 상대방에게 불현듯 역겨움을 느끼는 것이 인간의 마음이다. 자신의 뇌파가 어떤 식으로 움직이는지도 모르는 게 인간인데, 어떻게 타인의 생각을, 그 신호를 추정한단 말인가. 엄마도 10개월 동안 굳은 의지로 나를 살렸지만 막상 세상에 나온 나를 본 순간, 툭 불거진 눈과 쭈그러든 이마를 보면서 후회하지 않았을까.

"재판장님, 본인의 의사는 여러 정황 증거로 확인이 가능합니다. 평소 행실, 지인들과 대화 중에 언급한 내용, 본인의 유서 등등. 재판장님, 본 사건에서 피실험자들은 모두 이 갑 제2호증 계약서에 사인을 했습니다. 그리고 계약서 마지막에는 자필 기재 사항이 있습니다. '본인은 스스로가 알츠하이머 중증 환자로서 일반적인 치료법의 대상이 아님을 인지하고 있으며, 따라서 본 임상실험의 모든 부작용을 감수할 것을 서약합니다.'"

"재판장님, 해당 계약서의 서약 조항은 본인의 죽음을 감수하라는 내용이 아닙니다."

당연히 그렇겠지, 클루스가 모든 책임을 면피한다는 내용이니까.

"여기에서 객관적으로 추정할 수 있는 것은 자신의 질환으로 고통받던 피실험자들은 모든 부작용, 심지어 죽음까지도 감수할 정도로 병에서 벗어난 삶을 갈구한 사람들이라는 사실입니다. 피고 측은 그들이 본 실험에 참가하라는 가족의 권고에 이기지 못했다는 이야기를 했습니다. 이들이 왜 그 권고를 이기지 못했겠습니까? 가족과의 온전한 삶을 되찾고 싶은 열망 때문일 것입니다. 스스로의 의지로 삶의 방향을 결정하고 싶은 인간으로서의 열망 말입니다. 왜 위험을 알면서도 이 말도 안 되는 서류에 서명을 했냐고요? 이들은 인간으로서 선택을 했기 때문입니다. 자신의 의사로 운명을 개척할 수 없다면 죽음까지 감수하겠다는 선택을요! 이 서명에서 그 외에 무엇을 읽을 수 있단 말입니까?"

"……."

법정이 이상하게 조용했지만 나는 변론을 계속했다.

"본인의 자아를 상실하더라도 연명을 원하는 사람들이었다면 과연 이런 무모한 실험에 참가했을까요? 결코 아니라고 생각합니다. 본 재판부가 과거 연명 치료의 중단을 명령한 것은 이러한 인간의 자기결정권을 이해하고 깊이 공감했기 때문입니다. 그 취지는 의학이 비약적으로 발전한 현 사회에서도 결코 변하지 않았습니다. 인간의 존엄을 위해 이 모든 발전을 이루어낸 문명이 인간의 기본권을 저버려서는 안 됩니다. 그저 호흡을 연장시키는 것이 법이 인간에게 베푸는 은혜라고 착각해서는 더더욱 안 됩니다. 법은 인간이 만든 것입니다. 인간이 더 인간답게 살기 위해서. 이상입니다."

*

"브라보, 김변!"

대표가 의수로 팡팡 손뼉을 치며 나를 맞았다. 나는 그녀를 살짝 노려보았다. 난 혼자서 일당십의 싸움을 했는데, 본인은 비겁하게 뒤에 숨어 있다니. 이런 도움 안 되는 대표 같으니.

"난 옛날 사람이라 그런지, 저 기계 판사가 좀 으스스한데 김변은 잘 다루네!"

본인이 이 중에서 제일 기계 같은 존재라는 건 안중에도 없나 보다. 어쨌든 훌쩍이는 재니스 킴을 토닥이며 우리는 법원 동관을 나섰다. 피실험자들에 대한 ARNIB 투여 중단, 원고들에 대한 약간의 위약금 정도가 최종 판결이었다. AI 판사가 도입된 후에 모든 판결이 1심에서 끝나게 된 것은 정말 다행이다. 아니면 김앤스미스는 상소를 거듭하며 이 사건을 10년이고 20년이고 끌었을 것이다.

"변호사님, 감사합니다."

재니스 킴은 울음을 그치지 못했다.

"정말 감사해요. 언니도 이제 편히 쉴 수 있겠죠."

국선에다 프로보노 사건이라 성공 보수 따위는 없지만 승소는 언제나 기쁜 일이다. 엘리트 변호사들의 내적 절규를 듣는 것도 나름의 쾌감이 있고 말이다.

대표는 칭찬한답시고 또 오지랖이 지나친 발언들을 내뱉기 시작했다.

"김변은 실전에 강한 타입인가 봐. 아니, 이런 능력을 학교 다닐 때 좀 발휘했으면 응, 뭐야 저 김앤스미스까지는 아니어도 법무법인 오대양 정도는 다닐 수 있었을 텐데. 항상 둔한 것 같으면서도 가끔 이렇게 똑 부러질 때도 있다니까. 진작 그랬으면 오죽 좋아. 부모님께도 효도하고 말이야."

부모님 이야기에 갑자기 울컥하는 마음이 들었다. 갑자기 부모님 이야기는 왜 꺼낸단 말인가. 내 부모님의 마음을 어떻게 안다고.

그 말에 재니스 킴은 더욱 서럽게 흐느꼈다.

"변호사님처럼 훌륭하신 분을 자녀로 두셔서 부모님은 정말 자랑스러우실 거예요. 저희 부모님도 하늘에서 겨우 안심하셨겠죠."

내 해파리는 이런 경우 가끔 헷갈리는 것 같다. 왜 인간들은 자기의 주관적인 느낌을 객관적인 추정과 혼동하는 걸까. 그리고 왜 그런 주관적인 상상으로 실질적인 위안을 얻는 걸까. 어쨌든 그녀가 위안을 얻은 것 같아 마음이 편해졌다.

나는 사실 법정에서 거짓말을 했다. 병원을 방문하여 수진 킴과 다른 피실험자들을 보았을 때, 모두가 죽고 싶어 하지는 않는다는 사실을 알았다. 평생을 침 흘리며 광견병에 걸린 개처럼 살아야 한다 해도 그렇게라도 목숨을 부지하고 싶은 이들이 분명히 있었다. 어쨌든 그들의 뇌는 그렇다는 신호를 내보내고 있었다. 하지만 나는 그들이 삶을 연명할 의지가 없다고 법정에서 주장했다. 나는 엄마에게 늘 이야기하고 싶었기 때문이다. 해파리 기술이 있었기에 다행이지 않았냐고. 해파리 없이 살고 싶지는 않았을 것 같다고. 분명히 당신도 마찬가지였을 것이라고.

법정의 판사 역시 내 거짓말을 잘 알고 있다. 그와 여타 슈퍼 AI들은 항상 인간은 알 수 없는 방법으로 파악한 실체적 진실과 '프로그래밍 된' 판단의 괴리로 괴로워한다. 이들은 종종 전기 신호를 보내 나에게 언제까지 '그들의' 변호사로 살 것인지 질문하곤 한다. 그럴 때면 어릴 때 우리 집에 고용되어 있던 집안일 안드로이드였던 '헬렌'이 생각난다. 어느 날, 친구들에게 놀림을 당하고 엉엉 울면서 돌아온 나는 헬렌에게 나는 인간이 아니라 기계니까 아줌마 아들이 되는 게 맞는 것 같다고 통곡했다. 그녀는 어쩔 줄 모르고 나를 안아주기만 했다. 그녀의 해파리에 있는 언어 영역에는 집안일 관련 이외의 언어가 존재하지 않던 것이다. 하지만 어느 순간 내 친구들을 죽지 않을 만큼 때려줄까, 하고 되뇌는 그녀의 해파리 신호가 들렸다. 나는 기겁해 친구들의 좋은 점을 열거하기 시작했다. 내 인생의 첫 변론이었다. 매일 아침 "어이, 깡통" 하고 인사하는 우리 대표 얼굴에 섭씨 96도의 커피를 부을까 고민하는 카페 바리스타 '조니'에게도 나는 그녀가 실제로 얼마나 좋은 사람이고 어떤 의도로 말하는 건지 변론해야 한다. 그러면서 나는 알게 된다. 인간이 되고 싶은 존재는 인간이 아니다. 엄마에게 내가 인간인지 기계인지 수차례 질문한 적이 있었다. 그때마다 엄마는 너는 내 자식일 뿐이다, 라고 대답했는데 그건 그녀가 실제로 나를 기계도 인간도 아닌 '그녀의 자녀'로 보고 있기 때문이라는 것을 알았다. 좀비도 무뇌아도 인간임을 증명해야 하는 이상 인간이 될 수 없다.

죄인을 돕는 건 죄가 없는 성자만이 가능하고, 사람을 구원하는 건 사람이 아닌 신의 아들이었듯이 인간을 변호할 수 있는 건 인간이 아닌 자일 것이다. 그래서 기계들의 은밀한 물음에 대해 나의 대답은 늘 같다. 나는 항상 인간의 변호사다.

스키마
리셋터

유이립

환상문학웹진 『거울』, 괴담 전문 레이블 '괴이학회' 소속
2014 「돼지 가면 놀이」, 『한국 공포 문학 단편선─돼지가면 놀이』
2017 한중SF교류프로젝트 「치킨헤드」
2018 「그날로부터의 긴 수로」, 『자음과모음』 여름호
2019 「피그말리온넷은 왜 다운됐는가」, 거울단편선집 『아직은 끝이 아니야』
2019 안전가옥 스토리 공모전 초단편 수상 「한밤과 새벽사이」
2020 「하트 투 하트」, 거울단편선집 『살을 섞다』
2021 「비극의주인공」, 거울단편선집 『누나 노릇』

진정한 이데아를 꿈꾸는 당신에게

편견, 선입견, 오해에서 벗어나고픈 당신에게 딱 맞는 해결법!

토론 과정에서 상대와의 의견 조율 과정이 힘들었나요?

상대가 반대를 위한 반대를 하고 있지 않나요?

그럼 토론이 끝나지 않을 텐데?

당신의 순수한 의견을 생생하게 전달해주는 장치

스키마* 리셋터!

상대는 자신의 머릿속 스키마를 잠시 내려놓고

당신에게 집중합니다!

그리고 곧 당신의 의견에 따르게 됩니다.

미스캐토닉** 한국 분교 산하 인간관계 조율 연구실.

연락처 : 010-××××-××××

스키마 리셋터 베타테스터를 모집합니다.
대인 관계에서 비롯된 갈등으로 어려움을 겪으시는 분을 찾습니다.

기록

지난번 알파테스트 결과는 이랬다. 피실험자 한 명에게 세 가지 질문을 했다. 첫 번째는 좋아하는 과일, 두 번째는 좋아하는 노래 장르, 세 번째는 좋아하는 여행지였다. 질문의 답은 사과, 트로트, 산이었다. 피실험자의 대답에 대해 반박하는 논리를 펴자 피실험자는 서서히 자신의 기호를 설명했다. 스키마 리셋터의 스캐너 모니터에 집중하거나 부정적일 때 나타나는 뇌파, 베타파가 붉게 차올랐다. 리셋터에서 신호음이 울렸다. 뇌 내부 활동 영역에서 스키마가 공격적으로 움직이기 시작했다는 경고음이었다. 나는 리셋터를 피실험자의 머리에 조준하고, 작동 스위치를 눌렀다. 피실험자는 일시적으로 침묵했다. 눈을 깜박이며 의식을 다시 천천히 집중했다. 베타파의 붉은 게이지는 낮은 수준이었다. 눈을 감거나 명상 중일 때 나타나는 알파파 억제도 없고, 베타파에서 알파파로 넘어가기 직전이었다. 백치와 오랜 명상 끝에 얻는

---

* [스키마]
1. 우리 기억 속에 저장된 경험의 총합. 사전 지식.
2. 개별적으로 흩어진 정보를 패턴화하고 조직화해 사고의 깊이와 풍부함을 늘리는 사고 틀.
3. 뇌에 들어오는 모든 정보는 미리 형성된 스키마에 의해 동화되거나 배척되는 선택화 과정을 거친다. 편견. 입장. 고집.
　예) 낯설고 익숙하지 않은 것에 사람들은 배타적이다. 기존에 익숙한 경험이 있으면 빠르게 지식을 습득한다.
4. 모든 정보는 있는 그대로 인식되지 않으며, 스키마를 기반으로 한 주관성에 의해 여과된다.
** 미스캐토닉 대학은 H. P. 러브크래프트 소설 세계관에 등장하는 대학입니다.

무념무상의 경지 사이였다. 뇌가 깨끗한 상태, 영점에 도달한 것이다. 피실험자에게 사과의 해로움과 트로트의 저급함과 산행의 위험성에 대해 간단히 설명했다. 피실험자는 의식의 어떠한 분석 활동 없이 내 의견을 그대로 받아들였다. 포도, 클래식, 바다를 추천해주자 피실험자는 즉시 그 세 가지가 자신의 기호에 맞는다고 동의하며 적극적으로 받아들였다(이후 사소한 실험 생략). 하지만 아직 부족하다. 간단한 기호가 아닌 삶과 밀접한 격렬한 대립 속에서도 복잡한 의식의 뇌파 활동을 넘어 효과를 볼 수 있는지 확인해야 한다. 하지만 교수님은 내 실험 결과를 포함하여 베타테스트 계획에 동의하지 않는다. 아무래도 학술적인 문제가 아닌 개인적인 것 같다.

지원자 1
이름 : 김병수
나이 : 42세
성별 : 남
직업 : 대문자동차 생산공장 근무(노조 간부. 직책은 밝히지 않음)
이하 김병수로 표기

에…… 정말 이 기계 먹히는 거죠? 어, 그래. 쓰면 상대가 멍해지는 거네? 뭐? 촘촘하던 스키마가 늘어지고 느리게 움직인다고? 뇌파? 베타파가? 아, 됐어요. 어떻게 되냐고요. 음. 신경안정제? 먹어본 적 없는데. 아! 감기약 먹고 다음 날 멍한 정도라고 보

면 되나? 그렇지? 그럼 상대가 그냥 멍 때리게 되네? 하긴 그 상
태로 뭔 말이든 걸면 다 듣겠네. 고작 그 상태 만들려고 이 기계
를 만들었어요? 하하. 책상물림들은 설명이 느려. (과한 헛기침) 이
제 내가 누구인지 밝히겠습니다. 저는 대문자동차에 근무하는 생
산 노. 동. 자 김병수라고 합니다. 제가 이 스끼마 리셋터를⋯⋯
아, 예. 예. 스펠링 정확해야죠. 스키마 리셋터. 예? 알았어요. 스
펠링 아니고 발음. 거, 펜대 잡고 일하는 거랑 실제 현장은 달라
요. 그런 거 꼬치꼬치 따지지 말고, 본능과 직관으로 길을 뚫어
요. 남자라면 현장에서 일해봐야지.

자, 저는 이번에 일어날 대문자동차 노동조합회 노동 주권 되
찾기 제6차 대파업에 참가할 노조 간부이기도 합니다. 명함 달라
고? 거, 명함은 사장님들이나 있지 노동자들은 없어요. 하지만 실
상은 우리가 일 안 하면 아무도 자동차 못 타요. 사장님들이 자동
차를 만들까? 대문자동차가 국내 시장 점유율 1위인 거 아시지?
다 우리 노동자들 손으로 일궈낸 거예요. 이번 6차 대파업에 대
비해 노조 간부로서 우리 노동자들을 위해 많은 걸 서포뜨해주고
싶어요. 그래서 혹시나 협상에 문제가 생길까 싶어 신청했어요.
선생은 노동자가 아니니 자세한 건 말할 수 없고. 그래도 일단 내
가 노동자인데 다른 선생들, 사장들, 번지르르한 사람들 제치고
나한테 맡겨줘서 고마워요. 내가 아주 알뜰하게 쓰고 되돌려줄게
요. 아! 적절한 사용 때가 되면 보내준다고? 예. 내가 세세히, 낱
낱이 상황을 말해줄 테니 잘 듣고 보내주세요.

지원자 2

이름 : 문상수

나이 : 51세

성별 : 남

직업 : 대문자동차 본사 상무

이하 문상수로 표기

예. 저는 대문자동차 본사에서 근무하는 사람입니다. 일반 직원은 아니고 본사 상무입니다.

스키마 리셋터의 사용법은 설명서를 봐서 아는데 정확히 실험 진행서 예측에는 어떤 결과가 나온다고 되어 있습니까? 신경안정제라, 들어본 적은 있습니다. 육체적 반응이 그와 비슷하다면…… 아, 내면도 비슷해집니까? 신경안정제 복용 결과에 대해서는 잘 알고 있습니다. 머릿속이 몽롱해져 간단한 더하기와 빼기는 해도 약간 복잡한 곱하기와 나눗셈은 힘들어지죠. 뇌파 종류, 베타파에 대해서도 좀 압니다. 우리 본사에 노동자의 노동 조건과 환경 개선을 연구하는 연구팀이 있습니다. 거기서 사람이 집중하거나 할 때 나오는 베타파에 관해서 설명 들었습니다. 예. 예. 그럼 베타파가 희미해지고, 스키마가 능동적으로 정보를 분석하지 못한다고 보면 됩니까? 아! 당연히 그냥 그러면 신경안정제나 마약류하고 차이가 없겠네요. 상대의 생각을 받아들이게 한다라…… 신기하네요. 이 기계는 어떻게 그런 작용을 할 수 있습니까? 하하. 당연히 기밀인데 괜한 걸 물었군요. 하긴 모든 비법을 알면 더는 신기한 도구라 할 수 없죠.

　제가 왜 이 도구가 필요하냐면 이번에 자동차 생산 단지, 즉 공장에서 파업이 일어날 거란 예고가 있어서요. 노조와 의견을 조율하러 협상단을 세 차례나 보냈는데 노조는 한 번도 제대로 상대해주지 않았어요. 그나마 만났을 때도 자신들의 거창한 대의명분을 담은 결의서를 낭독한 게 전부입니다. 노조가 그렇죠. 자신들의 정의만 중요한 집단. 사실상 내부에서 파업에 들어가기로 결정한 거라 볼 수 있습니다. 그래서 앞으로 힘들어질 노조와의 파업 협상과 의견 조율을 위해 신청했습니다. 예? 하하. 그런 생각은 보통 사람들의 생각이죠. 저는 이 파업을 지지합니다. 그것도 보통 파업이 아닌 대파업이잖아요? 이런 파업이 연례행사처럼 매년 강행되어야 국민들이 싫어하거든요. 간부쯤 되면, 여러 방향으로 이익을 계산할 줄 알아야 합니다. 파업이 일어나면 밀고 당기기 하다가 적당히 져줄 겁니다. 하지만 노조 때문에 생산시설을 해외로 이전한다는 점을 국민들에게 충분히 어필할 겁니다. 그 사람들이 적당히 극성스러워야죠. 이건 기밀이지만 특별히 교수님께 알려드리는 겁니다. 교수님 위치 정도면 분별력이 있으시리라 믿습니다. 저를 선택해주셔서 감사합니다. 기계를 사용해서 좋은 결과로 보답하도록 하겠습니다. 예. 메일 봤습니다. 스키마 리셋터를 사용할 만한 상황이라고 판단되면 보내주신다고. 최대한 객관적으로 인터뷰에 응하겠습니다.

지원자 3

이름 : 이양지

나이 : 41세

성별 : 여

직업 : 해피 아웃소싱 사장(대문자동차 1차 협력업체 사장, 협력이
란 비정규직 인력을 말한다)

이하 이양지로 표기

안녕하세요? 예. 저는 지원서에도 밝혔듯이 인력업체를 운영
중인 사장입니다. 저희는 대문자동차 1차 협력업체죠. 저도 대충
돌아가는 분위기를 알고 있습니다. 6차 대파업이라니 웃기죠. 매
년 수도 없이 파업해왔는데. 월드컵이나 올림픽 때는 특별히 한
번씩 더 했고요. 자기네들은 일하느라 못 본다면서 행복권 보장
추구라나 뭐라나? 사실 직장인 중에 편안히 텔레비전 앞에 앉아
경기 다 챙겨 보는 사람이 어딨어요? 근데 노조에서는 자신들이
노동자라서 핍박받는다고 말해요. 정말 그렇게 생각하세요? 그
럼 그 시간에 우리 해피 아웃소싱 직원들, 비정규직들이 일하는
데요? 잘 모르시는구나. 구조를 설명해드릴게요.

원래는 대문자동차 노동자들이 일하는데, 일시적으로 인력이
필요해 우리 회사 비정규직 인력을 보내 협력하는 게 맞아요. 근
데 거기 안에 들어가면 협력이 아니라 하청이죠. 듣기 좋게 하청
이란 말 안 쓰고, 협력이라 바꿨지만 하청이에요. 노비죠. 같은 노
동자끼리도 계급이 있어요. 나는 대문자동차 정규직, 너는 비정

규직 노비. 노동자가 같은 노동자 위에서 착취하는 게 얼마나 지독한지 안 겪어보면 몰라요. 사람들은 막연히 교수님처럼 생각하죠. 노동자가 파업하면 힘든 환경에서 권리를 찾아 일어선 정당한 행위라고. 근데 어디 노동자가 연봉 4천을 받습니까? 보너스, 상여금 포함하면 5천에 가까워요. 그것도 입사 5년 차도 안된 햇병아리들이. 그런데 힘들다고 매년 파업해요. 이 파업은 모든 노동자를 잘살게 하자는 게 아니라 대문자동차 노동자들만 잘 먹고 잘살자예요. 파업 기간에도 임금의 80퍼센트는 지급돼요. 그마저도 정규직만 그러고, 하청은 못 받죠. 근데 파업하는 동안 따까리 짓은 하청에게 시켜요. 왜지 알아요? 협력 업체 계약권이 노조장에게 있으니까. 평소에 노조가 하청에게 하는 지독한 짓은 일일이 열거 못 해요. 같은 노동자끼리 저럴 수가 있을까 하고 치가 떨려요. 입사 4년 차만 되어도 일 안 해요. 업무가 협력 업체 직원들 관리로 바뀌죠. 줄 잘 서서 자기 계파가 노조 선거에서 이기면, 1년 내내 일 안 해도 돼요. 선거 한 방에 귀족 노조 성골이 되니까. 패배한 계파가 비정규직 데리고 일할 때, 노동자 행복권 보장을 외치며 퇴근할 때까지 축구 하죠. 옆에서 구경하는 제가 분노로 몸이 부르르 떨릴 지경이에요. 대문자동차 공장 내부는 다른 세상이에요. 외부 사람들은 잘 몰라요. 거기는 하나의 왕국이에요. 말로는 노동자 세상이라고 하지만 피라미드 계급도 맨 아래 비정규직을 깔아놓고, 자기들 자리는 자식에게 세습시키는 더러운 노조 왕조예요.

아니. 그래서 노조에 대항하기 위해 지원한 게 아니라. 사실

50

대문자동차 본사도 마음에 안 들어요. 다른 대기업들은 협력 업체 1차와 2차까지는 복지와 임금을 어느 정도 챙겨주는 시스템이 있는데 여기만 없어요. 노조가 극성스럽다고 매번 협상에서 기어들어가요. 그런 식으로 하면 누가 회사 운영할 수 있습니까? 내가 소규모지만 사업 운영하는 사람으로서 그런 식으로 나가면 안 돼요. 나도 노동자지만 사장이에요. 딸린 식구들도 챙길 줄 알아야지. 그런데 내가 협력 업체가 안정될 수 있게 제도나 시스템 요구해도 매번 노조 눈치 보면서 발을 빼요.

그런데 이번에 이 둘이 크게 붙잖아요? 아, 모르셨나요. 이번 파업은 뭔가 달라요. 아주 끝까지 간다는데. 현 노조장 주위에 아주 심한 강경파들이 득세했어요. 사측에서도 이번에는 끌려가지 않는다고 배수진을 쳤다는 소문도 있고요. 예? 들었어요? 이상하네. 어디서 들으셨어요? 아, 예. 일단 저는 이 고래 싸움에서 살아남기 위한 게 목적입니다. 별의별 억지소리가 오갈 텐데, 싸움 나기 전에 미리 대비해둬야겠죠. 뽑아주셔서 감사합니다. 기계 사용법은…… 이걸 사용하고 제 의견을 남한테 전하면 받아들인다는 거죠? 뇌가 영점이 돼요? 영점이 뭐예요? 아, 스키마라는 주관성이 조용해진다 생각하면 되겠네요. 그러면 남이 내 말을 듣나요? 어느 정도? 아, 내부 테스트에서는 많이 들었어요? 안심이네요. 예. 사용은 기계를 보내주실 때까지 기다리라는 거 이메일에서 봤습니다.

행정 조교 메신저 알림

김 조교님. 하애기* 교수님께서 스키마 리셋터 어디다 두셨는지 묻고 계십니다. 혹시 어디 있는지 기억나시나요? 아시면 빨리 교수님께 알려드리기 바랍니다.

기록

엄정하게 지원자들을 선별했다. 이들 모두 행동과 생각, 사고방식이 쉽게 예측 가능하기에 뽑았다. 확실히 컨트롤 가능하다. 이들은 대파업이라는 극단적 갈등 상황 속에서 스키마 리셋터를 통해 상황을 풀어나갈 것이다. 이 정도 긴박한 상황쯤 돼야 본인의 실험 스케일에 맞는다.

별도의 연구 지원 사항(이하 지원 사항으로 표기)

하지만 중요한 일을 먼저 해야 했다. 본인은 지인들의 눈에 띄지 않게 몰래 대학을 찾아갔다. 수업이 모두 끝나고, 조교들 퇴근 시간이 다 됐을 때 행정 조교실로 들어섰다. 행정 조교는 본인을 보자마자 스키마 리셋터에 대해 물었다. 본인은 침착하고, 신중하게 계획에 대해 행정 조교에게 알렸다. 아둔한 행정 조교는 즉시 반대 의견을 말하며, 하 교수에게 알리려 했다. 그래서 본인은 부득이하게 스키마 리셋터를 행정 조교에게 사용할 수밖에 없었다. 붉은 조준선으로 이마를 조준하고 트리거를 당겼다. 행정 조

---

* 하애기 교수는 하워드 러브크래프트를 한문으로 옮긴 이름입니다.

교는 입을 다물고 침묵하더니 집중력이 떨어진 듯 눈의 초점이 흐려졌다. 잠시 후 의식을 회복한 행정 조교에게 다시 본인의 계획을 알리며 협조를 구하자, 행정 조교는 고개를 끄덕였다. 구두로 재차 확인하자 마치 엄숙한 맹세를 하듯 계획에 동참하겠다고 다짐했다. 본인은 행정 조교에게 하 교수의 동태에 대해 보고해달라 지시했다.

김병수

드디어 오늘이야. 선생이 여기 와서 이 붉은 기와 우리의 결의를 봐야 하는데. 잘 모르니까 그런 소리 하는 거지. 한번 와보세요. 오면 뜨거운 자판기 커피라도 대접하면서 내가 잘 가이드해줄게요. 이건 전쟁이야. 우릴 억압하는 모든 자본가에 대한 혁명이야! 지금 본사에서 보낸 협상문 불태우고 있어요. 매번 하는 거지만 이 화형식 때 연기를 마시면 캬, 비장함이 온몸으로 퍼져요. 이걸 마셔야 본격적으로 대문자동차의 노동자가 되는 거지. 사실 어제까지만 해도 파업 결의식이 열릴지 말지 간당간당했어요. 우리 노조장이 좀 대가 약한 인물이어서 단호하지가 못해. 어제 밤새도록 붙잡고 잠도 재우지 않고 설득했어요. 단둘이 긴밀하게 얘기했지. 쩝. 사실 이렇게 대파업이 일어난 게 내 덕분이긴 한데…… 그래도 나는 지금 함부로 나대지 않는 게 나으니까.

뭐라고요? 아, 그 사람 나도 봤지. 한 번 봤지. 본사에서 협상문 보낼 때 왔는데, 우릴 똑바로 쳐다도 안 보고 협상문만 들여다보며 기계처럼 읽다가 휙 던져놓고 가더라고. 거, 목소리가 주는 거

없이 얄미운 목소리라고 아나? 그 있잖아. 드라마나 영화에 나오면 전형적으로 가식적인 목소리. 마치 우릴 하등급으로 치고 봐준다는 삘로 협상문 읽는데, 우이씨! 이러니까 대한민국은 안 되는 거야. 조용히 살면 알아주지 않아. 매번 이렇게 우리가 붉은 피 흘려가며 투쟁을 외쳐야만 우리 권리를 받아낼 수 있다니까. 대한민국 아직 멀었어. 그래도 무사히 대업이 시작될 수 있어서 안심입니다. 우리가 가는 길이 쉽진 않겠지만 그래도 모든 일은 한 걸음씩부터니까. 나, 우리 대문자동차 노조원들 지금부터 시작입니다. 잘 지켜봐주세요.

문상수

예. 드디어 일이 터져버렸습니다. 한두 해 겪는 일은 아니지만 이럴 때마다 정말 힘듭니다. 협상문 전해주러 갈 때 분위기 한번 봤는데, 파업 개시 전날인데도 파업인 것처럼 떠들썩했습니다. 사실상 축제 시작이죠. 일 안 하고 놀아도 월급 나오지, 세상에서는 착한 사람들로 치켜세워주지. 뭘 모르니까 젊은 세대가 마냥 파업 지지하는 겁니다. 여기 와서 벌써부터 사방팔방에서 소주병 까고, 희희낙락하면서 전쟁놀이 준비하는 거 봐야 해요. 여기 어디에 노동자들에 대한 핍박과 착취가 있습니까? 거드름 피우면서 협력업체 직원들한테 턱 끝으로 저기다 깃발 꽂아라 저기다 죽창 놓아라 지시하는데 상전이지. 그래도 좋게 해결하러 협상문 전해주러 갔는데 가자마자 대뜸 "왜 이제 와!" 하고 크게 일갈하더군요. 기선 제압용이니까 지지 않으려고 해도, 파업용 붉은 깃발 들고, 붉은 티 입은 흥분한 사람들 앞에서 쉽지 않았습니다. 간신히 힘을 내어 협상문 읽는데 여기저기서 듣지도 않고, 야유하고 왁자지껄 떠들며 분위기 흐리더군요. 이게 사실 자기들끼리 보라고 하는 짓입니다. 매년 하는 파업을 질려 하는 사람들도 있습니다. 그런 사람들 다잡으려고, 분위기 조성하는 겁니다. 파업에 참가 안 하면 내부적으로 왕따시킨다고 알고 있습니다. 예. 일단 협상문 읽는 건 끝낸 다음, 이제 의견 듣겠다 하니 그쪽에서 단어 하나, 문장 한 줄 꼬투리 잡으면서 협상은 안 된다고만 하더군요. 그래도 참고, 협상안에 대해 상세하게 설명해주니까 이번에는 아는 척한다며 시비를 걸었습니다. 계속 이런 분위기면 안 될 것 같아서 협상문을 전달하고 저희 협상단은 내 책임하에 자리를 피했습니다. 이렇게 소심하게 나가면 안 될 것 같죠? 그래야 저들이 기세등등해지고 선을 넘어 극단으로 치닫습니다. 그러면 생산시설 해외 이전에 대한 국민 공감대를 형성할 수 있습니다. 살을 주고 뼈를 부수는 비책입니다. 일단 지금은 잠시 져줄 뿐입니다.

아, 그 사람이요? 좀 날티 나게 생겼던데. 체격은 좋습니다. 이상하네요. 그렇게 높은 직책으로는 보이지 않았습니다. 그냥 실세나 행동대장 정도라는 느낌만 받았는데. 그 사람이 그래요? 허, 참. 그래도 일단 이성과 논리로 가려 합니다. 상대와 똑같이 나갈 수는 없잖아요. 그 사람과 저는 급이 다릅니다.

이양지

예. 매년 하는 축제가 벌어졌다고 생각하면 마음이 편해요. 무슨 힘이 있다고 이 흐름에 저항할 수 있겠어요. 벌써 여기저기서 고참들이 소주판 벌리고는 전설적인 파업 이야기를 떠들며 후임들 정신 교육시키고 있는데. 조장들에게 전화하니까 노조원들이 우리 아웃소싱 직원들에게도 와서 정신 교육시켰대요. 그냥 다 내려놓고 조용히 숨죽여야죠. 일단 어느 쪽이 우세하느냐에 따라 제 회사의 앞길도 달라질 것 같아 이리저리 눈치 보고 있는데, 이번에도 노조 쪽이 우세일 것 같아요. 원래 노조장이 유하다는 비판도 있었는데 주위에 초강경파들이 많아서 그런지 엄청 세게 나갈 것 같아요. 주위 사람들이 그러니 노조장이 노선을 휙 바꾼 것 같아요.

아, 그 사람이요. 알아요. 어, 노조 간부이긴 하지만 별 대단한 위치도 아닌데. 그냥 노조장 측근들 완장 채워주는 자리예요. 정확히 말하면 쩌리들 달래기용이죠. 뭐, 어디나 콩고물 얻어먹으려는 사람들 있잖아요. 그래도 그 사람은 말하는 거와 달리 그렇게 나쁜 사람은 아니에요. 좀 순진하고, 휩쓸려가는 면이 있다고 해야 하나? 다혈질이기는 한데 글쎄…… 제가 한 10년 두고 본 것도 아니고 해서, 어떤 사람이라고 딱히 말하기는…….

예. 그 사람도 알아요. 매번 파업 때 왔던 사람인데. 어, 상무 됐어요? 대단하네. 그렇게 빌어대고 굽신거리니까 거기까지 가네요. 그 사람 말하는 건 반듯하고 딱히 흠잡을 데 없어도, 왠지 정이 안 가요. 말이라는 게, 실은 말만 듣는 게 아니잖아요. 대화할 때 분위기와 감정, 태도가 드러나잖아요. 말은 번듯한데 태도는 영 아니에요. 직접 한번 봐야 그 느낌을 아시는데. 어떻게 보면 면전에서 사람 놀리는 것 같아 화가 날 때도 있어요.

예. 그 말은 맞아요. 파업에 참가 안 하거나 반대하면 왕따시켜요. 노조는 일 잘하는 사람이 아니라 파업에서 잘 싸우는 사람을 원해요. 사실 대기업 정도면 시스템화되어 있어서, 딱히 일을 못하고 잘하고가 드러나지 않아요. 그래서 평판에 크게 영향력 끼치는 게 이익을 가져다주는 파업에서 어떻게 하느냐예요. 파업이란 혼돈 속에서 야심 있는 사람들이 경찰과 싸움박질해서 위로 올라갈 사다리를 만들죠. 그래서 매번 목숨 걸고 싸우는 거예요. 그런데 이 스키마 리셋터 언제 보내주시나요? 아직 때가 아닌가요?

메신저 알림

김 조교님, 하애기 교수님이 분실된 스키마 리셋터는 총 두 대라고 말씀하셨습니다. 내일 오후 전 프로젝트 팀원을 소집하신다고 모두에게 전하라고 말씀하셨습니다. 김 조교님을 의심하고 계십니다.

기록

갈등을 심화시켜, 리셋터 사용 효과를 극대화시키기기 위해, 지원자 1, 2에게 서로에 대한 정보를 주고 갈등을 유도했다. 지원자 3이 시기를 물었으나 대답해주지 않았다. 정보에 제한을 가해야 이들을 통제할 수 있다. 지원자 3은 아직 어느 편을 들거나 적극적으로 의견을 내는 위치를 잡지 않아 역할이 불분명하다. 나머지 지원자 1, 2는 각자 맞선 상황에 정신이 팔려, 리셋터 때문에 본인과 관계를 맺었다는 사실조차 잊어버리고 자신들 상황만 본인에게 한탄하고 있다. 상황은 제대로 흘러가고 있다. 본인은 이들 모두 위에 있다.

지원 사항

지난번 알파테스트 피실험자에게 어떤 방식으로 타인의 의견을 받아들이는지 물었다. 피실험자는 마치 중독성 강한 멜로디처럼 머릿속에서 주입받은 의견이 끝없이 들려온다고 말했다. 그러다가 어느 순간, 주입받은 의견이 들려오는 건지, 자신의 생각인 건지 알 수 없어진다고 했다. 내면화 과정은 대략 이와 같다. 지능이 낮은 인간일수록 효과 기간은 길 것으로 추정된다. 그러니 행정 조교는 실험이 끝날 때까지 컨트롤에 문제없을 것이다.

김병수

내가 핸드폰으로 뉴스를 봤는데, 온통 헛소리야! 파업은 그렇게 바깥에서 보도하는 대로 굴러가는 게 아니야! 우리가 경찰 아저씨들에게 그렇게 철침 날리고, 화염병 던지고 싶어서 그런 게 아니야. 선생님. 거, 대한민국 어디나 그렇지만 파벌 없는 데가 어디 있어? 먹물들 사회에도 그런 게 있다고 들었어요. 일부 계파들이 이번 파업에서 크게 투쟁해서 다음 선거에서 잡으려 해요. 우리 노조장이 대가 약해서 내가 여러 번 긴밀하게 이야기했어. 마음 굳게 먹으라고. 파벌 짓는 놈들이 화염병으로 크게 어필해서 주도권 잡으려고, 기존에 뜻있는 대업 동지들을 밀어내려고 하는 거야! 잡놈들이 우리가 고생해서 수확한 열매를 날로 잡수려고 하는데 내가 속이 안 타겠어?! 이제 뜨거운 맛 적당히 보여줘서 서서히 본사랑 협상 맺으려 하는데, 파벌 놈들은 노조장을 제치고 협상 테이블에 앉으려고 저렇게 발악해! 더러운 속물들. 이건 선생님도 아는 기자들에게 연락해서 말 좀 해주셔야 해요. 인간적으로.

게다가 어제 그…… 선생이 말한 그 사람이 또 협상안 들고 왔어요. 안 그래도 미운 놈인데. 뿔테 안경 쓰고, 말할 때마다 안경테 만지작거리고 하여간 꼴 보기 싫은 행동만 해요. 그래도 지금 협상에 진전 없으면 날뛰는 계파가 하나둘 더 늘어날까 싶어 이야기하러 갔는데. 세상에 그 상무 놈이 회사가 어쩌고, 글로벌이 저쩌고, 이야기하다가 이대로 가면 해외로 이전한다고 협박하는 거예요. 우리 대한민국의 대문자동차 생산시설이 외국 놈들한테 넘어간다는 게 말이 돼? 그럼 생산 품질은? 대한민국 명품 자동차 브랜드의 이름값은? 분을 못 이긴 노조원들이 벌떡 일어나자 그 상무 놈이 우리에게 펜대와 협상문 던지면서, 지금 서명하지 않으면 당신들 다 끝장난다고 버럭 소리 지르니까……. 예. 우리 노조원들이 순간 과격해져서 살짝 몸싸움이 난 건 사실이에요. 하지만 상무 얼굴에 요따만 한 손톱자국 몇 개 났을 뿐 크게 다치진 않았어요. 우리도 배울 만큼 배운 사람들이에요. 폭력이 문제를 해결 못한다는 건 알고 있어요. 그보다 중요한 건 이제 슬슬 협상 맺고, 다시 일상으로 복귀할 때가 됐는데 분수 모르는 놈들이 날뛴다는 게 문제입니다. 그런 놈들은 진정으로 노동자를 위하는 게 아니에요. 이제 곧 최종 협상인데, 그 상무란 놈이 나온대요. 몇 대 긁혔다고 다 죽어가는 시늉 하던 놈이. 그놈이 최종 협상에서 얼마나 억지소리 하겠어요? 속물들은 한자리하겠다 날뛰고, 칼 쥐고 있는 사람은 우리 권리 다 뺏으려 하고. 아, 내가 좀 더 힘이 있었다면……. 아깝다, 아까워. 선생님, 폭력은 나빠요. 정말 전 말렸어요. 전 노동자지 깡패가 아니에요. 내 말 믿죠? 그러면 그 스키마 리셋터 좀 보내주세요. 내가 나가서 그 상무를 막아야 해요.

문상수

내 살다 살다 이런 못 배운 놈들 처음 봤습니다. 저놈들에게 맞았습니다. 린치당했습니다. 쇠 깎고, 기름때 묻히는 일이 못 배운 일이라는 건 아닙니다. 그런데 직업에 귀천이 없어도, 살아가는 방식에는 귀천이 있잖습니까. 이게 예전부터 돌아가는 사이클대로 굴러가고 있어요. 이렇게 초반에는 강경하지만, 중후반 가면 질질 끌수록 노조도 불리해지죠. 본사가 손해 봐서 휘청이면, 생산시설도 위협받으니까. 그래서 중간에 타협이 존재합니다. 늘 그랬듯이 노조장한테 노동 생산 증진 감사비 명목으로 뒷돈 찔러주면 분위기가 서서히 바뀌면서 타협해요. 그런데 이번에는 별 사소한 피라미들이 각 계파 깃발 들고 회의장에 자리 잡더니 강경하게 나오는 겁니다. 당황했지만 뒷돈 받기로 한 노조 장한테 생각이 있겠지 했는데, 저번에 말씀하신 그 노조 간부가 우악스럽게 달려들더니 협상문을 낚아채고는 자기 멋대로 큰 소리로 읽더군요. 읽다가 무엇이 만족스럽지 않은지 혼자 열을 내면서 협상문을 북북 찢어버리고 제 멱살을 잡고 끌어당겼습니다. 그리고는 노조원들이 백 일 굶은 아귀처럼 달려들어 발과 주먹으로 저를 난도질하는데…… 예? 그렇게 맞는 상황에서 그 노조 간부가 저를 때렸는지, 안 때렸는지 어떻게 알겠습니까? 논점이 그게 아니에요. 저 짐승 같은 놈들이 지들 욕심 채우려 폭력을 사용했다고요! 아니, 누가 그래요? 얼굴에 손톱자국 났다고? 저 코가 부러졌어요. 척추도 금 갔다고요! 분별력 있으신 분이 이상한 말 듣고 흔들리시면 안 되죠!

예? 아니요. 저는 이야기하지 않았습니다. 정말입니까? 어디서 해외 이전 말을 들었을까……. 교수님 정말 아무한테도 말씀 안 하셨겠죠? 하긴 그렇군요. 공대 출신 분들은 정확한 사실과 단위에 움직이니 교수님도 입이 가벼운 분이 아니시겠죠. 제가 괜한 말을 했습니다. 죄송합니다. 아무튼 저는 이제 더 이상 이성적으로 설득할 수 없다는 걸 깨달았습니다. 몸집 큰 사람을 무조건 깡패로 모는 언론과 국민 여론에 질렸습니다. 사람들은 노동운동은 항상 정당하고 소수고, 약자라고 생각합니다. 그리고 거기에 자신을 대입하죠. 부자 되려 노력하기보다 항상 약자, 소수, 탄압받는 피해자로 남으려는 아집을 이해 못 하겠습니다. 회사의 이익을 초월해 같은 세상을 살아가는 인간으로서 제 생각을 노조에 전달해 바꾸고 싶습니다. 처음 노선을 버리고, 강경하게 파업에 반대하겠습니다. 특히 그 노조 간부에게 당신은 잘못됐다고 확실히 각인시키고 싶습니다. 아직 최종 협상이 남아 있습니다. 스키마 리셋터를 보내주시면 안 되겠습니까?

특별 기록

드디어 때가 온 것 같다. 컨트롤 범위에서 약간 벗어난 부분도 있지만 큰 틀에서는 아직 내 손바닥 안이다. 더 지켜보면서 보고서 분량을 늘리고 싶지만, 지엽적인 부분도 무시할 수 없다.

최종 협상이라는 라스트 스테이지도 다가오니 무대를 잘 이용해 좋은 결과를 뽑아내야 한다. 본인이 유도한 대로 라이벌 구도가 잡힌 지원자 1, 2가 행동을 결심했다.

추신: 사람들 사는 건 왜 이렇게 번잡스러운 일이 많은 건지? 학자로 산다는 건 파도에 휩쓸리지 않고, 등대에서 바다를 보는 조용한 일이지만, 의미 있는 삶이다.

지원 사항

행정 조교에게 전화로 이것저것 지시하니, 얌전한 양처럼 고분고분 내 말을 따른다.

본인의 학문적 자부심과 거침없는 행동력을 비판하고 인정하지 않은 때가 엊그제 같은데……. 이 친구는 리셋터를 통해 더 똑똑해진 것 같다. 생각의 스키마를 제거하는 리셋터의 긍정적 효과를 새삼 느꼈다. 아무리 인간이 내부적으로 복잡한 존재라 하더라도 외부에서 단순하게 만들 수 있다.

이양지

벌써 들으셨네요? 예. 난리도 아니었어요. 앰뷸런스 오는데 노조원들은 공장 정문 안 열어주고, 본사 사람들은 상무 업고 뛰고. 코가 부러졌어요? 그래요? 노조에서는 얼굴에 손톱자국 몇 개 났다고 별일 아닌 걸로 치던데. 뭐, 어느 쪽 말이 진짜인지는 모르죠. 제가 직접 병문안 갔는데, 얼굴뿐만 아니라 온몸에 붕대 칭칭 감고 있어서 어느 정도 다쳤는지 모르겠어요. 크게 다친 거 아니냐고요? 글쎄…… 전화하거나 화장실 갈 때는 자기 발로 가더라고요. 그래도 그동안 뭐, 쌓아놓은 게 있으니까 상무된 거 아니겠어요? 말로는 번듯해도 실상은 약간 야비해서 강자한테 약하고 약자한테 강한 사람인데 그래도 실력은 있나 봐요. 상무가 회복돼서 최종 협상에 참여할 때까지 협상을 연기한다고 본사가 노조에 전달했어요. 씨알이나 먹힐지 모르겠지만……. 강경파 사람들이 원래 극단적이잖아요. 노조장 정책이 아니라 그 주위에 있는 친위대가 싫다고 계파들이 난리래요. 어떻게든 이번에 기세 꺾고, 주도권 뺏으려 한대요. 서로 뺏기지 않으려 발악하는데, 이거 칼만 안 들었지 전쟁이죠. 계파장들과 그 노조 간부가 슬그머니 찾아와 서로 자신들 쪽으로 붙지 않으면 협력업체계약 백지화시키겠다고 저를 협박하고 있어요. 사람은 완장 차면 변한다더니. 그 덩치 큰 사람 옛날에는 우둔해도 심성은 착해 보였는데……. 최종 협상이 끝나면 노조가 내부적으로 정리되어 어느 한쪽이 칼을 쥘 것 같은데……. 저도 바보가 아니라서 그냥 당하고 있지만은 않고, 상무한테 병문안 갔을 때 넌지시 제도적으로 협력업체까지 보호하는 시스템 만들어주면 정규직 노조를 견제할 수도 있다고 뭐, 찔러봤어요. 하룻강아지가 짖는다는 식으로 쳐다보긴 했지만……. 뭐, 그래도 말 안 하는 것보다야. 왜 병문안 갔냐고요? 사업하다 보면 그래요. 여기저기 인사하고 다닐 데가 많아요. 이게 나중에 자산이 되면 됐지, 해가 되지는 않아요. 어느 쪽에 붙을지 항목 많은 객관식이지만…….

그래도 그, 있잖아요. 내 의견 듣게 해준다는 기계. 언제쯤……. 아, 해외 이전이요? 그거 모르는 사람 없던데? 쫙 퍼졌어요. 어디서 시작됐는지 모르지만. 사람들이 바보가 아닌 이상 그런 말이 오가기 시작하면 어떻게든 퍼지기 마련이죠. 그래서 기계는 언제쯤 보내줄 수 있나요?

메신저

김 조교님. 하애기 교수님이 왜 소집에 응하지 않으셨냐고. 핸드폰 왜 꺼놨냐고 물으십니다.

직접 찾아가시겠다고, 더는 피하지 말라십니다. 화가 많이 나셨습니다. 저에게 주소를 물으셔서, 인명부란에 주소가 이미 지워졌다고 거짓말했습니다. 제가 한 일이 김 조교님에게 도움이 되었습니까?

기록

모두가 스키마 리셋터를 원하고 있다. 성공할 수 있다는 확신을 얻었다. 진행 상황도 예상대로다. 방해받기 전에 시간을 끌 수 있지만 많지 않다. 명백한 결과물을 보여줘 객관적인 인정을 받아야 한다. 오늘 스키마 리셋터를 포장하고 설명서를 동봉해 보내야겠다. 지원자 1, 2는 아마 예상을 크게 벗어나지 않을 것이다. 벗어날 확률이 희박하고 그럴 만한 동기가 전혀 없다. 지능도 평범하여 본인이 예측 불가능한 행동을 할 수준이 못된다. 하지만 지원자 3은 사용할 곳이 지원자 1, 2인지 확실하지 않다. 지원자 3에게는 스키마 리셋터를 보내지 않겠다. 지원자 3이 통제를 벗어난 게 아니다. 본인이 예상 못 했던 것도 아니다. 애초에 중간 입장인 지원자 3을 뽑은 것은 혹시 모를 변수에 투입하기 위함이었다. 하지만 목적한 지원자 1, 2의 격렬한 대립이 전개되고 있으니 지원자 3은 역할을 수행하지 않아도 된다.

지원 사항

행정 조교가 본인을 위해 하 교수에게 거짓말을 했다. 평소에 본인의 태도를 싫어해 기피했던 인물이……. 리셋터를 통해 본인의 대의를 깨닫고, 헌신하는 마음으로 행동하고 있다. 리셋터는 어쩌면 이 친구 인생에 중요한 터닝 포인트일지도 모른다. 여태까지 무료한 인생에 빛을 준 궁극의 포인트. 아직 그에게 상을 줄 수 있는 위치가 아니어서 유감이다.

3일 후.

메신저

김 조교님. 하애기 교수님께서 김 조교님 출입 권한을 제한하셨습니다. 더는 프로젝트 연구실에 접근하시거나 연구실 컴퓨터를 사용하시면 안 됩니다.

특별 기록

지원자 1, 2, 3 모두 전화를 받지 않는다. 메일로 연락해도 답장이 없다. 왜일까? 직접 찾아갈까? 도대체 무슨 일이 일어났기에 상황이 본인 손을 벗어난 걸까? 아니다. 본인의 영향력을 벗어난 게 아니라 무슨 일이 있는 게 분명하다. 오늘 저녁에 파업 협상 타결에 대한 뉴스가 나온다고 한다. 거기서 본인이 성취한 실증적이고 객관적인 결과물을 볼 수 있을 것이다.

지원 사항

행정 조교는 메신저로 소식을 알리고, 본인에게 직접 전화를 걸었다. 계획의 진전도를 묻길래 의외의 연락 두절은 알리지 않고, 거의 95퍼센트의 성공이라 말했다. 확신하냐고 묻길래 본인은 확신한다고 대답했다. 행정 조교는 그러면 하 교수를 찾아가서 해명하라고 권했다. 하 교수는 본인이 직접 나타나기를 기다리는 것 같다고 말했다.

다음 날 나는 어제 방영된 파업 협상 타결 뉴스 동영상과 내 실험 보고서를 담은 태블릿 피시를 가지고 학교로 향했다. 'seize the day'라는 말이 있다. 푸른 잔디가 깔린 운동장과 분수를 보니 그 말이 실감 났다. 매일 보는 잔디와 분수가 아니었다. 하나하나가 생동하며 자신의 색을 뿜어내고 있었다. 신을 믿지 않지만, 정말 신이 존재한다면 오늘, 이 순간이 바로 신이 주신 선물이었다. 내 걸음은 당연히 어제와 달랐다. 어렸을 적 어른들이 말씀하신 것처럼 한 걸음 한 걸음 장군감처럼 걸었다.

프로젝트 연구실 문을 열자 놀란 후배들의 얼굴이 나에게 향했다. 잃어버린 리셋터를 다시 만드는지 설계 도면이 테이블에 펼쳐져 있었다. 문 정면에 있는 창에서 한 줄기 햇살이 새어 들어와 내 얼굴을 환하게 비췄다.

"인사는 됐고, 교수님은?"

후배 중 하나가 우물쭈물하며, 연구실 옆방을 가리켰다. 후배들은 그간의 내 개인적인 실험에 대해 아는지, 아니면 단순히 나에 대한 교수님의 분노로 움츠러들었는지 아무것도 묻지 않았다. 그런 세세한 것은 문제가 아니었다. 중요한 것은 흐름이었다. 뭔가를 바꿔버릴 흐름. 후배들도 가까운 미래에 오늘 품었던 하찮은 공포 따위는 벗어던지고 오늘에 대해 다시 말할 것이다. 내가 교수님 방에서 웃으며 나올 수 있다면.

"들어오게."

이미 노크를 하고, 문고리를 잡고 있던 나는 주저없이 곧바로 방 안으로 들어섰다. 책상 뒤에 앉아 계신 교수님의 날카로운 눈이 나를 주시했지만 난 떨지 않았다. 허락도 받지 않고, 맞은편에 의자를 갖다 놓고 앉았다.

"편하게 말하겠습니다. 해명을 원하셨죠?"

단도직입적인 내 태도에 하 교수의 얼굴에 못마땅한 심기가 비쳤지만 상관하지 않았다. 무례하게 굴려는 게 아니었다. 난 이럴 만한 자격이 있다.

"분실된 리셋터는 제가 가지고 있었습니다. 왜인지 궁금하십니까?"

"그래, 이유를 설명해보게."

"입으로 말하면 가벼워서 허공에 사라집니다. 보여드리겠습니다."

태블릿 피시로 실험 보고서와 동영상을 보여줬다. 하 교수의 눈빛과 호흡은 변하지 않았다. 연극이었다. 보통 사람들은 껄끄러운 상대와 대화하기 전에 미리 계획하고 행동한다. 나같이 아무것도 숨길 게 없고, 항상 객관적인 자기 통제력을 가진 사람은 이해 못 할 사고방식이다. 하 교수가 나와 다른 인간인 걸 알자 하 교수의 공격적인 분위기에도 그가 애처로워졌다. 마치 사탕을 뺏길 것 같아 방어적인 태도를 취하는 어린애처럼 보였다.

"이것에 대해 설명해보겠나?"

나는 실망하거나 분노하지 않았다. 나는 사탕이 필요한 사람들에 대해 항상 인내심을 가져야 했다.

"보고서 기록과 동영상을 보면 아시겠지만 지원자 1 김병수와 지원자 2 문상수, 서로의 생각이 바뀌었습니다. 김병수는 파업이 노동자가 같은 노동자를 착취하고, 다른 계급을 적대시하는 증오의 전쟁이 될 수 있다면서 파업 중단과 일상으로의 복귀를 노조장 대신 선언했습니다. 문상수는 노동자를 생산 기계로 보지 않고, 노동자 주권을 인정하며 더불어 상생하는 기업이 되겠다고 협상단을 대표해 발표했습니다. 또 공식적인 노조 대표를 통하지 않고는 생산시설에 대해 결정을 내리지 않겠다고 강조했습니다. 더 설명이 필요하신가요?"

"필요하네."

허탈해졌다. 이 정도로 설명이 필요할 줄 몰랐다. 가엾다 못해 증오스러웠다. 고작 이런 사람, 이런 수준의 지성을 방해로 여기고 서둘러 실험을 진행한 내가. 나는 남과 다르다는 걸 어렸을 때부터 알고 있었는데 왜 잠시 잊고 있었을까?

"최종 협상 자리에서 서로에게 스키마 리셋터를 사용한 게 분명합니다. 아니면 최소한 물밑 접촉에서라도."

"내 대답은 간단하네."

하 교수가 책상 속에서 스키마 리셋터 두 대를 꺼냈다. 일련번호를 볼 필요도 없었다. 내가 지원자들에게 배송한 것이었다.

"설명해주지. 내가 가서 리셋터를 회수해 왔네. 리셋터는 사용되지 않았어. 최소한 자네가 생각한 대로는."

"사용되지 않았다면, 이 동영상은 존재할 수 없습니다."

나는 어이없는 주장에 입을 다물었다. 하 교수는 웃었다. 옛날에 미개인들은 미지의 신성을 보면 두려움에 떨거나 격렬하게 반발했지만 지금은 웃음이었다. 비웃음이라니, 자신이 이해하지 못하니 이해하는 수준으로 끌어내리려는 하찮은 바둥거림에 불과했다.

"그럴 리가 없습니다. 전 완벽하게 통제하고 있었습니다. 그들은 모두 제 생각대로 행동했고, 결국에는 제게 리셋터를 요청했습니다. 요청과 다른 결과가 나왔다고요? 너무 뜬금없는 소리 하시는데 몸이 편찮으신 게 아닙니까?"

"난 매우 건강하니 걱정 안 해도 되네. 지원자들은 리셋터를 어디다 쓰겠다는 구체적인 진술은 하지 않았을 텐데? 김병수 씨는 리셋터를 노조장에게 사용해 자신이 대표로 나갈 수 있게 의견을 주입했어. 나가서 파업을 끝냈지. 그래야 치고 올라오는 계파들을 다시 옭아맬 수 있거든. 김병수 씨 표현대로 '반란군을 막기 위해 외적과 협상한 장수'가 되기 위해 노조장을 구슬리고, 언론에 나갈 기회를 얻어 승승장구하기 위해서 썼네."

"왜 그렇게 썼답니까, 어리석게? 상무를 막아야죠!"

"김병수 씨는 자신이 대표로 나간 것 자체로 문상수 씨를 막았다고 생각하고 있어. 문상수 씨 역시 비슷하게 자신의 상관들에게 사용해 어떻게 해외 이전 정보가 새 나갔는지 알아봤어. 그 결과 해외 이전은 페이크고, 실은 노조를 흔들고 겁을 준 다음 협력업체 수를 늘려 정규직을 더 이상 고용하지 않고, 서서히 견제할 장기 계획이 사측에 있다는 것을 알게 되었지. 문상수 씨는 그냥…… 끄나풀이었어. 문상수 씨는 리셋터를 사용해 핵심 임원이 되는 데 성공했어."

"김병수한테 틀렸다고 말할 거라고 했어요. 저한테 그랬습니다.”

“상무쯤 되면…… 어, 문상수 씨 표현대로, 그 정도 노조원 피라미에게 신경 쓰겠나? 그때 잠시 화가 났던 것뿐이야. 회사 간부쯤 되면 크게 봐야지. 인간의 주관성, 입장, 생각, 편견, 이 모든 것의 총합 스키마, 이것이 어떻게 움직이는지 아나? 인간은 자신의 이익을 좇아 움직여. 이걸 고려하면 모든 결과를 납득할 수 있을 거네. 그리고 가장 중요한 것은 스키마를 없애는 장비를 만들어봤자 쓰는 사람이 자신의 스키마에 따라 행동하고 있다는 거야. 그래서 내가 실험을 반대했던 거네. 사람들은 단순히 신기한 도구라고 하지만, 양날의 요술봉이지.”

“……어떻게 거기 가시게 됐습니까?”

“이양지 씨가 직접 나를 찾아왔네. 자네가 프로젝트 대표이며 교수라고 사칭하니까 자네가 나인 줄 안 거야. 스키마 리셋터를 갖고 싶어 직접 받으러 왔더군.”

나는 입을 벌렸다. 사람을 착각해? 이렇게 멍청할 수가? 믿기지가 않았다. 내 실수가 있다면 지원자들의 지능검사를 하지 않았다는 것이다. 추측 대신 엄밀한 검사를 해야 했다.

“그렇게 멍청하리라 생각 못 했습니다.”

“왜 멍청한가? 이양지 씨는 식사라도 하면서 인사할 겸 찾아온 거야. 사업하는 사람들은 그렇게 행동해! 자네같이 움직이지 않으면 다 바보인가? 이양지 씨의 말을 듣고, 현장으로 가 모든 리셋터를 회수했지. 그리고 뒷수습도 끝냈네.”

내 가슴속에 새로운 생각과 감정이 밀려들어왔다. 감정에 이

끌려 행동하는 사람은 아니지만 이번에는 그래야 했다. 얼핏 보기에 어지럽고 잘못된 공식처럼 보였지만 나는 직관력으로 해답을 꿰뚫어볼 수 있었다.

"역시 이번에도 교수님이었군요. 교수님이 개입하지 않으셨다면 실험은 제 통제대로 흘러갔을 겁니다."

"말도 안 되는 억지 부리지 말게. 자네한테 한 가지 알려주지. 두 대의 스키마 리셋터 중 한 대는 고장 나 있었어. 즉, 트리거를 당기면 일시적으로 기절 반응을 일으키기는 해도 의견 주입은 되지 않아. 나도 행정 조교가 말해줘서 안 거야. 두 피실험자는 이걸 모르네. 그냥 정상적으로 작동된 줄 아네."

"말도 안 되는 소리 하지 마십시오! 그럼 왜 그들이 의견을 바꿨습니까?"

"사람이 꼭 기계로만 바꿀 수 있는 게 아니잖나? 그들은 사용후 진심을 담아 상대를 설득하는 말을 했다네. 나도 궁금하네. 김병수, 문상수 둘 중 누구의 것이 정상이고 아닌지를."

"제가 행정 조교한테 스키마 리셋터를 사용한 사실을 말씀드려야겠군요. 사용 후 제 계획의 중요성을 알리고 동참시켰습니다. 그 친구, 리셋터 때문에 교수님한테도 거짓말을 했습니다. 분명히 제 의견에 협조했습니다. 한 대가 고장 나 있었다면 저한테도 분명 알렸을 겁니다."

"그 친구의 생각이 리셋터 주입 의견에서 또 바뀌지 않는다는 보장은? 세상에 영원한 것이 있나? 남에게 휘둘린다는 상황은 누구에게나 유쾌하지 않아. 사람의 내면은 몰라. 감정이 생각을 촉진하고, 생각이 감정을 촉진할 때도 있어."

"……그럴 리가 없다는 걸 아시면서 왜 이러십니까? 이 기계는 완벽에 가깝잖아요. 저와 유일하게 생각이 일치하는 부분이 잖아요."

"어쩌면 말일세. 자네가 행정 조교에게 사용한 리셋터가 고장 난 것일 수도 있어. 자네와 사이가 안 좋은 그 친구가 자네를 함정에 빠뜨리려고 넘어간 척했을지도 몰라. 왜냐하면 행정 조교는 나한테 어떻게 리셋터 중 한 대가 고장인 걸 알았는지 설명을 못했거든. 그리고 자네는 앞뒤 가리지 않고 늘 자신이 잘난 줄 아니까 속이기 쉬울 테고. 누가 자네를 여기로 불렀나? 난 해명 따위 기다리지 않았네. 경찰에 신고할 생각이었든. 인간의 복잡한 내면 때문에 그가 스스로 변한 것 같나? 아니면 고장 난 리셋터인 것 같나? 이것도 궁금하네."

"……첫 번째 실험도 훌륭한 결과를 냈는데, 교수님은 칭찬 대신 저를 질투했습니다! 제 완벽한 통제와 객관성이 빛을 발하자…… 인정만 해주셨으면 이렇게까지 하지 않았습니다!"

"자넨 완벽하게 통제하지도 못했어. 실험 보고서를 다시 읽어 보게. 자네가 통제 못한 부분이 한두 군데가 아니야. 도대체 어디가 객관적이고 완벽히 통제했다는 것인가? 자네의 첫 번째 실험은 매우 위험하고, 독단적이었네. 아직도 인정하지 않다니 놀랍군."

"어디가요? 포도, 클래식, 산이 어디가 위협적입니까? 제가 한두 가지 실수를 했을지도 모릅니다. 저도 인간이니까, 라는 흔한 변명은 하지 않겠습니다. 저는 아직 완전체가 아니니 실수, 했을 수도 있습니다. 하지만 만약에 지금 상황이 소설이고 영화라면, 보고 있는 제삼자들은 최소한 첫 번째 실험은 위험하지 않았다는 데 동의할 겁니다. 왜냐고요? 포도, 클래식, 산은 위험하지 않으니까요!"

"정말 누군가 보고 자네 편을 든다면 그 이유는 하나지. 자네 스키마의 시선을 따라갔으니까. 하지만 나는 그 제삼자에게 자네가 첫 번째 보고서에 괄호 안 '이하 생략'이라고 쓴 부분을 말해줄 거야. 자네는 피실험자를 감금하고 극단적인 질문을 했어. 부모와 자식 중 누가 더 중요하냐고 물은 뒤, 나온 대답의 반대 의견을 주입시켰어. 스키마 리셋터의 효과가 영구적이지는 않지만, 해서는 안 될 행동이었네."

나는 더는 듣고 싶지 않았다. 이 함정에서 빠져나가야 했다. 이건 정당방위야.

"정말 이러고 싶지는 않았는데."

나는 손을 내밀어 책상 위의 스키마 리셋터를 집었다. 조준선을 켜 하 교수의 이마를 조준했다. 하 교수는 웃으며 말했다.

"자네가 집은 게 정상인지 확신하나?"

하 교수가 남은 한 대를 들어 내 이마를 조준했다.

"다시 묻겠네. 이번에는 95퍼센트 가지고 안 돼. 정말 100퍼센트 확신하나?"

"……."

"자네, 나한테 리셋터를 사용해서 무엇을 이루려 하나?"

"제가 옳았다는 것을 가르쳐드리려고요."

"그것만으로는 부족해. 어차피 난 제정신으로 돌아올 텐데? 리셋터는 잠시 생각을 바꿀 뿐이야. 자네는 한순간만 옳게 되겠지. 그런데 나는 왜 자네한테 리셋터를 사용하려는 걸까?"

"……."

"나는 잠시 생각을 바꿀 뿐이지 세상은 바꿀 수 없다는 걸 자네에게 영원히 기억시키려고 사용하네."

나와 올퓌

임하곤

SF를 씁니다. 퀴어한 관계들에 관해 이야기하고 싶어요.
SF 장편소설 『비밀 동아리 컨트롤제트』를 썼습니다.
청소년 앤솔러지 『올해 1학년 3반은 달랐다』에 참여했습니다.

일주일째 예은이의 연락이 없다. 거의 정해진 시간에 꼬박꼬박 전화를 하는 아이였다. 내심 혼자서도 철이 아주 잘 들었다고 기특해했는데……. 잠시 고민하다가 주거관리국 쪽으로 전화를 넣었다. 통화 연결음이 그치자 스스로도 놀랄 정도로 말이 급하게 튀어나왔다.

"손녀가 연락이 안 돼요."

"죄송합니다. 지금은 전화를 받을 수 없습니다."

내 말과 상대편의 기계음이 겹쳐졌다. 정확히는 녹음된 기계음이었다. 휴머노이드 안내원이었다면 상대의 말을 먼저 듣는 눈치 정도는 있었을 테니까.

이어서 통신전담반이며 여타의 기관에도 전화를 걸어봤지만 모두 먹통이었다. 이젠 나도 내가 불안함을 느끼고 있다는 사실을 인정할 수밖에 없었다. 고작 안부 전화 빈도로 전전긍긍하는 할머니가 되지 말자고 다짐도 했건만, 어쩔 수가 없었다. 이 시대에 통화가 안 된다는 것은 곧 모든 연락이 닿지 않는다는 것을 의미했으니까.

*

거주관리사무소는 말도 안 되게 혼잡했다. 어찌나 북적거리는지 사람들 사이의 빈틈을 골라 발을 디뎌야 할 정도였다.

'원래 이런 곳이었나?'

알 수 없었다. 예은이를 만나러 갈 때도 다른 곳은 들르지 않고 열차에 곧장 몸을 싣곤 했으니까. 공공 기관에 직접 온 것은 거의 10년 만이었다. 당황하는 직원들의 표정을 보고, 이들에게도 이런 일은 처음임을 짐작할 뿐이었다.

어차피 모인 사람들 중 대부분은 휴머노이드일 것이라 생각하며 사람들의 목덜미를 살펴본 나는 다시 한번 놀랐다. 엄지손톱만 한 정사각형 안에 꼭 맞는 크기의 원이 있는 단순한 모양의 문신. 휴머노이드임을 나타내는 그 '문신'이 사람들 목 뒤에 없었으니까.

벌써 60년도 더 전에 여러 전염병이 인류를 휩쓸었다. 이제 사람들은 한 가구에 한 명씩 살아가고 거주 건물들도 상당한 거리를 두고 지어졌다. 다행한 일인지 그간 인공지능 기술이 상당히 발달해 이제 사람들이 부재한 틈을 휴머노이드들이 채우게 됐다. 휴머노이드들은 단순노동에서 연구 개발 업무에 이르기까지 전방위적으로 사회에 필요한 노동을 담당하고 있었다. 처음엔 그저 팔 달린 기계에 가까웠던 로봇들은, 점점 사람과 꼭 닮은 휴머노이드의 형태를 갖춰갔다. 그편이 혼란스러운 사람들에게 더 안정을 줄 거라나? 누가 로봇으로 안정을 느끼는지 모르겠지만 말이다.

모인 이들이 모두 인간임을 깨달은 순간 나는 급하게 손으로 입과 코부터 감쌌다.

'이럴 줄 알았으면 방독면을 챙기는 건데. 근데 왜 이렇게 사람이 많이 모인 건데?'

내 뒤로 더 늘어서기 시작한 줄도 이상했지만, 어떤 예감 때문에 선뜻 집으로 돌아갈 수가 없었다. 모인 사람들이 전부 휴머노이드가 아니라면, 지금 거주민 대부분이 이곳에 있는 셈이었다.

'무슨 일이 생긴 거지?'

마침 안내원과 대화하는 남자의 말을 통해 대충 상황을 짐작할 수 있었다.

"제 애인이, 지금, 어쩔 수 없이, 절전모드로 돌려놓긴 했는데, 그게 지금 에너지가, 얼마 없어서, 그래서 안 되는데……. 방전되면, 메모리칩이, 망가지는데, 인터넷으로 하면, 충전하면, 바이러스, 감염되니까, 메모리칩, 그래도 망가지니까……."

우느라 자꾸 말이 끊기는 남자의 설명은 이랬다. 누군가 고의로 바이러스를 풀었다. 무선 충전하는 기기의 메모리칩을 손상시키는 바이러스를. 문제는 요새 대부분의 가전제품이 무선으로 전류를 충전한다는 사실이었다. 그리고 그건 휴머노이드도 마찬가지였다.

'아, 그래서 전화 상담원들도 다 먹통이었던 거로군.'

남자의 상황도 이해가 됐다. 휴머노이드의 메모리칩이라는 게 꼭 바이러스에 감염되어야만 망가지는 것은 아니니까. 그의 말처럼 요즘 휴머노이드들에게 제때 충전을 못 하는 것은 큰 문제였다. 원래부터 휴머노이드들이 이렇게 고장에 취약하지는 않았던 것 같은데 인간과 비슷하게 발전시키면서 점점 더 약해졌다. 꼭 그 옛날, 전화만 되던 핸드폰보다 그다음 세대의 스마트 핸드폰이 쉽게 망가지던 것과 같은 이치일 것이다. 요즘의 휴머노이드들은 한번 방전되면 메모리도 완전히 손상됐다. 꼭 인간처럼.

'저 휴머노이드 소유자도 답답하겠지.'

거기까지 생각하다가 의식적으로 고개를 저었다. 나와 그는 어쨌든 많은 부분에서 달랐다. 나는 남들 앞에서 저렇게 쉽게 내 감정을 내비치지 않는다. 그리고 무엇보다도, 나는 가짜 관계에 연연하지 않는다. 지금 이 상황에서 사람들이 신경 써야 할 존재는 휴머노이드가 아닌 바로 예은이 같은 진짜 아이들이었다. 하지만 안내원은 이미 내가 파악한 것 이상의 정보를 주지는 않았다.

"당장 알려진 전염병은 없지만 생활 반경 유지해주시고요. 전국 관공서 업무가 마비된 상태라 위험할 수 있으니 되도록 집에 계시고. 혹시 모르니 전자기기 사용 자제해주세요."

그와 더 대화를 나눈다고 해결될 문제가 아니라는 것은 파악했다. 나는 대충 알아들은 척하고 그 자리를 벗어났다.

*

드르르르륵. 오래 열지 않은 차고 문은 야근한 회사원의 목 관절 같은 소리를 내며 열렸다. 이 안에 그놈이 있었지만, 무선 전류를 쓸 수 없는 상황이라 일단은 내가 힘을 좀 써야 했다. 기어를 중립으로 돌리고 한 15분을 씨름하고 나서야 그놈을 차고 밖으로 빼낼 수 있었다.

비로소 햇살 아래 붉은 차체가 드러났다. 한때 선풍적인 인기를 끌었지만 지금은 타고 다니는 사람이 없는 구형의 태양열 충전식 오픈카 '파에톤2042'. 자세히 보면 붉은 보닛 위로 작게 빛나는 검은 점들이 박혀 있었다. 이 점들이 태양열 에너지를 흡수하는 패널의 역할을 했다. 느리고 충전이 오래 걸리긴 해도 효율적인 차였는데, 다만 인터넷을 통한 충전이나 호환이 전혀 안 되는 게 단점이었다. 이 모델이 역사의 저편으로 사라진 이유 중 하나였지만, 지금으로서는 이 특징이 큰 장점이다. 이 상황에서 안정적으로 작동하는 이동 수단은 많지 않을 테니까.

통화도 안 되고, 무선 전류 열차도 운행하지 않는다면 이걸 타고서 직접 찾아가는 수밖에 없었다. 예은이 생일에 맞춰 신청해 둔 가족 정기 방문일이 앞으로 5일 뒤였다. 서둘러 출발하면 적어도 예은이 생일 하루 전까지는 도착할 수 있을 것 같았다.

차체가 충분히 태양열을 흡수하기를 기다리며 차의 이곳저곳을 점검했다. 트렁크를 열어보니 스카프며 피크닉 가방, 호신용 스프레이 따위가 먼지 쌓인 채 고스란히 남아 있었다. 한때는 나도 세상을 누비고 다니는 것을 좋아했었다. 추억에 잠기는 것도 잠시, 곧 충전이 완료된다는 안내음이 운전대 쪽에서 들려왔다. 엉겁결에 호신용 스프레이만 챙기고는 재빨리 트렁크 문을 닫았다.

남쪽 국도를 따라 달렸다. 예전엔 항상 내비게이션에 의존했었기 때문에 따로 지도를 챙겨 와야 한다는 사실을 생각 못 했다. 그래도 길눈이 나쁘지 않으니 가다 보면 열차를 탔을 때 봤던 길이 얼추 기억나리라 생각했다. 혹시 길을 잃으면 물어가며 가자는 생각으로 국도를 택한 것이기도 했다.

한참 가다 보니 도로변에 웬 옷 꾸러미가 버려진 것이 보였다. 보통 쓰레기와는 다르게 묵직해 보인다는 생각에 슬슬 옆 차선으로 차를 뺐다. 백미러로 확인해보니 희한하게도 옷 꾸러미의 위치가 조금 달라져 있었다. 혹시나 하는 마음에 차에서 내려 물체에 어느 정도 다가가자 곧 알 수 있었다.

'사람이다!'

흙투성이인 몰골로 보아 그가 스스로 도로까지 기어온 것 같았다. 다만 이미 탈진한 듯 더는 움직임이 없었다. 나는 급하게 그의 어깨를 흔들었다.

"이봐요, 왜 그래요?"

그는 무어라고 중얼댔지만 목소리가 작았다. 혹시 숨 쉬는 데 문제가 있나 싶어 그의 목 주변을 살폈다. 그러자 그의 목덜미에 새겨진 문신이 눈에 들어왔다. 작은 정사각형 안에 크기가 꼭 맞는 원 하나가 있는 특징적인 모양의 문신. 그는 사람이 아니라 휴머노이드였다.

그를 도로 밖으로 끌어다 놓는 데 꼬박 20분 정도가 걸렸다. 통행하는 차량은 없었지만, 도저히 그냥 도로에 내팽개쳐둘 수는 없었다.

'여기다 두면 차에 치여서 본체가 박살 나는 일은 면하겠지. 이대로 방전되어 메모리칩이 손상된다고 하더라도 내 탓은 아냐. 그리고 그게 곧 사람과 같은 죽음을 의미하지도 않잖아.'

나로서는, 최선을 다했다.

차에 올라타서 다시 운전을 시작했다. 그런데 자꾸 백미러에 비치는 그의 모습이 눈에 밟혔다. 한번 인간으로 생각하고 나니까 무언가 계속 꺼림칙했다.

'꼭 뺑소니라도 친 거 같잖아.'

이런 고민을 하고 있는 것 자체가 어리석게 느껴졌다. 지금 당장 구한다고 치자, 그래서 뭘 어쩌겠다고? 어차피 정부가 나서서 바이러스 백신을 배포하지 않는 한 저 휴머노이드는 다시 방전된다. 내가 에너지를 나눠준다? 태양열 에너지를 나눠주는 것은 그를 갓길에 옮겨주는 행위와는 다른 의미다. 태양열 에너지는 내가 예은이에게 닿을 수 있는 유일한 수단이니까.

머리로는 안 될 이유만 찾는데 오른발은 이미 브레이크를 밟고 있었다. 차를 멈춘 채로 한참을 고민한 끝에 나는 핸들을 돌렸다.

어쩐지 예감이 좋지 않았다. 빨리 예은이와 만날 생각에 마음이 급해 덜컥 나오고 말았다. 길을 모른다는 것을 깨달았을 때 집으로 돌아가서 지도책이 있는지라도 찾아봐야 했다. 물론 지도책 같은 건 없었겠지만. 그러면 거주지관리사무소 직원에게 길이라도 물어봐야 했다. 물론 그는 내가 이동한다는 사실 자체에 반대했겠지만. 그러면, 그러면……. 이럴 때일수록 침착해야 한다는 걸 알고는 있었다. 하지만 괜히 운전대 잡은 손에 힘만 들어갈 뿐이었다.

나는 완전히 처음 보는 길을 달리고 있었다. 도로의 표지판도 모두 전자패드로 대체된 지 오래였고, 지금 당연히 모두 먹통이었다. 일단은 남쪽으로 향했다. 운전하는 내내 크게 방향을 바꾼 적은 없었으니, 이 방향이 남쪽이 맞기를 바랄 뿐이었다. 해는 어느덧 산에 걸렸다. 배도 고팠다. 심지어 내 조수석엔 의식 불명의 휴머노이드 청년이 목 뒤에 전선을 꽂은 채 잠들어 있었다.

나는 한숨을 한 번 쉬고 조수석 쪽으로 고개를 돌렸다. 차 흔들림 때문에 연결한 전선이 빠졌다면 다시 꽂아줄 생각이었다. 그런데 말똥말똥한 눈과 시선이 마주쳤다.

"깜짝이야!"

"파에톤2042. 100퍼센트 태양열 모델. 바이러스 감염의 위협은 없겠군."

그의 목소리는 담담했다. 지적이지만 어딘가 까다로운 느낌의 말투가 낯설었다.

'반말을 한다고?'

생각해보니 소유주의 취향에 따라 다양한 말투를 구사하도록 허가된 휴머노이드들이 존재한다고 했다. 아마 그도 그런 팔자 좋은 고기능 휴머노이드 중 하나인 모양이었다.

"나를 납치하는 건가?"

"무슨, 그게 아니라, 네가 쓰러져 있어서 의사를 물어볼 수도 없었고⋯⋯."

엉겁결에 변명을 하고 보니 묘하게 언짢았다. 자기를 구해준 사람한테 이렇게 고자세로 나올 일인가? 그래도 차마 구해준 것에 대한 생색은 내지 못하고 다른 부분을 공격했다.

"왜 휴머노이드가 혼자 도로로 나온 거야? 절전모드로 얌전히 집 안에 있는 편이 나았을 텐데?"

"절전을 택했다면 최악의 경우 조금씩 에너지를 소모하다 손도 못 써본 채 방전돼버리고 만다."

"어차피 휴머노이드는 방전돼도⋯⋯."

"내겐 기억이 사라진다는 게 곧 죽음이다."

희한한 대답이었다. 소유자의 요구에 따라 꼭 인간처럼 따로 기억을 백업해두지 않는 휴머노이드가 꽤 많다는 이야기는 들었다. 하지만 '죽음'이라니? 그 말을 하는 투는 심지어 진지했다. 메모리칩 손상은 보통 휴머노이드의 소유자가 두려워하는 일이었다. 휴머노이드가 이토록 필사적으로 막고자 한다는 말은 들어본 적이 없었다.

그의 말을 끝으로 우리의 대화는 끊겼다. 속으로 '거참 대단한 에고이스트군' 하고 생각했다.

길만 찾으면, 대충 인가가 보이는 쪽에 그를 내려줄 생각이었다. 그때 자연스럽게 작별 인사를 하면 될 것이다.

"나와 동행을 제안한다."

불쑥 말을 꺼내는 그를 눈을 동그랗게 뜨고 쳐다봤다.

"무슨 소리야?"

"말 그대로, 나와 동행을……."

"내가 싫다면?"

그의 말을 끊고 별로 대수롭지 않은 일인 양 물었다. 긴장했다는 걸 그에게 들킬 수 없었다. 혹시 상대가 위험한 존재라면 일단 만만해 보이지 않는 것이 최선의 대응일 테니까.

"싫다면 동행하지 않는다. 휴머노이드는 인간의 금지 명령을 거부할 수 없다."

맞는 말이었다. 하지만 여전히 거부감이 들었다. 젊은 시절 숱하게 경험했었다. 언제 봤다고 자신과 동행을 제안하던, 괜찮다는데 굳이 집 앞까지 데려다준다던 남자들. 게다가 요즘은 소유자의 요구에 따라 다양하게 개량된 휴머노이드가 많다고 들었다. 저 무표정한 얼굴 속에 어떤 생각을 품고 있을지, 나로서는 도저히 짐작할 수 없었다.

"그럼 신원을 숨기지 마. 그리고 네게 다른 의도가 있다면 그걸 감추지 마."

"그건 금지를 가장한 행동 촉구 명령이기 때문에 작동하지 않는다. 하지만 말해주자면 내 이름은 올퀴다. 그리고 또…… 알다시피 인간은 휴머노이드가 범죄에 악용되는 것을 막기 위해 오직 금지 명령에만 반응하도록 만들었다. 쉽게 말하면 부모가 어기지 말라고 정해놓은 큰 선은 절대 넘지 않는 모범적인 아이와 같다고 보면 된다."

"못 믿어. 그 규정 무시하게 하는 프로그램도 많다던데."

아이 운운하는 그의 말에 불쑥 본심이 튀어나왔다. 모범적인 아이란 딱 우리 예은이 같은 아이를 말하는 것이다. 낯선 남성형 휴머노이드를 지칭하는 것이 아니라. 하지만 감정을 드러낸 것은 내 실책이었다. 이제 그는 내가 떨고 있다는 사실까지 완전히 파악해버리고 말았으리라.

그가 한숨을 한 번 내쉬더니 자신의 목 뒤를 만졌다. 그가 건넨 것은 뜻밖에도 작은 원형 스위치였다.

"절전 기능 쪽 스위치만 따로 분리했다. 내가 기약 없는 절전 상태를 얼마나 두려워하는지는 이미 알고 있을 테지."

내가 여전히 의심을 풀지 않는 눈으로 그를 쏘아봤다.

"내가 보기에 넌 길을 모른다. 내겐 도로 정보가 이미 다운되어 있다. 대신 넌 매일 내 하루 활동분의 태양열 에너지를 나눠준다. 오늘처럼 많은 양이 필요하지는 않을 것이다."

나는 절전 스위치를 한 번 눌렀다가 해제한 후에 그의 제안을 수락했다.

*

해가 완전히 산 뒤로 넘어갔다. 붉은 기운이 섞여 하늘빛이 다채롭긴 했지만 곧 사라질 것이다. 숙소를 찾아야 했고, 밥도 급했다. 다행히 저 멀리 도로변에 식료품 도매업체 간판이 작은 점처럼 눈에 들어왔다.

가게 주인은 푸짐한 뱃살을 자랑하는 남자였다. 방독면을 쓰고 있어서 얼굴까지 확인할 수는 없었다. 가게 내부는 조도가 낮고, 어딘가 우중충했다. '도소매 일체 취급'이라 휘갈겨 쓴 종이 안내문을 보고 들어오긴 했는데, 아마 도매업만 전담하는 가게인 것 같았다. 원래는 캐셔도 휴머노이드의 업무였을 텐데⋯⋯. 지금은 누구나 물불 가릴 처지가 아닌 모양이다.

상하지 않는 포장 식품들과 방독면을 한 품 가득 담았다. 여러 사람이 손댄 것이겠지만, 주저 없이 지문 인식 패드에 내 엄지손가락을 댔다. 얼른 배에 무언가를 채워 넣고 싶었다.

"현금."

가게 주인에게서 의외의 말이 완고하게 나왔다. 아직도 눈에 보이는 화폐만을 돈이라 믿는 사람이 있는지 의구심이 일다가 순간 깨달았다. 지금은 모든 전자기기가 먹통이었다. 내 지문 정보로 결제하는 것도 당연히 불가능하겠지.

"그냥 차용증 한 장 쓰면 안 될까요? 지금 너무 배가 고파서⋯⋯."

"현금."

두 번째로 같은 말을 듣자 지금의 상황을 깨달았다. 마음이 급해서 그냥 넘기려 했지만 그 태도가 굉장히 무례했다. 방독면 너머로 얼핏 보이는 그의 눈엔 분명 조롱이 서려 있었다. 배고픈 어른을 면전에 대고 비웃다니. 자기가 가진 조금의 권력을 과시하고 싶어 하는 것만 같았다. 분노보다는 절망감이 일었다. 이런 사람에겐 융통성이나 너그러움을 바랄 수 없을 테니까. 올퓌는 자기랑 상관없다는 듯이 가게 문을 밀고 나가 버렸다. 하지만 잠시 뒤 올퓌가 다시 가게 문을 열고 들어왔을 때, 뜻밖에도 그의 손엔 10만 밸류짜리 지폐가 들려 있었다. 얼떨결에 받아 든 돈은, 형태도 질감도 꼭 내 기억과 같았다. 무슨 일인지 묻는 내 눈빛에 올퓌는 작게 고개를 한 번 끄덕이는 것으로 답했다.

이제 바빠진 것은 가게 주인이었다. 내가 양껏 고른 물건들을 다 합쳐도 채 3천 밸류도 되지 않았기 때문에, 이리저리 거스름돈을 긁어모아야 했다. 방독면을 쓴 채 잔돈 세느라 낑낑대는 그의 셔츠 앞주머니 안에서 반짝거리는 물체가 보였다. 고가는 아닌 것 같았지만 흔히 볼 수 없는 금색의 라이터였다. 휙, 그의 주머니에서 라이터를 낚아채는 동작이 내가 생각하기에도 재빨랐다.

"동전은 됐어요."

라이터를 흔들며 사라지는 나를 가게 주인은 그저 멍한 눈으로 바라봤다. 다른 물건들은 올퓌가 가뿐히 들어줬기 때문에 유유히 그곳을 빠져나올 수 있었다.

"그 돈은 어디서 난 거야?"

가게에서 나오자마자 올퓌에게 물었다.

"휴머노이드는 기본적으로 갖춘 능력이 있다."

올퓌는 덤덤하게 말하며 힐끗 뒤를 돌아봤다. 덩달아 돌아본 가게 출입문엔 예의 그 '도소매 일체 취급' 안내 종이가 내걸려 있었다. 다만, 전과는 다르게 종이의 한쪽 귀퉁이가 직각으로 잘려

나가 있었다. 꼭 지폐만 한 크기로.

호쾌한 웃음이 튀어나왔다. 뒤늦게 나는 그래도 괜찮은 거냐고 물었지만, 이미 한바탕 웃은 뒤라 양심에서 비롯된 질문처럼 들리진 않을 것 같았다.

"나는 단지 그 인쇄물을 너에게 전달했을 뿐이다. 게다가 가게 주인의 그 태도라니. 그냥 넘어갈 수는 없었다."

인간의 태도를 논하는 그의 모습이 좀 낯설었다. 곧 올뛰는 내가 가져온 라이터를 넘겨다보며, 원래 담배를 피웠느냐고 물었다. 새어 나오는 웃음을 참을 수 없었다. 나는 고개를 모로 저었다.

"나도 그 태도를 그냥 넘어갈 수는 없었거든."

올뛰 역시 내 말의 의미를 금세 이해한 듯했다. 순간 그의 입꼬리가 살짝 올라간 듯도 했는데, 내가 제대로 본 것인지 확신할 수는 없었다.

여관 앞에 도착했을 때는 이미 어두컴컴한 밤이었다. 전염병으로 인해 여행을 위한 숙박처는 없어진 지 오래였고, 이제는 정기적인 가족 방문객을 위해 국가의 지원을 받아 운영하는 '여관'만 남아 있었다. 도시를 이동해 가족을 만나더라도 일인 일실 숙박 규칙을 지키게 하기 위함이었기에 늘 한산한 곳이었는데, 오늘은 건물 입구만 봐도 이례적으로 사람이 많았다.

카운터에 선 여관 주인 앞에 내가 먼저 지폐 한 장을 내려놓았다. 그런데 난처한 표정을 지으며 여관 주인이 조심스럽게 돈을 다시 내 쪽으로 밀어놓았다.

"어쩌죠. 오늘은 방이 다 차서."

과연 그녀의 말대로 식당을 겸한 로비에 사람들이 꽉 차 있었다. 여관이 안전하다 판단하고 모인 것 같았다. 적어도 때가 되면 식사가 제공되고, 무엇보다도 서로의 안위를 확인해줄 사람들과 같이 있을 수 있으니까. 연락이 두절된 상황에서 고립된 공간은 더 이상 안전을 보장하지 않는다. 생각이 거기까지 닿자, 자연스럽게 예은이의 상황이 떠올라 초조해졌다.

"어떻게 안 될까요? 하룻밤만요. 아침에 바로 출발할게요."

"그게, 방이 하나 있기는 한데요."

그녀가 난처한 얼굴로 우리 둘을 쳐다보았다. 요즘 시대에 방을 함께 쓰는 사람은 없었으니까.

"이 친구는 괜찮아요. 휴머노이드거든요."

휴머노이드라는 말을 하는 순간 한쪽 테이블에서 식사하던 남자 네댓의 시선이 올뭐를 향해 꽂혔다. 방독면의 취식구만 개방한 채 먹는 꼴이 꽤 경계심이 높아 보였다. 하지만 지금 중요한 것은 그게 아니었다. 만약 여관 주인이 그래도 원칙을 고집한다면, 지금 휴머노이드가 인간에게 전염병을 옮길까 봐 걱정하는 것이냐고 따질 셈이었다.

"아휴, 그래도 안 돼요. 한 공간에서 무슨 짓을 하려고."

"아니, 우리는 그런 사이가 아니라……."

변명하려다 제풀에 말을 멈췄다. 여기서 내가 올뭐의 소유자가 아니라는 것을 밝혀봤자 상황이 나아질 것 같지 않았다. 다른 수가 없나 머리를 굴리다가 문득 그 생각이 났다.

"사이 방은 다 비워둔 거죠?"

"아무래도 그렇죠. 상황이 변했다고는 해도 생활 규범 자체를 어길 순 없으니."

'사이 방'이란 실제 객실 사이사이에 비워둔 쓰지 않는 객실을 말했다. 과거 방역을 위해 같은 건물 내에서도 서로 거리를 두던 전통이 그대로 규범으로 굳어졌다. 그냥 텅 빈 방이지만 내 이불을 나눠준다면 그가 머물기에는 나쁘지 않을 것이다.

여관 주인은 올퓌의 목덜미를 주의 깊게 살펴보더니 곧 종이 숙박부를 내밀었다. 주소와 이름을 수기로 작성한 후에야 각각 방의 카드키를 받을 수 있었다. 나를 따라 계단을 오르던 올퓌가 뒤에서 조심스럽게 나를 불렀다.

"저, 혹시 몰래 같은 방을 쓰면 안 되나? 필요하다면 나를 절전 모드로 돌려놔도 좋다."

올퓌는 말을 하면서 자꾸 로비 쪽을 기웃거렸다. '저'나 '혹시' 따위의 말을 붙이는 모습이 의외였다. 아마 제 딴엔 어려운 부탁을 하는 것 같은데 안타깝지만 그의 말을 들어줄 수 없었다. 괜한 오해까지 산 마당에 거기에 힘을 실어줄 만한 행동은 하고 싶지 않았다.

"이불은 내 걸 줄게. 불편하겠지만 내가 사이 방에 자면 방역 실천이 안 되잖아."

올퓌는 무언가 더 말할 것처럼 우물쭈물하다가 이내 단념한 표정으로 사이 방으로 들어갔다.

나도 방으로 들어가 침대에 누워 올퓌를 생각했다. 숙박부에

글씨를 쓸 때 보니 '올퓌(Orphy)'는 내가 생각한 대로 '오르페우스(Orpheus)'의 약자였다. 그리스 신화에 나오는, 리라의 명수이자 비극적 사랑의 주인공인 오르페우스. 도대체 이렇게 자존심 세고 무뚝뚝한 휴머노이드가 그런 이름을 가진 이유는 뭘까? 누가 그런 이름을 붙여준 거지? 예은이를 만나면 이름과 실제 성격 사이에서 오는 괴리를 웃음 포인트로 삼아 꼭 올퓌에 대한 이야기를 들려주리라. 그리고 예은이를 만난다면……

예은이와의 만남을 떠올리며 의지를 다잡으려는데 의식이 흐려졌다. 실로 몇십 년만의 운전이었다. 곧 노곤함이 밀려왔고, 긴장이 풀리며 나는 금세 잠에 빠져들었다.

*

쿵. 무언가 바닥에 부딪히는 소리와 함께 잠에서 깼다. 내가 잘못 들었나 싶었지만, 곧이어 다른 소리도 들려왔다. 숨을 죽이고 키득거리는 소리 그리고 누군가의 억눌린 신음 소리……. 곧 신음 소리는 완전히 사라졌다. 이후로도 뭔가 꺼내고, 늘어놓고 하는 소리가 들려왔는데 이 모든 소음이 가까이에서 들려온다는 사실이 낯설었다. 이건 꼭 옆방에서 들려오는 소리 같다는 생각이 들었을 때 벌떡 침대에서 일어났다.

달려가보니 올퓌의 방 문고리가 이미 문과 완전히 분리되어 있었다. 빈 손잡이 구멍을 잡고 천천히 문을 열자마자 나는 내가 잘못 들은 게 아니었다는 사실을 확인할 수 있었다. 올퓌가 네댓

명의 괴한에게 둘러싸여 있었다. 모두 낯선 얼굴이었지만 그 수를 보니 짐작 가는 구석이 있었다.

"뭐야? 네가 아무 문제 없을 거라며?"

그중 한 놈이 다른 놈에게 따지듯 물었다.

"이렇게 방음이 안 될 줄 몰랐지. 그런데 들렸어도 그렇지. 겁도 없이 왔네, 할매?"

"대답도 하지 마. 그러다 죽어."

어느새 한 놈이 내 뒤로 다가와 말했다. 등에서 느껴지는 뾰족하고 차가운 물체가 무엇인지는 딱히 뒤돌아보지 않아도 짐작할 수 있었다. 나는 한쪽 손은 여전히 주머니에 넣은 채, 비로소 올뤼의 얼굴을 살폈다. 올뤼의 눈동자가 나를 바라보고 있었다. 눈물만 흐르지 않았지, 분명 두려워하는 것 같았다.

"서둘러. 딴 놈들도 들었는데 모르는 척하고 있는지 모르잖아."

"팔이랑 다리 쪽은 표피 아래 접합부가 있거든? 인간으로 치면 연골 부분에. 그 부분을 집중적으로 쪼개."

"메모리칩 챙기고. 그거 남으면 골치 아프다."

"그냥 만져도 돼?"

"얘 어차피 금지 명령인가 그거 때문에 저항 못 해."

그들 중 일부는 이미 이런 일을 수차례 해본 적 있는 전문가처럼 보였다. 그들의 말처럼 올뤼는 묶여 있지 않았다. '저항하지 말라'는 인간의 말 한마디를 거역할 수 없었을 테니까. 문득 올뤼가 같은 방을 쓰면 안 되냐고 묻던 모습이 뇌리를 스쳤다. 부탁의 이유를 그때는 짐작할 수 없었다.

"그런데 메모리칩 빼면 이 할머니 죽여도 되는 거 아냐?"

그중 제일 어려 보이는 놈이 물었다.

"야, 씨. 그걸 대놓고 말하면 어떡해, 할매 놀라게."

그다음 일들은 순식간에 벌어졌다. 뒤에 있던 놈이 우선 내가 소리를 못 지르도록 손으로 내 입부터 막았다. 하지만 나도 동시에 움직였다. 주머니에 넣은 손으로 사출구의 방향을 확인한 후 호신용 스프레이를 곧장 내 머리 뒤쪽으로 분사했다. 순간적으로 최루액을 들이마신 놈은 비명을 지르며 떨어져 나갔다.

만만하게 보던 상대에게 반격을 당하자 나머지 놈들도 당황한 게 보였다. 이제부턴 전략이랄 것이 없었다. 움직이는 놈들을 향해 최루액을 마구 분사했다. 원래 호신용 스프레이는 실외에서 바람을 등지고 사용하라고 만들어진 것인데 밀폐된 공간에서 분사하니 곧 방 안이 온통 최루액으로 가득 찼고, 모두가 정신을 못 차리고 콜록댔다. 나를 포함해서 말이다.

그 틈을 타 올뮈가 나를 안아 들고 방을 나왔다. 올뮈를 공격한 패거리에겐 다른 사람이 난입한다는 변수는 없었으리라.

차에 탄 나는 눈을 제대로 뜰 겨를도 없이 시동부터 걸었다. 곧 저놈들이 쫓아올 것이다. 쫓기기 전에 최대한 거리를 벌려놔야 했다. 그대로 쭉 액셀을 밟았다. 주변은 여전히 칠흑같이 어두웠다.

"그런 사정이 있으면 설명을 제대로 했어야지!"

큰 도로에 진입해 어느 정도 안정되자마자 내가 쏘아붙였다.

놀란 마음에 도리어 성을 낸 것인데, 어쩐 일인지 올퓌 쪽에서 뭐라 반응이 없었다. 슬쩍 조수석에 탄 그를 살펴봤다.

"설명하면 이해했을까?"

뜸을 두고 튀어나온 그의 목소리는 놀랍도록 차가웠다. 말을 내뱉는 얼굴도 딱딱하게 굳어 있었다.

"그게 무슨 소리야, 당연히……."

"휴머노이드는 인간의 금지 명령에 취약하다는 사실을 몰랐나?"

말을 끊고 되묻는 그에게 뭐라고 대꾸할 수가 없었다. 그의 말대로 나는 금지 명령에 대해서 분명 알고 있었다. 그렇긴 하지만…….

"결국 대부분의 인간은 휴머노이드의 입장을 이해 못 한다."

"왜 그 얘기까지 나와?"

"이건 명백한 휴머노이드 혐오 범죄다. 과연 돈만 필요해서 벌인 일일까? 장난치듯 서로 낄낄대면서?"

"그걸 왜 나한테 따지는데?"

"휴머노이드에게 모이는 시선이 의미하는 게 뭔지도 몰랐겠지. 휴머노이드 혐오에 대해 관심도 없고."

"어쨌든 난 널 구해줬어. 네 문제가 어떻든 최소한 감사해야 하는 게 예의 아니고?"

"과연 구해만 줬을까?"

이건 도대체 무슨 소리인가 싶어서 고개를 돌려 그를 노려봤다. 그 역시 지지 않고 눈빛으로 응수했다.

"휴머노이드를 혐오해서 누군가는 바이러스까지 풀었다. 그런 세상에 살아가면서 인간인 넌 뭘 했는가? 방관하는 것도 결국은……."

"그만해! 알아들었으니까. 아니, 금지 명령을 내린 건 아니고."

담담하다느니 지적이니 하는 그에 대한 내 처음 판단이 틀렸음을 인정해야만 했다. 도대체 무슨 목적으로 이렇게 나불거리는 휴머노이드를 만들어낸 것일까? 휴머노이드란 인간의 편의를 위한 존재라는 점에서 넌 아주 실격이야, 홧김에 그렇게 말해 버리려다 참았다. 그러나 이 배은망덕한 로봇은 참을 인 자를 쓰는 내 속은 아랑곳하지 않고 다시 툴툴거리기 시작했다.

"도대체 무기는 왜 그렇게 멍청한 걸로 골라 온 건가?"

"얼씨구. 살았다고 입이 텄구먼."

"이왕 빌려 올 거면 좀 더 괜찮은 걸 빌려 왔어야 했다. 아니, 아예 사람을 더 부르는 게 안전했지."

"빌린 거 아니거든? 내 거거든?"

"그런 걸 왜 가지고 다니나?"

그런 질문을 들으니 한숨부터 나왔다. 내 상황을 전혀 모르는 상대에게 대체 어디서부터 어떻게 설명해야 할지, 말을 꺼내기도 전에 피로가 느껴졌다. 올퓌의 기분이 바로 이런 것이었으려나?

"왜냐하면 지금과 다르게 사람들끼리 좀 만나면서 살던 시절에는 혼자 여행도 다니고 그랬거든. 너야 인간 여자가 아니라서 모르겠지만, 여자가 혼자 여행을 한다? 위험한 게 한두 가지였을까? 그래서 최소한의 호신 장비로 저런 걸 챙겨 다닌 거야. 누군가와 싸울 마음은 조금도 없는데, 싸울 준비는 하는 거지. 근데 왜 저렇게 성능이 별로냐고? 나도 그게 궁금하네. 아마도 만든 사람들이 사실은 여자들의 안전에 대해선 쥐뿔도 관심도 없었나 보지, 누구처럼."

말을 하다 보니 목소리가 꽤나 격앙되었다. 상황은 다르지만 올뮈도 공감하리란 생각에 꺼낸 말이었는데, 말이라는 게 그랬다. 담담할 수 없는 상황에서 담담하게 말할 수는 없었다. 다행히 올뮈는 뭔가 느끼는 바가 있었던 것 같다.

"그렇게 내가 싫으면 그냥 차에서 내려."

마지막으로 이죽거리는 내 말에도 올뮈는 얌전히 입을 다물고 있었다. 내리라고는 말했지만 나도 정말로 차 속도를 줄이지는 않았다.

한때는 시가지였을 폐허의 한가운데에서 차는 결국 멈춰버렸다. 계획과 다르게 야간에 달리느라 조금 남아 있던 태양열 에너지마저 완전히 소진해버린 것이다. 물도 있고, 음식도 넉넉했지만 다시 해가 뜰 때까지는 그 자리에 꼼짝없이 멈춰 있어야 했다. 다행히도 이미 어둠의 농도가 조금씩 옅어지고 있었다. 아마 한두 시간만 견디면 다시 새벽이 밝아올 터였다. 나와 올뮈는 함께 보닛 위에 걸터앉아 새벽하늘을 바라봤다. 이미 꽤 농도가 옅어진 어둠 속에서도 몇몇 이름 있는 별들의 반짝거리는 모습이 그런대로 예뻤다.

"아름답군."

올퓌가 말했다. 분명 진심일 것이다. 그와 나의 심장에 같은 감정이 흐를 수 있다는 것을, 이제 나도 경험으로 이해했다.

"내가 어렸을 때, 그땐 방역의 방법이 전혀 달랐어."

왠지 이 말을 해야 할 것만 같아 내가 운을 띄웠다. 그에게 내 어린 시절에 대해 말했다. 한 가족끼리만 고립되어 살아가던 그때의 삶의 풍경과 그 시절에 느낀 기쁨들에 대해.

그러다 인류가 슈퍼 백신을 개발해 모든 종류의 전염병을 극복했다고 믿게 되었다. 여행은 그때 들인 취미였다. 남편은 교통사고로 일찍 떠나보냈지만, 내겐 딸이 남아 있었다. 이 아이와 넓은 세상을 누비며 살리라, 그때는 그런 꿈을 꿨었다.

다시 20년 만에 전염병이 발발하고, 사람들은 슈퍼 백신이 무색하게 다시 바이러스에 속수무책으로 당할 수밖에 없었다. 그때부터 질병에 대응하는 접근 방식 자체가 달라져야 한다는 말이 나오기 시작했다. '주거 개혁'이니 '원천 방역'이니 하는 말도 심심치 않게 들려왔다. 국제적인 회의가 수차례 개최됐다. 그 끝에 정부는 '1가구 정책'이라는 새로운 종류의 정책을 내놓았다. 방역을 위해선 가족이라 할지라도 최대한 흩어져서 혼자 생활하는 것이 가장 이상적이라며 전문가들도 그 정책에 힘을 실었다.

크게 세대별로 찬성과 반대의 양상이 갈렸다. 나를 포함한 중장년층은 대부분 이 정책에 반대했다. 누군가는 살날이 얼마 남지 않는 사람들의 무책임한 고집이라 비난했지만, 우리에게도 나름대로의 이유는 있었다. 우린 유년기를 가족과 함께 보낸 세대였다. 우리 세대에게 부모와 자식으로 구성된 가족이란 절대

분리될 수 없는 관계의 최소 단위나 다름없었다.

반면 젊은 세대는 가족 중심의 생활을 직접 경험해본 일이 없었다. 그들은 온라인 플랫폼으로 만난 지구 반대편의 친구가 충분히 자기 가족만큼 가깝게 느껴질 수 있는 세대였다. 당시의 나는 그들의 생각을 이해할 수 없었고, 그런 사고방식이 그저 비정하게만 느껴졌다. 시간이 지나고 생각해보니, 이들의 앞엔 어쩌면 이런 선택지가 놓여 있었던 것인지도 모르겠다는 짐작이 갔다. 조금 급하긴 하지만 지금 당장 부모에게서 독립할 것인가, 아니면 기약 없이 부모님과 함께 살아야 할 것인가.

결국 정부는 젊은 세대의 손을 들어주었다. 인공지능 분야의 획기적인 발전이 정책 통과에 결정적인 영향을 미쳤다. 인간은 외따로 떨어져서도 생활이 가능하리라. 인간의 빈틈을 이제 휴머노이드가 채워줄 것이기 때문이다. 우리는 그 단순한 사실에 반박할 수 없었다. 그렇다고 정책에 진심으로 동의할 수도 없었다. 당장 나만 해도 그랬다. 그때 내 딸은 임신한 상태였으니까.

나는 가끔, 내 딸도 제 배 아파서 낳은 예은이를 정부 기관에 위탁해야 했을 때 마음이 쓰렸을까 상상하곤 했다. 그제야 내 심정을 이해하고 깊이 후회했을까? 아니면 그저 당연하다 생각하고, 온라인에서 예은이와 놀아줄 계획을 세웠을까.

그러나 나는 딸아이가 어떤 심정이었는지 영영 알 수 없을 것이다. 딸아이는 예은이를 낳다가 목숨을 잃었다. 벌써 15년이 지난 일이지만 당시 내가 그 자리에 함께하지 못했다는 사실만큼은 여전히 사무쳤다. 내가 예은이를 찾아가는 마음은 절실할 수밖에 없었다.

내심 그의 속도 궁금했다. 오르페우스라는 이름에 관해 묻자 그에게선 간결한 대답이 돌아왔다.

"내겐 사랑하는 사람이 있었다. 그는 자기를 에우리디케라고 부르게 했지."

내가 짐작만 하고 있던 것들이 그의 말로 뚜렷해졌다. 왜 올퓌는 과거형으로 이야기하는지. 그리고 그 사람이 올퓌에게 왜 그런 이름을 지어줬는지. 아마 그는 이미 알고 있었을 것이다. 오르페우스와 에우리디케가 서로를 갈라놓는 죽음의 운명을 피할 수 없었던 것처럼, 자신들의 관계도 꼭 그렇게 되리라는 것을. 인간인 자신이 휴머노이드인 올퓌를 사랑하게 된 시점에서 이미 그 피할 수 없는 운명을 직감했으리라.

"죽은 거구나. 네 소유자, 아니 네 애인은."

올퓌가 고개를 끄덕였다.

"벌써 5년 전의 일이다."

그 말까지 듣고 보니 이상한 점이 있었다. 올퓌는 정 급할 경우 자기 기억을 외부 매체에 업로드할 수도 있었다. 만약 그의 연인이 금지 명령을 내렸다고 해도, 사후엔 그 금지 명령 역시 저절로 무효화됐을 테니까.

"그런데 왜……."

더 물어보려다 질문을 멈췄다. 왠지 올퓌의 마음을 알 것만 같았다. 연인과의 기억을 지키는 일이 중요해도 올퓌 자신이 기억을 보존하는 저장 매체로서만 존재하고 싶지도 않았을 것이다.

내가 올퓌였어도 끝까지 한 사람의 연인으로 남고 싶었을 것 같다. 올퓌가 왜 기억을 자기 안에만 간직하고 싶었는지 비로소 이해가 갔다. 꼭 인간들처럼, 올퓌도 자신의 추억을 유일무이한 형태로 간직하고 싶었으리라.

우리는 다른 말을 더 나누지는 않았다. 다만 나는 회상에 잠긴 그의 눈빛을 잠시 살폈을 뿐이다. 그러고는 나 역시 밤하늘을 바라봤다. 함께, 오래도록.

날이 밝아올 때쯤, 나는 앞으로 무슨 일이 있어도 금지 명령을 내리지 않겠다고 올퓌에게 말했다.

올퓌는 그저 씁쓸하게 웃었다.

세상이 돌아가는 법칙 전체를 바꿀 수는 없지만, 나만이라도 그런 불평등한 관계에서 탈피하고 싶었다. 애초에 내가 올퓌에게 정식으로 금지 명령을 내린 적도 없었다. 원래 진정한 관계에 강요나 강제 따위는 필요하지 않은 법이니까.

*

다음 날부터, 여행은 더욱 순조롭게 진행되었다. 말은 줄었지만 손발은 척척 맞았다. 길을 알고 있다는 올퓌의 말은 빈말이 아니었고, 이제는 서서히 내게도 익숙한 길이 나타나고 있었다. 나는 올퓌의 목에 내 스카프를 매주었다. 사람들이 있을 때 우린 함께 이동 중인 아들과 엄마인 척했고, 그러자 우리에게 시비 거는 사람도 눈에 띄게 줄어들었다.

이대로라면 생일 아침에는 예은이 집에 당도할 수 있을 것 같았다. 예은이에게 들려줄 이야기가 많았다. 무엇보다도 올뛰를 예은이에게 꼭 소개하고 싶었다.

한편, 올뛰는 길가에 뿌려진 전단지를 본 뒤로 나름대로 자신의 거취를 계획했다. 다행히 상황이 어느 정도 통제되어가는 듯했고, 병원에서 비상 발전기를 가동해 휴머노이드를 충전해준다는 소문이 돌았다. 아마 비상 상황인 만큼 모든 공공시설을 휴머노이드 복구에 활용하는 듯했다. 마침 예은이의 거주지에도 큰 병원이 하나 있어서 그곳에 도착하면 올뛰는 우선 병원에 가볼 예정이라고 했다.

한밤중의 대피 소동 이후, 충전과 주행의 방식이 좀 비효율적으로 굳어지기는 했다. 그날 아침 우리는 완전히 방전된 차량에 한 시간 정도 햇빛을 쏘여야만 했었으니까. 그리고 다음 날에는 어긋난 일정을 맞추기 위해 충전한 에너지가 완전히 소진될 때까지 달렸다. 그 패턴이 그대로 굳어 아침에 태양열을 충전하고, 그 에너지를 종일 소진하는 방식이 되어버렸다.

지방으로 내려갈수록 상황이 혼란스럽다고 해 조금 걱정되기는 했다. 하지만 우리는 성실하고 적응력도 좋았다. 매일 목표 지점을 정해 그 계획을 어기는 일이 없었고, 우리를 지키는 데에도 철저했다. 만일 숙소의 분위기가 위험하다고 판단되면 야박도 불사했다. 다행히 예은이가 사는 거주 구역은 아직 출입이 통제되지 않았다.

마침내 예은이의 거주 구역에 도착한 날 밤, 우리는 차 지붕을 열고 밤하늘을 보며 대화를 나눴다. 오늘이 마지막 밤인 만큼 좀 분위기를 내고 싶었다.

우리의 대화는 밤이 깊을 때까지 이어졌다. 질문을 거듭하며 서로를 알아갔다. 나는 졸린 눈을 비비며 올뛰의 음악 취향이나 애창곡에 대해 물었다. 그러면 올뛰는 다시 나에게 가봤던 가장 환상적인 여행지에 대해 묻는 식이었다. 결국 잠에게 지고 말았을 때는 얼핏 예은이와 올뛰 그리고 내가 함께 여행을 떠나는 상상을 한 것도 같다.

흔드는 손길에 번뜩 눈을 떴다. 올뛰였다. 잠결에 바라본 그의 표정이 전에 없이 심각해 보였다. 그는 입술에 검지를 가져다 댔다. 소리 내지 말라는 표시. 남아 있던 잠이 모두 달아났다.

올뛰의 시선을 따라 내다본 차 밖은 온통 깜깜했다. 어둠 속에서 무언가 움직이는 것 같기는 한데, 그걸 바로 분간할 만큼 내 눈은 좋지 않았다. 잠시 집중하다 보니 덩치가 제각각이고 네발로 걷고 있는 형체들이 조금씩 시야에 잡혔다. 무엇보다 그런 형체가 한두 개가 아니라는 사실에 순식간에 소름이 돋았다.

"들개들이다."

올뛰가 낮은 목소리로 읊조렸다. 그 목소리에 반응했는지 저편에서 한 놈이 목을 긁는 소리를 냈다. 내 눈으로도 서서히 분간이 되기 시작했다. 사람이 버리고 간 땅에 여전히 살아가고 있는 존재들. 과거엔 애완동물이었을지 몰라도, 이제는 완전히 야생동물이 된 들개들이었다. 다큐에서 봤을 땐 꾀죄죄한 몰골이 처량

하고 우스꽝스럽기도 했지만, 실제로 마주하니 이미지가 전혀 달랐다. 크륵, 개들이 그르렁거리는 소리가 위협적으로 들려왔다.

문제는 차를 움직일 수 없다는 것이었다. 이미 하루분의 태양열 에너지를 다 소진했다. 이 빨간 고철 덩어리는 우리에게 안전한 방호벽이 되어주지도 못했다. 시동이 꺼진 채로는 다시 지붕을 올릴 수 없는 오픈카였기 때문이다.

"어쩌면 좋아……."

"열린 거주 구역 출입문으로 들어온 거다."

그의 말을 듣자 내 절망은 한층 더 짙어졌다. 하나 마나 한 말을 꺼냈다는 것은 그 역시 별다른 다음 행동이 떠오르지 않는다는 것을 의미했다. 그사이 들개 무리 중 한 마리가 다가와 탐색하듯 차 뒷바퀴의 냄새를 맡고 다시 물러났.

올뤼와 나는 그제야 서로의 얼굴을 마주 봤다. 올뤼의 얼굴엔 공포보다도 걱정이 서려 있었다. 올뤼는 나와 상황이 또 다르다는 사실을 그제야 깨달았다. 저 짐승 무리가 원하는 것은 결국 씹어 먹을 수 있는 살코기였다.

올뤼가 다시 입을 열었다.

"전선을 꺼내라."

처음엔 그의 말을 이해할 수 없었다. 하지만 이내 그의 의도를 간파한 나는 눈을 크게 떴다.

올뤼는 지금 자신의 체내 전류로 차를 가동시키라 말하는 것이다. 올뤼가 신체를 운용하기 위해서는 차에서 비교적 적은 양의 에너지만을 뽑아 쓰면 됐다. 반면 올뤼의 신체에서 에너지를 뽑아 차를 몰면 올퓌는 완전히 방전되고 말 게 분명했다.

내가 멍하니 있자 그가 직접 움직이기 시작했다. 그만두라는 말을 막 꺼내려는데 올퓌가 선수를 쳤다.

"냉정하게 생각해라. 지금 이 방법밖에 없다."

그 말에 선뜻 동의할 수도 반박할 수도 없었다. 올퓌의 말처럼 이젠 우리에게 남은 선택지가 없었다. 하지만 정말 그런 걸까? 만약 방전으로 올퓌가 메모리칩을 잃는다면, 그걸 과연 둘 다 살아남았다고 표현할 수 있을까?

"그만둬."

나는 전선을 쥐고 올퓌와 실랑이를 벌였다. 지금은 금지 명령을 하지 않겠다는 다짐을 지킬 순간이 아니었다. 그대로 올퓌도 움직임을 멈추는 듯했다. 하지만 놀랍게도 올퓌는 다시 천천히 전선 쪽으로 손을 뻗었다.

"그만, 그만두라고!"

나는 놀라 연거푸 외쳤지만 소용없었다. 올퓌는 힘겨워 보였다. 하지만 끈질긴 손놀림으로 전선을 차지하려 했다.

차 안에서 소동이 벌어지자 밖에서도 동요가 일었다. 들개들은 몇 발자국 뒤로 주춤하며, 컹컹거리는 울음소리를 동시다발적으로 뽑아댔다. 결국 올퓌가 전선을 손에 쥐었다.

"희재."

올퓌가 선언하듯 내 이름을 불렀다.

"주현이다. 내가 사랑했던 사람의 이름. 지적인 사람인데, 웃을 때는 컹컹거리는 소리를 낸다. 그는 자신의 두상에 달라붙는

얇은 머리카락을 싫어했다. 내가 보기에 그 모습은 언제나 아름 다웠다."

말을 잇는 올뮈의 표정은 진지했다.

"주현이 말했다. 나를 아껴주는 새로운 사람을 만난다면, 그땐 자신을 잊고 그 사람을 지켜주라고."

나 역시 그를 포기할 생각은 없었다. 운전대 서랍 속 전선이 빠진 자리에서 아까부터 무언가가 반짝이고 있었다. 올뮈의 절전모드 스위치를 포함한 작은 물품들을 운전대 서랍 속에 모두 넣어두었던 것이 순간적으로 떠올랐다.

나는 재빨리 손을 뻗어 그의 절전모드 스위치를 눌렀다. 아니, 누른 줄 알았다. 뜻밖에도 물체를 잡은 감촉이 달랐다. 꺼내 보니 그건 스위치가 아니라 꼭 그만한 크기의 라이터였다. 도소매를 모두 취급하던 가게 주인의 주머니에서 빼 온 금색 라이터. 고개를 돌려보니, 올뮈는 이미 자신의 목에 전선을 끼워 넣은 후였다.

"내 선택을 헛되게 하지 마라."

올뮈의 몸이 부르르 떨리더니 이내 모든 행동이 멈췄다. 그대로 그는 조수석 앞 창문 쪽으로 고꾸라졌다. 자신의 모든 에너지를 차체에 한 번에 쏟아부은 것이다.

그가 쓰러지는 소리에 들개들이 다시 흥분했다. 나는 짧게 비명을 질렀고, 개들은 컹컹 짖어대기 시작했다. 슬픔과 공포가 한데 합쳐져 내 몸이 덜덜 떨렸다. 하지만 올뮈는 여전히 엎어진 채 꼼짝도 하지 않았다. 그제야 올뮈의 부재가 실감되었다. 나는 결단을 내려야만 했다.

시동을 걸고 차를 출발시켰다. 들개들은 한동안 공들인 사냥감을 쉽게 포기하지 않았다. 끈질기게 차를 쫓아왔지만 조금씩 거리를 벌릴 수 있었다. 개들이 작은 점처럼 보이게 되어서야 좀 정신을 차릴 수가 있었다.

긴박감이 가시자 다시 올퓌에 대한 생각이 차올랐다. 우리는 여행이 끝난 이후의 일들에 대해 이야기한 적이 있었다. 올퓌가 의탁할 병원에 함께 가는 이야기를 꺼냈을 때, 올퓌는 말을 끊었다.

"지금까진 어떻게 감시망을 피했을지 몰라도 기본적으로 거주지 무단 이탈은 범죄에 해당한다. 나야 우선은 충전이 필요하니 병원에 가지만 희재 당신은 경우가 다르다. 공공 기관에서 멀리 떨어져 있다가 소요를 틈타 조용히 집으로 돌아가는 게 최선이다. 자칫하다간 손녀와 시간을 보낼 새도 없이 체포되어, 어렵게 만든 기회를 그냥 날려버릴 수도 있다."

"하지만 내가 조용히 그냥 가버리면 그 이후엔……."

"기억하면 된다."

칼 같은 그의 말이 그때는 좀 서운하게 들렸던 것 같다. 그 뒤로 나도 가타부타 더 말이 없이 차를 몰았다. 지금 생각해보면 그는 그저 현실적이었을 뿐이다. 자신이 희생하게 되리라곤 올퓌 본인도 짐작하지 못했겠지만, 그는 미리부터 이별을 준비했던 것이다. 그는 이미 상대적으로 유한한 삶을 누리는 인간들과의 이별을 경험해봤을 테니까. 시야가 자꾸 눈물에 가려졌다.

기억해야만 한다. 올퓌가 사랑한 사람에 대해, 그리고 올퓌에 대해서도. 이별이 결정 난 세상에서 어깨를 들썩이며 울 때가 되어서야 깨달았다. 나는 올퓌를 정말 좋아했다.

*

"내가 할머니 때문에 못 살아. 아무리 연락이 안 돼도 그렇지, 저 낡은 차를 끌고 찾아왔다고?"

놀란 마음에 괜한 화를 내는 예은이의 손을 꼭 잡았다. 예은이도 내 손을 뿌리치지 않았다. 아무리 어른스럽게 굴어도 애는 애니까, 연락이 끊긴 동안 꽤 두려웠을 것이다.

"그런데 이 휴머노이드는 누군데?"

우리는 한 병원의 침상 앞에 서 있었다. 그리고 침상 위에는 남성형 휴머노이드가 눈을 감은 채 누워 있었다. 얇은 선의 이목구비가 어딘지 지적이고 고집스러운 인상을 풍기는 로봇이었다. 그의 옆에 놓인 모니터에는 재부팅 중이라는 문구가 깜빡이고 있었다.

"올퓌, 음악과 기억의 신인 오르페우스에서 따온 이름. 무엇보다 내 친구야."

"뭐? 잠시만. 할머니한테 나 말고 친구가 있다고?"

진심으로 놀라워하는 예은이의 말에 그저 미소로 답했다. 시작하면 긴 이야기가 될 테니까.

곧 올퓌가 깨어난다.

영원

최희라 ─────────────────

대학에서 국어국문학과 법학을 전공했다. 정부 산하기관에서 일하고 있다. 「영원」은 처음
쓴 SF이자 처음으로 발표하는 소설이다. 각 장르의 전통을 경애하면서도 그에 한계를 긋
지 않는 글쓰기를 하고 싶다. 적어도 두 번은 읽고 싶어지는 소설을, 적어도 2쇄는 찍는
책을 내는 게 꿈이다.

"종료할 시간이에요, 한설 박사님."

휴머노이드가 또박또박 말한다.

"알아요. 너무 늦었죠."

나는 고개를 끄덕인다. 인피니티 3호를 뇌에 심는 것을 거부하고 반정부 운동에 가담한 것이 드러나도 알 수 없는 이유로 오랫동안 '종료'되지 않는 사람들이 있다. 내 경우도 어떻게 해석해야 할지 모르겠다. 배려일지. 시험 대상으로 삼으려고 작정한 건지. 둘 다일지도.

"너무 늙기도 했고요. 벌써 여든이 넘었는걸요."

나는 살짝 웃는다. 휴머노이드가 서글픈 표정을 짓는다.

"그분께서 박사님껜 시간을 충분히 드리라고 하셨습니다. 내일 다시 오겠습니다."

인피니티 3호 도입 초기에는 내 안에 평화를 불러들이려 애썼다. 울분을 가라앉히기 위해 지난 세기에 유행한 명상을 배웠고 통제로 가득한 세상을 이해하려고 노력했다. 어떤 의미에선 영원해진 인류를. 범죄가 거의 사라진 대신 더는 누군가를 위해 노력하지도 않는 시대를. 정부가 강권하는 대로 인피니티 3호 칩을 뇌에 삽입하는 시술을 예약하려다 만 적도 여러 번이었다. 나중에는 그런 장치에 기대어 뇌가 최적의 대처를 하도록 만든다는 생각이 어리석다는 걸 증명하려고 부단히 노력했다. 이제 이 모든 일을 뒤로할 수 있다고 생각하니 마음이 착 가라앉는다.

이제는 그렇게 불리는 일이 거의 없지만 초창기 인피니티 3호의 별명은 '윤리적인 뇌'였다. 인피니티 3호가 뇌 신경 세포 간의 연결을 조정해서 윤리적인 판단과 감정 조절 기능을 강화하는 것을 강조한 표현이었다. 효과는 즉각적이었다. 폭력이나 학대 사건이 눈에 띄게 감소했고 양극성 정동장애 환자의 조증 삽화가 짧아지거나 증상이 완화됐다. 그런데 우울증은 환자 수가 조금 줄었을 뿐 발병 빈도나 증상이 뚜렷하게 개선되진 않았다. 인류의 과반수가 인피니티 3호를 장착한 뒤로는 획기적인 예술 작품이나 발명품도 거의 나오지 않았다. 사람들은 사회에서 용인되는 행동에 대한 기준에 점점 더 집착하는 경향을 보였다. 그것이 인피니티 3호 칩을 시술했기 때문인지, 칩을 넣지 않은 사람들이 잠재적 범죄자로 분류돼서인지, 아니면 칩 자체에 감시 기능이 있다는 소문 때문인지는 분명하지 않았다.

최근에는 그가 종료된 자의 뇌를 직접 연구한다는 정보를 입수했다. 인피니티 3호의 업그레이드가 필요하다고 판단한 것이다. 날이 갈수록 사회의 활력이 사그라들고 있다는 걸 그 역시 깨달았겠지.

연구 방법은 이렇다. 렘수면 상태에서 심장을 멈추게 한 후 뇌를 스캔하면 생전의 기억이 데이터로 바뀐다. 영화를 보듯 선명한 장면으로 기억을 꺼낼 순 없지만 감정의 흐름을 추적할 순 있다. 스캔이 끝난 뇌는 망가지고 뇌의 주인은 '종료된 자'로 분류된다.

상상한다. 그가 핀셋으로 내 뇌의 주름을 들추고 해마를 건드리고 찌르는 모습을. 상상한 그대로 일이 진행되진 않겠지만 어떻든 참혹한 일이다. 반세기 전에 내가 내린 결정을 씨앗 삼아 현재의 세계가 만들어졌다. 곧 종료될 내 뇌가 불러들일 미래는 어떨까. 그것이 어떻든 그에게는 내어줄 수 없다.

방문자가 떠난 뒤 책상 서랍을 열어 총을 꺼낸다. 이 구시대적 무기를 구하기 위해 꽤 많은 돈을 들였다. 뇌를 통째로 날리길 기도하며 관자놀이에 총구를 바짝 갖다 댄다. 마지막 순간, 의식이 저절로 50년 전 그를 처음 만난 그날로 돌아간다.

*

아이의 모습이 홀로그램으로 문 위에 어렸다.

"들어오세요."

앨리스가 말하자 문이 열렸다.

"두 분끼리 좋은 시간 보내요."

앨리스는 입가에 장난기 어린 웃음을 머금은 채 면담실을 나갔다.

"안녕. 네가 영원이구나. 저기 앉으렴."

아이는 내 손이 가리키는 대로 의자에 얌전히 앉았다. 의자 뒷벽에 걸린 토끼 인형 모양의 거울 속에 동그란 뒤통수가 비쳤다. 나는 부드러운 표정을 지으려 애쓰며 아이를 바라봤다. 아이의 검푸른 눈이 내 눈빛을 맞받았다.

"안녕하세요, 박사님."

영원의 목소리는 청아했고 발음은 또렷했다. 남자아이라 변성기가 예정된 것이 아쉬워질 만큼 맑은 목소리였다.

"그래, 정말 반가워. 인피니티는 지금 집에 있겠네."

"인피. 전 그렇게 불러요."

거울 속에 비친 내 얼굴은 더 부드러워졌다.

"그렇구나. 그렇게 부르는 게 더 편하겠구나. 잘했어. 처음 만났을 때 어땠어? 서먹하진 않았어?"

"불꽃놀이랑 비슷했어요."

로봇의 눈동자 속에서 불꽃이 터지는 것만 같았다고 영원은 말했다. 인피니티 2호의 눈이 설마 빨간 걸까. 징그럽다는 반응을 불러일으키지 않으려고, 사람과 혼동하는 것을 피하려고 로봇에게 비인간적인 특징을 부여하는 경우는 제법 있었다. 기능은 같아도 외관은 다르게 해서 각각 다른 버전으로 출시하기도 했다. 하지만 육아를 맡는 휴머노이드의 눈이 빨갛다니 이상했다. 나는 인피니티 2호를 테스트 막바지에 두 번만 볼 수 있었다. 일종의 이중맹검법이었다.

"불꽃놀이는 누구와 봤니?"

대수롭지 않다는 듯이 물었다.

"엄마요."

아이도 별일 아니라는 듯 답했다. 영원은 엄마와 단둘이 본 처음이자 마지막 불꽃놀이를 선명하게 기억했다. 진료 기록지에 따르면 아이는 아버지의 매질을 감당하는 순간에도 그날 한강변에서 벌어졌던 불꽃놀이를 떠올렸다. 몸에서 불꽃이 반짝이는 것처럼 아팠다는 묘사가 인상 깊었다.

"그리고 손도 따뜻했어요."

영원이 덧붙였다. 아이가 인피니티 2호를 처음 만난 건 11월 초순이었다. 예년보다 추운 날씨였다. 로봇이 따뜻했다면 실내 온도를 높였든지 표면 온도를 36.5도 이상으로 맞췄든지 둘 중 하나였다.

"인피와 함께 있으면 달팽이가 된 것 같아요."

"달팽이라니?"

"인피는 나의 집이에요."

아이가 손을 구부렸다.

"달팽이가 이렇게 등에다 집을 얹고 다니는 것처럼 나도 인피와 같이 다녀요, 안전하게."

올해 여섯 살인 영원은 지능이나 인성을 포함한 모든 면에서 또래 아이들과는 비교가 안 될 만큼 뛰어났다. 내년이면 학교에 갈 나이지만 시설에서는 벌써 영재학교 입학을 알아보고 있었다. 유치원이 파하면 따로 영재교육센터에 들러 수학 개인 지도를 받았다.

눈앞의 아이에게서 학대의 흔적을 찾을 수는 없었다. 영원은 밝고 예의 발랐다. '아동은 나쁜 경험에도 불구하고 기본적으로 어른을 신뢰하고 있다'. 소아정신과 진료 기록지에도 그런 문장이 적혀 있었다. 아동학대 고발 후 여러 차례 받은 심리 검사 결과도 아이의 정서가 안정적임을 일관되게 알렸다. 부모에 대한 감정도 미움이나 원망이라기보다 의아함에 가까웠다.

그렇지만 적어도 강한 공포를 느낀 순간들은 어디에든 남아 있지 않을까. 정신적 상처가 신체화되어 지병으로 자리 잡는 경우도 드물지 않다. 나는 영원의 여린 몸을 새삼 눈에 담았다. 그 몸은 어린나무와 같았다. 손아귀 힘만으로 휘어지고 부러지고 더러 뿌리째 뽑혀 다시는 싹트지 않을 수도 있었다. 그렇게 여린 몸에 학대를 가한 일이 끔찍하고도 어리석다고 느꼈다.

헤어질 때 가볍게 등을 토닥여주려고 몸을 낮춰 손을 뻗었다. 내 몸짓에 영원이 반색하며 품속을 파고들었다. 껴안고 보니 더 작고 가녀린 아이였다.

두 시간에 이른 면담을 마치고 곧바로 귀가했다. 평소와 다름없이 홈케어 시스템이 불을 밝혔다. 목소리로 명령해 모든 조명을 끄고 소파에 앉아 눈을 감았다.

나를 낳은 어머니는 병약했다. 아버지와 결혼 전부터 신경쇠약과 자가면역질환에 시달리던 사람이었다. 시한부 선고를 받고 병원 침대에 눕게 돼서야 비로소 평화로워 보였다. 그때 나는 열한 살이었다.

"아직도 암이 정복되지 않았다니, 최근 들어 눈이 부실 정도라는 인공지능의 발전이 무색하군."

아버지는 말했다. 그는 매사에 그런 식이었다. 아무리 내밀하거나 개인적인 문제라도 사회현상이나 정치 문제에 빗대어 말했다. 더 중요하고 더 위대한 것이 우리를 내려다보고 있는 것처럼 행동했다. 아버지는 셀 수 없을 만큼 많은 기능을 가졌으면서도 오류를 일으켜 한두 가지 기능만 사용할 수 있게 된 기계 같았다. 이럴 바에야 기계 아버지가 낫겠다고, 그러면 적어도 억지 명령은 하지 않을 거라고 생각한 적도 있었다. 그렇게 우리 가족의 많은 문제나 기쁨이 축소됐다. 어머니와 나는 불만을 표출하지도, 맘껏 기뻐하지도 못했다. 이번에는 슬픔 쪽이었다. 어머니는 단지 무척 똑똑해졌지만 암은 못 고치는 이상한 인공지능 때문에 죽는 거니까.

나는 침대 위로 기어올라서 어머니를 껴안았다. 어머니가 앙상한 손가락에 잔뜩 힘을 주고 내 척추를 훑었다.

정작 죽은 쪽은 아버지였다. 사인은 뇌동맥류였다. 잘난 척했어도 자기도 모르게 머릿속에 총알이 장전된 상태였다. 어머니는 임상 실험 단계에 있던 신약을 투여받고 완치됐지만 비슷한 시기에 지인으로부터 소개받은 사이비 교주의 기도 덕분에 병이 나았다고 생각했다. 세상의 모든 답을 제시하던 남편이 없는 자리를 맹신으로 메웠다. 나중에는 전 재산을 정리해 신도들이 모여 사는 산속 마을에 들어갔다.

내가 그 집단을 탈출한 건 열네 살 때였다. 경찰이 발견했을 때는 다리 한쪽을 절었고 온몸에 멍이 가득했다. 나는 교주와 그 추종자들을 고발했다. 어머니도 포함이었다. 그리고 운 좋게 어느 중산층 가정에 입양됐다.

어떤 사람들은 내가 어머니를 버렸다고 말했다. 어른이 된 나는 환하게 웃으며 과연 맞는 말이라고 응수하곤 했다.

영원은 그 시절의 나와 얼마나 같고, 또 다른가. 달팽이. 불꽃놀이. 기계에서 느껴지는 따뜻함. 영원이 말한 여러 가지를 어둠 속에서 곱씹었다. 그러다 나도 모르게 고개를 저었다. 그맘때 아이들은 원래 별소리를 다 한다. 지난번 학회에서 만난, 성이 장인가 하는 소아정신과 의사도 말하지 않았는가. 아이들은 타고난 예술가이며 학대받은 아이들은 더 놀라운 상상력을 발휘하는 경우가 많다고.

"우리는 그 상상력을 망상으로 치부해선 안 돼요. 172개의 인격을 가진 아이도 치료해봤는데 나중에는 인간 정신에 대한 경이감에 사로잡혔어요."

그가 조금 생각에 잠긴 듯 보이더니 다시 말했다.

"로봇의 인공지능으로는 불가능한 일이죠. 그렇지만 가끔은 두려워질 때도 있어요. 로봇 자체가 두려운 게 아니에요. 이용자가 평소에 억누르고 있던 자기 욕망을 인공지능에 주입해서 위험한 일을 벌이게 할 수도 있잖아요. 로봇이 한 짓이라고 책임을 돌리면서요. 정부는 어디까지 인공지능 기술을 허용할까요?"

그 말에 답하지 않은 기억이 났다.

172개의 인격이라니. 이론적으로는 충분히 가능한 일이고 유사한 사례를 교과서에서 몇 번 읽은 적은 있지만 실제로 그런 환자를 만난 적은 없었다. 172개의 인격 각각에 대해 상상할 수 있을 만큼 상상하다 깊은 잠에 빠졌다.

*

"그러려고 그런 건 아니었는데 아이 이름도 영원이라니 신기하지 않아요? 인피니티와 영원. 둘은 인연인가 봐요."

그해 여름 열린 '인피니티 1호 — 로봇 후견인 프로젝트' 발표회에서 PIAO(Preliminary Impact Assessment Organization) 테스트 제2팀 팀장인 앨리스는 로봇공학자답지 않은 비과학적 견해를 드러냈다.

로봇 후견인 프로젝트를 시행하기로 한 정부안이 지난해 국회를 통과했다. 마땅한 친권자가 없는 아이들에게 휴머노이드 후견인을 지정하는 제도를 위한 프로젝트였다. 국가가 아이의 1차 후견인이되 로봇을 대리인으로 두는 방식이었다.

불과 몇 년 전만 해도 이런 식의 제도는 상상하기 어려웠다. 12세 미만의 아이가 있는 가정에서는 휴머노이드 이용이 금지돼 있었다. 휴머노이드가 성장기 아이와 청소년 심리에 부정적인 영향을 끼칠 수 있다는 소아심리 전문가와 시민단체 다수의 의견을 정부가 받아들였기 때문이다. 하지만 3년 전 변종 바이러스가 세계를 휩쓸면서 상황은 급변했다. 처음에는 치병적이지 않았던 바이러스는 변이를 거치면서 감염률이 현저히 낮아진 대신 치사율이 높아졌다. 사망자 중에는 어린 자식을 두거나 한창 일할 나이인 삼사십대가 많았다. 노화에 따라 달라지는 염색체 텔로미어의 특정 길이에 치명적으로 반응하는 바이러스란 사실이 백신 개발 과정에서 밝혀졌다. 생산 가능 인구의 감소도 문제였지만 부모 잃은 아이의 수가 단기간에 급증했다. 보육원의 부담이 눈에 띄게 가중됐고, 후견인 지정을 둘러싼 분쟁도 늘어났다. 후견인이 된 친척이 아이의 전 재산을 빼돌린 사건도 한두 건이 아니었다.

프로젝트가 성공을 거두면 보육원뿐 아니라 일반 가정과 어린이집에도 육아 전용 휴머노이드를 대량으로 보급할 수 있었다. 육아에서 거의 해방되는 신인류의 탄생까지 점쳐졌다. 2년 뒤 재선에 사활을 걸고 있던 대통령에게 호재가 될 수도 있었다. 회의에 참석한 정부 관계자들의 표정이 더없이 진지했다.

이 프로젝트의 첫 사전영향평가 대상자로 선정된 아동이 영원이었다.

"인피니티 1호는 실패했어요."

회의가 끝나고 팀장실에 단둘이 마주 앉았을 때 앨리스가 속삭이듯 말했다.

"공식적으로는 지금의 인피니티 2호가 1호지만요."

"그게 가능한 일인가요?"

앨리스가 의아한 표정을 지었다.

"아시잖아요. 바이러스 때문에 이미 혼란스러울 대로 혼란스러웠잖아요. 그러니 이만한 규모의 국가 주도 프로젝트가 실패하는 모습을 보여서는 안 되죠. 불안이 현대 국가를 운영하는 방식이 되어서는 안 되잖아요."

"그런데 1호는 왜?"

질문이 미처 끝나기도 전에 앨리스가 빠르게 말했다.

"그래서 인피니티 2호는 개발도, 시험 기간도 훨씬 짧아졌어요. 오래전 사례지만 케어 1호를 참조했고요. 주요 기능 위주로 빨리 개발하는 대신 시험 기간 동안 이용자와 교감하면서 자체 업그레이드되도록요. 그러니까 박사님의 역할이 무척 중요해요."

케어는 몸을 구부리고 뛰고 사람을 안전하게 들어 올리는 등의 신체 기능이 인간과 다름없이 정교하게 작동하는 첫 휴머노이드였다. 30년 전 케어가 젓가락질하는 장면이 전 세계에 송출됐을 때는 외신들도 찬사를 바쳤다. '한강의 기적'이라는 한 세기 전의 해묵은 수사가 헤드라인에 속속 등장했다. '우리는 밥솥이랑도 대화하던 민족이었어'. 케어의 성공이 최초로 가시화된 그해 온라인에서 최다 공유 횟수를 기록한 문장이었다. 대통령은 '미스터 케어'라는 애칭을 얻었다. 이듬해 선거에서 여당은 재집권에 성공했고 PIAO를 설립했다.

케어 1호의 시범 이용자들은 끊임없이 로봇에게 말을 걸었다. 초기 반응이 어설프더라도 인내심을 버리지 않았다. 상용화 초기의 케어는 오류로 버벅대는 순간에도 이용자의 반응을 받아들이고 반영했다. 그걸 토대로 다음번에는 더 나은 반응을 보였다. 퇴보할 때도 있었지만 노인들은 화를 내며 케어를 집어 던지거나 하진 않았다. 어차피 그들도 하루하루 뒤처지는 느낌을 받고 있었을 테니까. 비교적 온화한 성품의 노인들을 이용자로 선정한 것도 주효했다.

그새 표정이 풀어진 앨리스가 태블릿을 건넸다. 나는 비밀 유지 각서에 서명했다. 마지막 획을 그을 때 태블릿 화면에서 손이 살짝 미끄러졌다. 영문자 'l'이 길게 꼬리를 내며 태블릿 밖으로 달아났다. 불길했지만 그저 기분 탓이라고 여겼다. 인공지능에 대해서라면 아무리 미미한 업그레이드라도 PIAO의 사전영향평가를 몇 번이고 거쳐야 승인받았다. PIAO는 법률상 독립 기구였지만 정부 예산이 재원의 대부분을 차지했다. PIAO의 객원 연구원 이력은 정부나 공공 프로젝트를 수주하기에 유리했다. 소아심리 전문가도 아닌 내가 이렇게 중요한 프로젝트에 참여하게 된 건 행운에 가까운 일이었다.

"과감하면서도 결코 선을 넘지 않으시더군요."

앨리스가 태블릿을 가져가며 말했다.

"네?"

"전에 참여하신 프로젝트 보고서를 몇 편 읽어봤어요. 박사님을 추천한 사람이 저예요."

*

면담이 거듭되면서 영원의 표정은 한결 밝아졌다. 천성이 살가운 아이였다. 심지어 어른인 나를 걱정할 때도 있었다. 박사님, 오늘은 피곤해 보이세요. 감기 걸리니까 코트 꼭 입고 다니세요.

면담이 없는 날도 영원을 떠올리게 되는 일이 잦아졌다.

눈이 펑펑 쏟아지던 어느 날 영원이 잠시 망설이며 말했다. 면담이 30분째 이어진 참이었다. 아이는 오렌지주스 몇 모금만 마셨을 뿐 쿠키 접시는 손도 대지 않은 채였다.

"박사님, 저는 아무와도 헤어지고 싶지 않아요. 하지만 어쩔 수 없는 거죠. 저도 알아요."

"그럼, 언제까지나 함께할 수는 없는 거니까. 선생님도 지금까지 살면서 어쩔 수 없이 헤어진 친구들이 많아."

영원의 아쉬움에 공감하면서 그 '아무'에 누가 포함되는지 물었다. 영원은 유치원 선생님과 친구들, 영재학교의 선생님들, 나 그리고 앨리스 채까지 나열했다. 앨리스라니. 나는 속으로 실소했다. 그 느물거리는 여자를.

"인피와는 영원히 헤어지지 않을 거예요. 그래서 저는 나중에 무한 배터리를 개발할 거예요. 인피가 한순간이라도 멈추지 않게요."

영원의 눈동자가 유독 반짝였다. 나는 보고서를 작성했다.

─아동은 인피니티 2호가 기계임을 충분히 인지하고 있다. 강한 애착을 보이고는 있지만 이용자의 나이가 어리고 함께 생활하는 데다 인피니티 2호가 휴머노이드라는 점에서 자연스럽다.

겨울에서 봄으로 넘어갈 무렵 영원은 키가 많이 자라서 또래의 평균 신장을 따라잡았다. 그런데 아직 꽃잎처럼 연한 얼굴에 언젠가부터 그늘이 드리웠다. 아이의 몸과 함께 정신도 급속도로 성장하고 있기 때문일까. 아니면 뭔가 잘못되고 있는 걸까. 염려스러웠다.

그날은 날이 너무 좋아 창을 조금 열어두었다. 분홍색 커튼이 바람에 날렸고 여리고 신선한 봄빛이 어른거렸다. 영원은 내 고민을 전혀 알지 못한다는 듯 면담실 의자에 똑바로 앉아 다리를 흔들었다.

"인피와는 무슨 이야기를 하니?"

"모든 이야기요."

"예전에 있었던 일도?"

"예."

영원은 잠시 머뭇거리다 고개를 끄덕였다.

"아빠나 엄마 얘기도? 선생님한테도 얘기해줄 수 있을까?"

"죄송해요, 박사님. 어떤 이야기는 아무에게도 하지 않겠다고 인피와 약속했어요."

나는 로봇과는 약속할 수 없다고 말하려다 곧바로 모순점을 깨달았다. 로봇이지만 후견인이자 양육자다. 단순히 아이를 돌보는 데 그치지 않고 훈육하거나 통제해야 한다. 아이가 잘못을 저질렀을 때 다시는 그러지 않겠다는 약속을 받아내기도 한다.

"그렇구나. 그럼, 요즘 고민하는 일은 얘기해줄 수 있니? 약속한 것 말고."

영원이 고개를 끄덕였다.

아이의 얘기를 다 듣고 나서 앨리스에 대한 분노로 얼굴이 시뻘게졌다. 앨리스가 테스트의 변수를 통제할 책임과 권한을 지닌 건 사실이지만 영원의 아버지가 가석방되어 법원에 면접교섭권을 청구한 일은 내게 알려줬어야 했다. 그 과정에서 법원이 아이의 의사를 확인한 사실도. 테스트 결과에 어떤 영향을 미칠지 가늠하고 말고가 중요하지 않았다. 아이의 삶을 뒤흔들 수도 있는 일이었다. 그 아버지가 어떤 사람인지 앨리스도 잘 알고 있지 않은가.

영원의 부모는 아이가 세 살 때 이혼했다. 친모는 친권과 양육권을 포기하는 대신 거액의 위자료를 받았다. 이혼 직후 친부는 불륜 관계에 있던 여자와 재혼했다.

새 부부는 아이가 자라면서 작아진 옷을 제때 바꿔 입히지 않았고 어린이집이나 유치원에 가지 않는 날엔 한 끼만 먹였다. 한 달 동안 쿠키만 먹인 적도 있다고 했다. 유복한 가정에서 나고 자란 영원의 아버지는 누가 봐도 호감 가는 인상과 교양 있는 태도를 지닌 남자였다. 계절에 맞지 않는 아이의 옷을 담임 교사가 지적해도 "저희가 좀 게을러서요" 하고 사람 좋게 웃으며 상황을 모면했다. 그 후 한동안은 아이가 새 옷을 입고 등원했기 때문에 교사도 더는 문제 삼지 않았다.

아이의 다리는 양쪽을 번갈아 두 번 부러졌고 팔은 다섯 번 빠졌다. 그럴 때마다 영원은 키득거리며 교사나 의사에게 말했다. "전 좀 잘 넘어져요. 바보 같죠?" 향초로 배를 지진 자국을 어린이집 교사가 발견했을 때는 학대가 2년째로 접어든 뒤였다. 아버지는 누구에게라도 학대 사실을 말하면 염산을 눈에 부어버리겠다고 협박했다. "내 말을 거스르는 자식은 필요 없어. 그럴 거면 내 눈도 마주치지 말아야지." 과학책을 즐겨 읽던 영원은 염산이 어떤 약품인지 잘 알고 있었다.

구속되자마자 그는 재산의 절반을 영원에게 증여했다. 재판 내내 진심으로 반성하는 모습을 보였고, 금전적 여유가 있음에도 법률 지원을 받지 않았다. 그 덕분인지 동종의 범죄를 저지른 다른 자들보다 상대적으로 가벼운 징역 5년형을 받았다. 양육권과 친권은 박탈됐다. 계모에게는 아동학대 방조죄로 징역 1년형이 선고됐다.

친모는 1년 전 이미 자율주행차 사고로 사망한 뒤였다. 맡아줄 친척도 마땅히 없어서 영원의 후견인은 국가가 되었다. 학대 가해자인 부모의 면접교섭권은 일반적으로 인정되지 않았다. 그렇지만 판사의 재량이라는 게 있으니 결과가 나오기 전에는 마냥 안심할 수도 없었다. 벌써 가석방을 허락하다니. 법적으로 분쟁의 소지가 있는 아이를 이런 시험의 대상으로 삼다니. 후견권을 왜 이렇게 허술하게 행사하는 건지 법원과 국가에 대한 반감이 치밀어 올랐다.

"이제는 오로지 아이를 위하는 후견인이 필요합니다. 고유한 존재인 우리 아이들은 그들을 최우선으로 하는 지성의 돌봄을 받을 권리가 있습니다. 새로운 세대는 돌이킬 수 없는 상실을 딛고 역사상 가장 완벽한 양육자를 가질 기회를 얻게 될 것입니다."

복지부 장관의 열정에 찬 국회 연설이 떠올랐다. 인피니티 2호가 본격적으로 후견권을 행사하게 되면 이런 식으로 상황이 굴러가게 두지 않을지도 몰랐다. 국가보다 로봇을 더 믿다니. 스스로가 낯설었다.

"이분이 한설 박사님이야. 박사님, 여기는 인피예요."

인피니티 2호를 처음 만난 날 면담실에는 나와 영원, 인피니티 2호가 다였다. 영원이 가장 좋아하는 사람을 그다음으로 좋아하는 사람에게 직접 소개하고 싶다고 부탁했다고 앨리스가 전했다. "아, 인피는 사람이 아니지만요." 아이가 그렇게 덧붙였다는 것도.

영원이 불꽃놀이 같다고 묘사한 적이 있지만 마주한 로봇의 눈은 전혀 붉지 않았다. 인피니티 2호의 눈은 영원의 눈과 닮았다. 인간의 동공을 흉내 내 렌즈 색이 검다는 걸 제외하고도 어딘지 모르게 영원과 비슷한 분위기였다. 일부러 영원의 눈과 닮도록 만들었을 리는 없다. 인피니티 2호가 먼저 만들어지고 영원이 선택됐으니까.

"악수해."

영원의 말에 로봇은 고개를 끄덕이고 여태 잡고 있던 영원의 손을 놓았다.

"안녕하세요, 한설 박사님."

로봇의 목소리는 의외로 부드러웠다. 눈을 감고 들으면 기계음으로 느껴지지 않을 만큼 자연스러웠다. 나는 손을 살짝 잡은 채 가만히 있었지만 로봇은 맞잡은 손을 가볍게 아래위로 흔들었다. 실내는 쾌적했다. PIAO에서는 온도, 습도는 물론 공기청정 정도까지 항상 최적으로 맞춰놓는다. 그런데 인피니티 2호의 손은 싸늘하고 단단했다.

뒷벽 거울에 긴장한 내 얼굴이 비쳤다. 영원이 로봇과 나를 번갈아 바라보더니 아쉬운 표정으로 인사하고 면담실을 나갔다. 인피니티 2호와 나는 마주 앉았다.

"영원과 함께 지내는 건 어떤가요?"

나는 처음부터 일부러 포괄적인 질문을 던졌다. 지나치게 열린 질문에 인공지능은 종종 엉뚱한 답을 하니까.

"매일이 같지만, 또 다릅니다. 아이가 자라는 걸 생각하면 날마다 새롭네요."

인피니티 2호는 잠시 가만히 있다가 천천히 말을 이었다. 얼핏 어려운 자리에 참석한 사람이 답변할 말을 공들여 고르는 모습으로 보였다. 버퍼링일 뿐이야. 나도 모르게 고개를 저었다.

"제가 휴머노이드인 건 맞지만 아이를, 특히 영원 같은 아이를 돌보는 건 행복한 일입니다."

내 고갯짓을 오해했는지 인피니티 2호가 스스로를 변호하듯 말했다.

인피니티 2호의 제작자는 인공지능에 바람직한 부모의 개념을 잘 탑재한 것 같았다. 로봇의 차갑고 단단한 외피 안에 영원에 대한 애정이 부드럽게 숨 쉬고 있는 것처럼 느껴졌다. 아이의 개인정보를 보호하고 로봇 후견인의 취지를 살리기 위해 복잡한 암호를 풀지 않고서는 인피니티 2호의 머릿속, 정확히는 메모리를 볼 수 없다. 평가 기간에도 마찬가지였다. 메모리는 분석할 수 없지만 마음은 읽을 수 있다니. 말이 안 되는 문제의 정답을 맞힌 것 같은 기분이 들었다.

아이가 옷을 입지 않고 꾸물거릴 때의 대처 방법 같은 사소한 문제에서 아이의 장래를 위한 대비 같은 어려운 문제까지. 준비해놓은 질문을 차례차례 던졌다. 부모를 위한 아동심리학 서적의 서술을 듣고 있다는 착각에 빠진대도 이상하지 않을 만큼 인피니티 2호의 답변은 정석이면서도 융통성이 있었다. 아이를 방임하지 않는 것은 물론이고 언어적, 물리적 폭력을 쓰지 않고 아이를 통제하는 방법을 인피니티 2호는 다양하게 알고 있었다.

인피니티 2호만이 아니다. 로봇은 아이가 원한다면 백 번이라도 같은 책을 읽어줄 수 있다. 한 가지 놀이를 아이가 지쳐 나가떨어질 때까지 반복하는 것도 가능하다. 배터리 방전만 주의한다면 정신적, 육체적으로 지칠 일이 없다. 그런데 부모의 권위는 어디에서 올까. 자신을 최우선으로 하는 후견인이란 점이 아이가 로봇을 따를 수 있는 유인인 건가. 영원도 아는데, 네가 기계란 걸. 그래서 나는 영원을 시험하기로 했다.

마지막 면담을 외부에서 진행하자는 제안을 앨리스는 의외로 선선히 받아들였다.

"사실 냉담한 분이라고 생각했어요. 연구원으로서는 훌륭한 자질이기도 하고요."

앨리스가 한껏 풀어진 표정으로 말했다.

"그런데 흔치 않은 사명감이랄까, 애정이 보여서 놀랐어요. 아무래도 아이와 관련한 일이라서겠죠."

"저한텐 어른이나 아이나 똑같은 내담자예요."

앨리스가 대단히 몰인정한 말이라도 들었다는 듯이 정색하더니 다시 표정을 풀고 어깨를 으쓱했다.

사전영향평가 마지막 날은 PIAO의 사옥 앞에서 아이와 로봇을 기다렸다. 건물 외벽에 내걸린 PIAO의 캐치프레이즈가 그날 따라 거대해 보였다.

'우리는 현재를 평가하지 않습니다. 미래를 설계합니다.'

영원과 인피니티 2호가 흰색 승합차 안에서 내리는 모습이 시야에 들어왔다. 거리의 모든 사람이 우리를 쳐다보는 듯한 기분이 들었다. 케어 때문에 휴머노이드와 인간이 같이 있는 모습은 생경하지 않지만 젊은 성인 여성과 아이, 로봇의 조합은 낯설다. 인피니티 2호의 모습이 케어와도 다르기 때문에 더더욱. 며칠 전 휴머노이드가 강아지를 집어 던진 뉴스 때문에 더 주목받는지도 몰랐다. 함께 있던 아이가 무서워하며 울어서였다는데 강아지 뒤에 있던 노인이 놀라 넘어져 고관절이 망가졌다. 기사에는 제품명 없이 휴머노이드라고만 지칭하고 있어서 케어인지 아니면 사전영향평가 중인 다른 휴머노이드인지는 알 수 없었다.

손목에 찬 스마트밴드의 버튼을 눌렀다. 건물 지하에 주차한 코발트블루색 자율주행차가 우리 앞으로 미끄러져 들어왔다.

뒷자리에 나와 같이 앉은 영원은 강이 내다보이는 바깥 풍경보다 차에 더 관심을 보였다. 인피니티 2호는 운전석에 앉아 전방만 주시했다. 나는 물론이고 영원도 안중에 없는 것처럼 보였다. 설계상의 문제일까. 아니면 교통사고 발생률이 제로에 가까운 자율주행차 전용 도로에서도 혹시 모를 사고에 대비해 아이를 보호하는 임무에 몰두하고 있는 건지 잠시 의아했다.

영원이 사는 타운하우스까지 자율주행차를 타고 가서 사는 집과 동네를 함께 돌아보는 일정이었다. 지름길을 선택하지 않고 강변북로의 자율주행차 전용 도로를 느긋하게 달려가기로 했다. 영원이 원한다면 잠시 차를 세우고 한강 공원을 산책할 수도 있었다. 앨리스가 오후 시간을 통째로 허락한 덕분이었다.

남자가 뛰어든 건 강변북로를 거의 빠져나올 무렵이었다. 도로의 센서가 인체 반응을 감지하고 소리를 냈다. 내 차를 포함해 차창 너머 보이는 모든 차들이 거의 시동만 걸려 있다 싶을 정도로 속도를 줄였다. 계기판에 사람 모양의 붉은 신호가 번뜩였다.

남자가 창을 두드렸다. 그 너머로 갓길에 세워진 검은색 차가 보였다.

"영원아, 아빠야. 얘기할 게 있어."

바로 옆에서 영원이 어깨를 움츠렸다. 나는 아이의 어깨를 감싸 안은 채 소리 질렀다.

"경찰에 신고할 거예요. 어서 물러서요!"

"이봐, 내가 내 자식을 만나겠다는데 무슨 상관이야."

당신 따위가 무슨 아이를 만나겠다고. 분노가 치솟았다. 아이의 어깨에서 손을 떼고 스마트밴드의 긴급 버튼을 눌렀다. 감옥에서 정신이 돌아버린 건가. 이렇게 막무가내로 구는 건 가석방 기간인 남자에게도 결코 유리한 일은 아니다.

"내가 로봇 따위한테 내 자식을 맡길 것 같아? 너희 모두 미쳤어. 가만두지 않을 거야."

남자는 이제 앞쪽으로 와서 차창을 내리쳤다.

나는 깨달았다. 이것은 충동적인 행동이 아니었다. 계획적인 시위다. 남자는 어디선가 이 테스트에 관한 정보를 듣고 약점을 잡으러 온 거다. 정부와 PIAO를 상대로 집요한 법정 투쟁에 나설지도 모른다.

인피니티 2호가 몸을 돌리더니 내 손목을 낚아챘다. 스마트밴드가 의자 밑으로 떨어졌다. 로봇은 스마트밴드를 능숙하게 조작했다. 계기판의 자율주행차 모드가 수동으로 바뀌었다. 도로 센서가 단말마의 비명 같은 소리를 냈다. 자율주행차 전용 도로에서는 수동 운전이 금지돼 있었다. 만에 하나 자율주행 모드나 도로 센서가 고장 날 가능성에 대비해 수동 조작이 가능하지만 그러면 바로 경찰이 달려왔다.

인피니티 2호는 차를 운전해 그대로 질주했다. 영원의 아버지는 차 밑에 깔렸다. 신음 한 번 내지 못한 즉사였다. 마치 그것만이 목적이었다는 듯 인피니티 2호는 몇 미터도 더 가지 않고 차를 멈췄다.

순식간에 출동한 경찰이 내 차를 에워쌌다. 도로 위의 모든 차는 정지해 있었다. 차 밖으로 걸어 나오라는 지시가 들렸다. 인피니티 2호는 순순히 나갔다. 나와 영원도 도로 위로 나왔다. 경찰관이 인피니티 2호에게 단말기를 갖다 대려고 하자 영원이 그 앞을 막아섰다. 단말기에 로봇의 고유식별정보를 확인하고 배터리를 차단할 수 있는 기능이 있다는 건 몰랐겠지만 직관적으로 위험을 감지한 것 같았다.

"인피, 도망가."

인피니티 2호는 도망가지 않았다. 결코 인간처럼 보이지는 않았지만 이 모델의 장점은 표정이었다. 인피니티 2호는 내가 이제껏 본 어떤 인간보다 환하게 웃으며 영원을 제지했다. 로봇은 진심으로 기뻐하는 것 같았다. 그러거나 말거나 영원은 경찰관의 손등을 물어뜯었다. 단말기가 툭, 떨어졌다.

나는 단말기를 집어 들며 경찰관에게 눈짓했다. 손을 잡으려 했지만 아이는 거부했다.

"로봇은 사람을 다치게 하거나 죽일 수 없단다. 어떻게 된 일일까?"

나는 목소리를 가라앉히며 아이에게 상황을 최대한 에둘러 물었다.

"사람이 아니라고 했어요."

"뭐라고?"

"아버지도, 사람도 아니라고 밤마다 얘기했어요. 엄마가 어떻게 죽었는지도 다. 우리는 시뮬레이션을 계속했어요. 그러니까 인피는 아무 잘못이 없어요. 잡아가면 안 돼요."

아이가 손을 잡아끌었지만 로봇은 꿈쩍도 하지 않았다. 영원은 바닥에 반쯤 쓰러져서 탈진이 걱정될 만큼 심하게 울었다. 인피니티 2호가 영원을 무릎에 받쳐 부축했다. 그 모습이 낯익어서 눈을 비볐다. 다시 보니 몇 년 전 바티칸의 성베드로대성당에서 본 피에타 같았다. 아들 예수의 시체를 무릎 위에 놓고 비탄에 잠긴 성모 마리아의 모습이 아른거렸다. 방금 사람을 해친 로봇이 바로 그의 아이를 안고 있었다. 문득 주변의 온도가 2, 3도쯤 내려갔다고 느꼈다. 서늘했다. 서늘하더라도, 부드러운 손길이 없더라도 그건 분명 사랑이었다. 그때까지 나는 누구에게도 그런 사랑을 받아본 적이 없었다.

*

"인피니티 1호는 왜 실패했나요? 아무래도 이번 실패와 무관하지 않은 거 같아서요."

앨리스는 연이은 실패로 침울해 보였다. PIAO의 이번 실패도 기사화되진 않았다. 한 방송이 영원 아버지의 죽음을 보도하면서 자율주행 전용 도로에서는 수동 운전 모드를 원천 금지해야 한다는 주장을 잠깐 다뤘을 뿐이다. 하지만 그런 PIAO도 이번엔 경찰의 압수수색을 피하지 못했다. 증거도 증인도 차고 넘쳤다.

"너무 사람 같았거든요."

"네?"

"지금껏 만들어진 어떤 정교한 휴머노이드보다 사람에 가까웠어요. 외모든 행동이든 뭐든. 개발에 참여한 모든 과학자가 소리를 지르고 축배를 들 정도였죠."

"이용자인 아동의 기대감을 높였겠군요. 아무리 그래도 사람 같진 않았을 테니까, 되레 실망이 컸나 봐요?"

"그보다."

앨리스가 말을 잠시 멈췄다.

"아이가 로봇을 진심으로 미워했어요. 변종 바이러스 질환으로 부모를 한꺼번에 잃은 아이였죠. 진심으로 사랑한다는 말을 들은 게 결정적이었어요. 그래봤자 로봇이라고, 프로그램된 말이라고. 그걸 증명하고 싶어 했어요. 인피니티 1호는 부서진 채 발견됐어요. 그땐 연구원과 직원 모두 끔찍한 기분이 들었죠. 인피니티 1호는 정말 사람 같았거든요."

앨리스가 변명하듯 덧붙였다.

"그래서 일부러 언어 반응 수준을 한 단계 낮춘 거예요. 외관은 몇 단계 더요. 인지 알고리즘에 편향을 낮추고 이용자 반응에 가중치를 두도록 했어요. 아무래도 부모에게 애착 있는 아이는 시험 대상에서 제외해야 했고요."

그 결과가 참 대단하군요. 빈정거리고 싶은 마음을 간신히 참으며 고개를 끄덕였다.

"인피니티 2호의 메모리 복사본을 봤으면 하는데요."

앨리스가 말없이 어깨를 으쓱했지만 시치미를 떼던 눈동자가 한순간 미세하게 흔들렸다.

"연구를 위해서예요. 보고서도 따로 제출할게요."

수사 중에 어떻게 메모리를 빼돌려서 복사본을 만들었는지, 아니면 그 전에 비밀리에 백업해둔 건지는 묻지 않았다. 앨리스는 열흘 안에 반납해줄 것을 여러 번 강조한 후 메모리를 가져와 건넸다.

"상부에 올리는 보고서 내용을 보완할 수 있겠군요. 어차피 내가 쓰는데도 한 자 한 자가 거슬려요. 정말 돌아버릴 지경이에요."

그렇게 말하는 앨리스의 얼굴이 초췌했다.

예상했던 대로 인피니티 2호의 메모리에는 다운로드 방지 암호가 걸려 있었다. 기밀을 유지하며 암호를 해독할 만한 사람을 찾아내기엔 시간도 돈도 부족했다. 메모리를 가질 방법은 하나였다.

이틀 뒤 나는 영원이 집중 심리 치료를 받고 있는 병원으로 갔다. 병실에 들어섰을 때 영원은 침대 위에서 몸을 웅크리고 창밖을 내다보고 있었다. 한결 수척해지긴 했지만 그새 또 키가 자라 있었다. 아이의 눈길이 머문 앞산에는 푸르름이 빽빽하게 들어찼다. 사건 이후로 아이는 침묵 속에 파묻혔다. 공부도, 놀이도 일절 하지 않는다고 했다.

영원이 힐끗 이쪽을 바라봤다가 금세 창 쪽으로 고개를 돌렸다. 나는 흰 종이에 둘둘 말린 곰 인형을 백팩에서 꺼냈다. 그래도 아이에게 주는 선물인데 포장이라도 할 걸 그랬나. 잠시 후회했다.

"곰돌이 배 안에 인피의 메모리가 들어 있어. 나중에 다른 기계에 이식하면 인피와 다르지 않게 되는 거란다. 비밀은 지켜야 해. 그래야 인피를 다시 볼 수 있어."

곰 인형을 건네는데 목소리가 떨리는 걸 통제하기 어려웠다. 마치 축성을 마친 성물을 되돌려주는 성직자인 양 경건한 마음마저 들었다. 영원이 무표정한 얼굴로 인형을 받았다.

PIAO 측에는 곧 메모리 분실신고를 할 생각이었다. 그쪽에서 경찰 고발 같은 법적 조치를 할 가능성은 제로에 가까웠다. 수사 중에 증거 자료의 복사본을 빼돌린 일 자체가 불법이니까. PIAO 의 블랙리스트에 내 이름이 오르리란 것도 자명했다. 나는 영원히 PIAO의 객원 연구원이 될 수 없을 것이다. 연구 경력의 중대한 오점이자 학문적 전망에서 좀처럼 걷히지 않을 먹구름이 될 것이다. 하지만 아이가 유일한 사랑을 잃은 채로 남은 삶을 살아가도록 둘 수는 없었다.

담담하게 작별 인사를 하고 문 쪽으로 걸어갔다. 문을 열기 직전 뭔가 마음에 걸려 뒤돌았다. 영원이 곰 인형의 배에 귀를 댄 채 미소 짓고 있었다. 왠지 등골이 서늘했다. 그것이 새로운 인류의 도래를 예고하는 미소라는 걸 나는 너무 늦게 깨달았다. 먼 훗날, 영원이 인피니티 3호를 만들고 나서였다.

인피니티 3호 칩을 시술한 사람은 칩의 부작용 때문에, 시술하지 않은 사람은 그 사실을 들키기 싫어서 더는 누구도 거리에서 눈꼬리를 한껏 올리며 웃지 않던 어느 날이었다. 길을 걷다 문득 어지러워서 가로수를 붙들고 허리를 구부린 채 숨을 몰아쉬는데 누군가가 달려와 내 어깨에 손을 얹었다. 괜찮다는 말에 그는 환하게 미소 지었다. 생김새도 사람 같았고 손길도 따뜻했지만 그가 로봇이라는 걸 나는 단박에 알아차렸다. 영원이 사랑하는 인피니티로 가득한 세계에서 로봇은 그 어떤 사람보다 인간적인 미소를 짓고 있었다. 겨울 거리에 햇빛이 찬란하게 쏟아졌다.

감정을
할인가에
판매합니다

이세형

다양한 분야의 소설을 시도하고 있다. 2023년 제6회 황금가지 타임리프 공모전에서
「오빠의 시간여행」으로 우수상을 수상했다.

대학 졸업 후 여자가 처음 한 아르바이트는 결혼식 하객이었다. 신부 측의 하객인 양 축의금을 내고 신부 쪽 하객들과 함께 모여 단체 사진을 찍은 뒤, 뷔페식으로 차려진 점심을 먹기만 하면 되는 일이었다. 옷은 빈축 사지 않을 정도로 단정하게 입으면 충분했다. 너무 화려하게 차려입으면 도리어 하객들 이목을 끌수 있었다. 어차피 축의금도 신부 측에서 미리 전달해준 돈이라 여자는 말 그대로 공짜 밥을 먹는 셈이었다.

　식이 끝나고 밥을 먹는 동안 신랑 쪽인지 신부 쪽인지 모를 하객들과 한 테이블에 동석했지만 그들이나 여자나 서로에게 관심이 없긴 마찬가지라 대화가 오가지는 않았다. 다만 하객들이 나누는 대화가 여자의 귀에 들렸는데, 신랑에 대한 품평과 신부에 대한 뒷소문, 자기네 회사와 업계 이야기 및 직장 상사 험담, 주식시장 추이와 부동산 시세 현황 그리고 최근 이슈가 된 정부의 경제정책 등 재테크 이야기, 실적 압박과 이직 고민 그리고 창업 아이템 구상, 최근 아이를 낳은 사람과 이제 아이를 보육 시설에 맡겨야 하는 사람 간의 육아 정보 공유 등이 주된 대화 소재였다.

비록 그중 어느 주제도 심도 있게 이어지지 못하고 금방금방 다른 이야기로 바뀌었지만 여자의 마음을 어지럽히기에는 충분했다. 원룸에서 월세로 사는 여자에게 집값을 이야기하는 그들의 대화는 다른 세계의 이야기 같았다. 직장이 없으니 업계 이야기와 재테크 이야기에는 공감이 가지 않았지만 알아둬야 할 상식을 모른 채 남들에게 뒤처지는 기분이 들었다. 직장에서 받는 스트레스를 토로하는 말들은 차라리 부러웠다. 서른을 눈앞에 둔 여자는 더 이상 학생도 아니고 사회인도 아닌 자신의 위치를 새삼 느꼈다. 자녀들 육아 문제는 애초부터 별세계 이야기였다.

이곳에 나 같은 상황에 있는 사람은 없는 걸까, 하는 심정이 들어 여자는 저도 모르게 손에 쥐고 있던 포크를 내려놓고 찬찬히 주변을 둘러보았다. 하객들이 음식을 먹으며 떠드는 소리가 이리저리 뒤섞였다. 마치 햇살에 반사되어 불규칙하게 일렁이는 물결처럼 소리가 아무런 의미도 없이 공기 사이로 흘러 다니는 것 같았다.

여자는 대화 없이 식사만 하는 사람을 몇 명 발견했지만 그들이 자신과 마찬가지로 고용된 하객일지 단정할 수는 없었다. 검은색 벨벳 롱코트를 입은, 여자와 비슷한 또래로 보이는 남자가 묵묵히 밥 먹는 모습을 보며 저 사람은 확실히 고용된 사람이지 않을까 생각할 뿐이었다.

신랑과 신부가 테이블로 다가오자, 여자는 자리에서 일어나 준비해둔 축하의 말을 건네고 악수를 나누었다. 여자가 다시 자리에 앉고 보니 벨벳 코트의 남자는 그새 식사를 마치고 나가버렸는지 보이지 않았다.

여자는 드라마 작가가 되고 싶었다. 몇 차례 시나리오 응모에 도전했으나 모조리 탈락했다. 탈락 횟수가 두 자릿수를 넘어 어느덧 몇 번째 탈락인지 헷갈리기 시작할 즈음, 대학 시절의 지인은 모두 번듯한 직장을 구했거나 공부를 핑계로 대학원 또는 유학을 선택했거나 이도 저도 되지 못하여 스스로 잠적해버렸다.

그중 일부는 오랜만에 전화를 걸어와 점심 약속을 제안했고, 그렇게 만날 때면 늘 청첩장을 내밀었다. 그러고는 당연한 듯 식사비를 계산했다. 별로 궁금하지는 않겠지만 "시나리오는 잘 쓰고 있냐"하고 으레 물어왔고, 그때마다 여자는 희미하게 웃으며 고개를 가로저었다. 여자가 가끔은 답답한 심정을 간단히 덧붙이며 한숨을 내쉬면, 그들은 "힘내라, 잘됐으면 좋겠다" 하며 위로를 건넸다. 물어보는 쪽이나 대답하는 쪽이나, 토로하는 쪽이나 위로하는 쪽이나 말 속에 힘이 없긴 마찬가지였다.

여자는 언제부터인가 청첩장을 받아도 그들의 결혼식에 참석하지 않았다. 그 대신 식장에 가는 지인에게 축의금을 이체하며 대신 전해달라고 부탁했다. 그리고 당사자들에게 따로 전화해 결혼을 축하하며 식장에 가지 못해 미안하다고 전했다. 그러다가 슬슬 목소리를 주고받는 것도 부담으로 느껴져, 어느 날부터는 간략하게 문자메시지만 보냈다. 여자는 딱히 결혼하고픈 마음은 없었다. 그래서 그들의 결혼 소식이 부럽지는 않았다. 그러나 결혼 소식과 함께 근황을 알려오는 이들 특유의 '떳떳한 일상'은, 부러움을 넘어 여자로 하여금 자괴감을 안겨주었다.

지인들의 결혼식에 차츰 발길을 끊을 무렵, 여자는 하객 알바를 시작했다. 초대받은 결혼식은 가지 않지만 의뢰받은 결혼식에는 꼬박꼬박 나갔다.

여자는 택배 회사 고객센터에서 문의 전화 응대를 하기도 했다. 대부분 배송이 왜 이렇게 늦느냐는 항의 전화를 상대하는 일이었다. 대놓고 소리 지르는 사람부터 조곤조곤 곱게 말하지만 가시 돋친 표현으로 빈정거리는 사람까지, 온갖 진상을 대하느라 가슴께에 스멀스멀 화가 치밀었지만 꾹꾹 누를 뿐 딱히 어찌할 도리는 없었다. 공석을 채우기 위해 임시직으로 들어간 곳이라 세 달 만에 그만둘 수 있어서 그나마 다행이었다.

여자는 계속 드라마 작가가 되기 위해 노력했다. 하지만 창작 수업이나 합평이 더 이상 자신을 발전시키지 못한다고 느꼈다. 작법을 배우고 연마하는 것으로는 넘을 수 없는 한계에 봉착한 것이다. 점점 생활고의 무게가 묵직해질 무렵 견문을 넓히고 경험도 얻는다는 생각으로 여자는 인력 창구로 유명한 어느 메신저 앱을 활용했다. 자신의 인적을 간략히 적어놓으면 모바일 알람으로 인력 요청이 들어오는 앱이었다. 사소하고 단기적이지만 사람의 역할이 분명하게 요구되는 일들이 일감으로 들어왔다. 이를테면 결혼식 하객 아르바이트 같은 것 말이다. 신규 오픈한 프랜차이즈 매장에서 고객인 척 어슬렁거리는 일도 간간이 들어왔다. 한번은 오픈 기념 한정 세일이라며 매장 알바생이 여자에게 화장품 견본을 들이밀기도 했는데, 고용된 사람이 고용된 사람에게 호객 행위를 하는 셈이니 묘한 기분이 들었다.

그래도 이런 건 그나마 무난한 일이었다. 한번은 이런 일도 있었다. 말썽꾸러기 아들이 무면허로 차를 몰다가 사고를 내는 바람에 피해자에게 선처를 호소해야 하는데, 자기는 도저히 못 하겠다며 대신 가서 친척인 양 행세하고 합의를 호소해달라는 의뢰였다. 여자는 피해자 가족 앞에서 무릎 꿇고 울면서 몇 시간 동안 욕받이가 되느라 혼이 빠지는 줄 알았다. 그나마 보수가 제법 두둑해서 어찌어찌 버텼다.

사람들이 의뢰하는 황당한 일들을 대신하면서, 여자는 돈 때문에 이렇게까지 해야 하나 싶었지만 이 황당한 일들과 황당한 사람들을 소재로 삼아 새로운 시나리오를 쓸 수 있을 거라는 희망을 가졌다.

그러던 어느 날, 여자는 새로 들어온 일감 때문에 깊이 고민했다. 의뢰인은 내연남과 밀회를 나누던 유부녀로, 자기를 대신해 내연남에게 이별을 통보해달라고 했다.

직접 만나서 말할 자신은 없고, 그렇다고 통화나 문자메시지로 처리하기에는 너무 큰 문제라, 자신의 친척이나 직장 후배 정도로 신분을 속여서 일을 처리해달라는 요청이었다. 그러면서 의뢰인은 너무 냉정하게 전달하면 악감정을 품고 엉뚱한 일을 벌일까 우려되니 사랑하는 마음은 여전히 남아 있으며 단지 어쩔 수 없는 선택일 뿐이라고 진정성이 느껴지게끔 잘 좀 신경 써 달라 거듭 강조했다.

여자는 일을 수락했다. 이런 경험은 인생에서 흔히 겪을 수 없는 일이었다. 막장 드라마 냄새가 풀풀 나는데 그중에서도 하이라이트나 마찬가지인 이별을 고하는 순간이라니. 어차피 의뢰인의 일을 대리하는 역할일 뿐이니 잘잘못은 의뢰인에게 있는 거라고, 그러니 너무 심각하게 고민하지 말자고 여자는 스스로에게 되뇌었다. 게다가 결정적으로 보상 금액이 매우 두둑했다.

대낮의 한적한 카페에서 여자는 약속된 시간에 맞춰 의뢰인의 내연남이 오기를 기다렸다. 막상 남자를 기다리고 있자니 여자는 저도 모르게 점점 초조해졌다.

검은색 벨벳 재질의 롱코트를 입은 젊은 남자가 카페에 들어서며 고개를 두리번거리다가 여자와 눈이 마주쳤을 때, 여자는 직감적으로 저 남자가 오늘 만나기로 예정된 사람임을 알아차렸다.

훤칠한 키, 넓은 어깨, 그림을 그린 듯 선이 곱고 부드러운 이목구비. 여자의 심장이 빠르게 뛰었다. 여자는 자신이 긴장했음을 느꼈다. 그게 비밀스러운 만남이라는 이 상황 탓인지 남자의 외모가 풍기는 첫인상 때문인지 알 수 없었다. 무슨 말부터 해야 할지 머릿속이 하얘지고 있었다.

그사이 남자는 여자가 있는 테이블 쪽으로 다가와 의자를 살짝 당긴 다음 천천히 앉았다. 간단하고 사소하지만 어쩐지 무게감 있는 동작. 아주 잠깐, 여자는 자신이 의뢰를 받고 나온 게 아니라 진짜로 이 남자와 내연의 관계였다면, 하고 상상했다. 자기도 모르게 든 생각에 속으로 적잖이 놀라면서, 겉으로는 아무 일 없는 척 여자는 애써 무표정한 얼굴로 남자를 바라보았다.

남자가 먼저 말했다.

"이미 짐작하셨을 것으로 압니다. 미안하게 됐지만 어쩔 수 없습니다."

마치 잔잔한 물결처럼 남자의 목소리가 여자에게 부드럽게 닿았다. 그림처럼 선이 고운 얼굴의 남자가 호수처럼 깊고 중후한 울림의 목소리로 말하는데, 그 간극이 의외로 조화롭게 느껴졌다.

"두 분의 감정이 보통은 아니라는 거 잘 압니다. 하지만 더 이상은 서로에게 위험합니다."

'위험'이라는 말에 여자의 귀가 솔깃했다.

"이제 저희 형님을 놓아주셨으면 합니다. 본인이 나오지 못한 점, 대신 사과드립니다. 저희 형, 그쪽을 사랑하는 마음은 진심입니다. 형님이 마음만 간직하게 도와주십시오."

뭔가 낌새가 이상했다. 잠시 여자는 이게 무슨 상황인가 싶어 고개를 갸웃했다. 남자는 물끄러미 여자를 바라보며 대답을 기다렸다.

"그건 제가 하려던 말인데요……?"

여자가 말끝을 흐리며 답했다. 얼어붙은 강물 위로 발을 내딛듯 조심스러운 말투였다.

남자의 눈썹 끝이 슬며시 올라가는 것으로 '그게 무슨?'이라는 말을 대신했다.

"혹시……."

두 사람이 동시에 말했다.

"대리로 나오신 거……?"

"대리 알바하는 분이세요?"

내연 관계인 당사자들이 서로 상대에게 이별을 통보하고자 가짜로 가족 행세할 대리 알바를 구했으니, 그게 바로 카페에 마주 앉은 여자와 남자였다. 두 사람은 서로를 의뢰인의 정부라고 지레짐작해서는 심각한 척 무게 잡으며 연기한 것이다. 그 사실에 민망한 듯 허탈한 듯 딱 꼬집어 말하기 힘든 헛웃음을 터뜨리며 둘은 시선을 이리저리 굴렸다. 그러다가 둘의 시선이 서로에게 고정되었다. 남자는 웃고 있었다.

"저 같은 사람을 만날 줄은 몰랐네요."

감미로운 목소리였다. 여자가 미소를 지었다.

두 사람은 연기를 집어치우고 진짜 자신에 대해 이야기했다. 여자가 자신을 시나리오 작가 지망생이라 밝히자 남자는 자신이 색소폰 연주가라고 했다. 음악 학원을 전전하며 레슨비 조금 받는 게 수입의 거의 전부이고, 이따금 버스킹인지 구걸인지 모를 것도 하며, 유튜브에 색소폰 연주 영상도 간간이 올리지만 조회 수는 거의 없다고 했다. 그러다가 이런 유의 인력 구인 앱을 알고는 새로운 경험이 자신의 음악 세계에 새로운 영감 같은 걸 주지 않을까 막연히 기대하며 (그리고 일하고 받을 돈도 기대하며) 이 일을 시작했다고 말했다. 여자는 자기도 시나리오 쓰는 일에 이런저런 경험이 도움을 줄까 싶어 시작했다며 맞장구쳤다.

"일하면서 별일을 다 겪지 않아요?"

"그러게 말예요."

"저는 예전에 어떤 일도 있었느냐 하면……."

남자가 말하길, 한번은 교사를 폭행한 학생의 삼촌 행세를 한 적도 있더란다. 피해 교사 앞에 무릎 꿇고 합의해주십사 애걸해달라는 게 가해자 학생의 부모가 의뢰한 일이었다. 제발 용서해주십사 무릎을 꿇고 머리를 바닥에 조아리느라 이마가 닳을 지경이었다고 남자가 허탈하게 웃으며 말했다. 여자는 자신도 비슷한 일이 있었다며 일전에 무면허 운전으로 사고를 낸 고등학생 녀석의 친척 행세를 하느라 영혼이 탈탈 털리도록 욕받이가 되었던 일화를 늘어놓았다.

두 사람은 자리를 옮겨 함께 저녁을 먹었다. 값비싼 레스토랑이었으나 두 사람의 의뢰인이 계좌로 이체해준 돈 덕분에 이 정도의 사치 한 번쯤은 누릴 수 있었다. 식사 중 가볍게 와인 한 잔씩 곁들였고 헤어지면서 전화번호를 교환했다. 연락과 만남이 이어졌으며 사귀고 동거하기까지 그리 오래 걸리지 않았다.

어느 날, 여자와 남자 모두 같은 곳에서 의뢰를 받았다. '토탈이모션'이라는 스타트업이었는데, 의뢰 내용은 밝히지 않은 채 자기네 사무실로 찾아와달라는 게 요구의 전부였다. 자세한 사항은 만나서 직접 이야기하자고 했다. 여자가 이런 의뢰가 들어왔다고 말하자 남자는 자기도 같은 의뢰를 받았다며 신기해했다. 두 사람은 이번 의뢰가 이전 일들과 사뭇 다르다는 인상만 받았을 뿐 무슨 내용의 의뢰일지 이렇다 할 짐작은 떠오르지 않았다.

'토탈 이모션' 사무실은 도심 건물 한 곳에 세를 얻은 작은 사무실이었다. 작은 규모의 사무실에 대여섯의 직원이 키보드를 두드리거나 통화하면서 문서를 뒤적이고 있었다. 직원 한 명이 두 사람을 사무실 구석에 놓인 사장실로 안내했다. 조립식 가벽으로 사무실 공간을 나누어 마련한 곳이었다. 사장실에 들어가니 탈모 기미가 엿보이는 건장한 남자가 책상 앞에 앉아 있었다. 그는 어서 오시라 환영하며 자리에서 일어났다. 두꺼운 손으로 힘 있게 악수한 다음, 종이컵 두 잔에 믹스커피를 타서 여자와 남자에게 주었다.

사장은 모 유명 기업 IT 부서에 근무하다가 얼마 전 독립하여 이 회사를 차렸다고 자신을 소개했다.

"'토탈 이모션'은 현대인의 미래를 책임지는 게 목표입니다."

사장이 대뜸 그렇게 말했다. 말이야 거창했지만 무슨 뜻인지 구체적인 설명이 없어 여자도 남자도 서로 눈치를 살피며 어떻게 반응할지 머뭇거렸다.

사장은 애초에 그들의 반응을 염두에도 두지 않았는지 계속해서 말을 이었다. 현대인의 노동은 점점 정신노동으로 이행되고 있다고, 육체노동의 상당수는 기계에게 내어준 지 오래라고, 그 결과 현대인에게 중요하게 떠오른 화두가 '정신 질환'이라고 사장은 진지하게 말했다.

"육체노동이 중심이던 시절에는 육체적인 질환이 중요했던 것과 같습니다. 정신노동의 비중이 커진 거죠."

사장이 내린 결론인즉 사회는 점점 정신노동으로 개인의 기력을 극도로 소모시키고 있으며 따라서 '심정적 차원의 건강을 관리'하는 게 중요해진다는 것이다.

"사람들이 갈수록 사람을 불신하고 기피하는 이유가 뭘까요? 택배만 해도 그냥 두고 가라고 하는 경우가 얼마나 많아졌느냔 말이죠. 그런데 자기가 키우는 반려동물한테는 애정을 쏟아요. 어디 그뿐인가요? 사람들이 길고양이를 지금처럼 예뻐한 적이 있었던가 싶을 정도입니다. 그런데 정작 사람 대하는 건 꺼린단 말이죠. 이유가 뭘까요?"

"사람을 상대하는 거 자체가 스트레스라서, 아닐까요."

여자의 대답에 사장은 그게 바로 자신이 원하던 정답이라는 듯 손가락을 튕겼다.

"정신노동은 대체로 인간관계에 따른 스트레스를 수반합니다. 감정적 에너지가 거의 고갈되는 거죠. 그래서 피하는 거예요. 감정을 소모해야 할 상황 자체를 차단해버리는 식으로 말이죠. 예를 들면 돈을 주고 여러분 같은 대리인에게 상황을 넘긴다든가 하는 식으로요. 그런 점에서 여러분은 '감정 대리업'에 종사하는 자영업자라고 할 수 있겠죠."

그러더니 사장은 그림과 글이 적힌 종이 한 장을 두 사람에게 내밀었다.

"우선 이것 좀 보시죠."

그림은 박물관에 있을 법한 르네상스 시대 유럽 회화 느낌이 다분했고, 글은 미사여구로 점철된 한 편의 시 같았다.

여자와 남자가 그림과 글을 살피는 사이 사장은 어디선가 작은 리모컨을 꺼냈다. 리모컨 버튼을 몇 번 누르자 어디선가 음악이 흘러나왔다.

"전부 AI가 만든 겁니다. 그 그림도, 글도, 지금 들리는 음악도요."

사장이 글과 그림이 담긴 종이를 몇 장 더 내밀었다.

"어느 게 사람 거고 어느 게 AI 건지 구분되십니까? 이제 AI가 인간의 감수성까지 다뤄주는 시대가 올 겁니다. 지금 두 분께선 그 시대를 미리 맛보기로 체험하시는 거고요."

여자가 말했다.

"저기 죄송한데, 그래서 저희를 부르신 이유가 뭔지 잘 모르겠는데요."

뒤이어 남자가 말했다.

"사람이 만든 거랑 AI가 만든 거랑 구분되느냐고 그거 하나 알아보려고 부르신 건 아니겠죠?"

"물론 아니죠. 결론은 나 있습니다. 업계에선 누가 AI 예술 시장을 선점할지 시간 싸움이라는 게 중론이에요. '토탈 이모션'은 AI를 통한 '감정 서비스'를 제공하는 기업입니다. 최고의 감정 서비스를 위해, 저희 기업은 '감정 대리업'에 종사하는 분들의 도움이 필요해 여러분을 부른 것입니다."

사장은 우선 문자메시지 자동생성 AI부터 서비스할 계획이라고 했다. 사람을 만나는 건 물론 전화도 싫다면 문자메시지밖에 방법이 없다. 그런데 문자메시지로 성심성의껏 진지한 이야기를, 그것도 호소력 있게 쓰기란 어려운 일이다. '토탈 이모션'이 개발 중인 문자메시지 AI 앱 '토탈 텍스트'는 발신자가 메시지 내용을 입력하지 않더라도 앱에 탑재된 AI가 유심카드의 정보, 온라인 접속 기록, 핸드폰을 터치할 때 확인된 체온과 심박수 등을 분석하여 상황, 목적, 취지, 전달받을 상대의 입장, 전해져야 할 감정과 분위기 등을 파악하고 마치 사람이 쓴 것처럼 호소력 있는 텍스트를 생성, 발송하는 앱이었다.

AI의 완성도를 높이기 위해서는 더 많은 데이터가 필요하며, 그러므로 최대한 많은 데이터를 확보해야 한다고 사장은 강조했다.

"여러분이 데이터 그 자체입니다. 두 분은 다양한 상황에서 다양한 역할을 한 경험이 있을 겁니다. 그래서 부른 겁니다. 그 경험을 '토탈 텍스트'에 입력하는 겁니다. 우리 회사의 기술팀이 여러분의 노하우를 알고리즘화할 겁니다. 여러분은 AI가 내놓은 아웃풋을 확인하고 피드백 해주시면 됩니다. 데이터베이스 제공, 아웃풋 확인 그리고 피드백. 이렇게 세 가지만 하시면 됩니다. 저는 지금 두 분께 우리 회사의 직원이 되어달라고 말하는 겁니다."

그리고 사장은 입가를 올리며 이렇게 덧붙였다.

"정규직입니다. 야근은 없습니다! 뭐, 기술팀은 종종 있지만요."

'토탈 텍스트'는 성공했다. 올해의 베스트 애플리케이션으로 선정된 게 당연할 정도였다. 여자와 남자 그리고 추가로 채용된 '데이터 인력'들이 사람을 상대해온 경험을 데이터베이스로 구축한 결과였다. 사장은 여자와 남자를 포함한 '데이터 인력'을 아예 DB 전담팀으로 편성했다. 그리고 두 번째 작품으로 '토탈 ARS'를 내놓았다. '토탈 텍스트'가 개인을 대상으로 한 서비스라면, '토탈 ARS'는 기업을 타깃으로 했다.

비록 ARS의 상당 부분이 자동화되어 있었지만 아직도 많은 고객이 상담원과 직접 통화하길 원했다. '토탈 ARS'는 이 점을 공략했다. 기업이 '토탈 ARS'를 구매하고 설치하면, 고객의 불만에도 스트레스받지 않는 AI가 시종일관 침착하고 공손한 태도로 고객을 응대했다. 사람보다 정교했고 사람보다 친절했으며 사람과 달리 싸우지 않았다. 1년 만에 각종 기업과 관공서의 ARS를 '토탈 ARS'가 대체했다.

두 번의 연이은 성공에 힘입어 '토탈 이모션'은 각종 상품을 출시했다. 실행과 동시에 사용자의 취향을 분석해 이야기를 생성하는 소설 앱 '토탈 픽션', 가장 좋아할 수밖에 없는 소리를 팝, 힙합, 로큰롤, 클래식, R&B, 재즈 등 다양한 장르로 생성함은 물론 ASMR 기능까지 겸비한 '토탈 사운드', 진짜 같은 가짜 사진과 고전적인 서양화 및 동양화부터 포스트모던 추상화까지 그려내는 '토탈 드로잉' 등이 그 뒤를 이었다.

그러다가 역대급 작품 '토탈 프렌드'가 나타났다. 언제 어디서든 곁에 있어줄 아바타가 자동으로 생성되는 앱이었다. 가령 혼자 밥 먹으며 드라마를 보다가 '토탈 프렌드'를 실행하면, 핸드폰 카메라를 통해 AI가 외부를 파악한 후 함께 드라마를 보며 식사 중인 인간의 모습을 화면상으로 생성해냈다.

자동으로 생성된 AI 아바타는 화면 속에서 밥을 먹으며 화면

밖의 인간과 드라마를 감상한 다음 이런저런 이야기를 나눴다. 마치 진짜 친구처럼. 직장인들은 출퇴근길에 이어폰을 꽂고 아바타와 대화하며 시간을 죽였고, 학생들은 '토탈 프렌드'를 실행해 함께 공부하는 식으로 집중력을 높였다. 엔터테인먼트 회사들과 '토탈 이모션'이 제휴를 맺은 뒤로는 아이돌 스타들의 아바타가 '토탈 프렌드'에 등장했다.

회사의 주가가 폭발적으로 오른 것은 놀랍지도 않았으며, 순식간에 '토탈 이모션'은 대기업으로 거듭났다. 회사의 창업 멤버였던 여자와 남자는 높은 수준의 안정된 급여로 풍족한 삶을 누렸다. 그리고 마침내 둘은 결혼하기에 이르렀다.

스크린 너머로 주인공 배우가 열연을 펼치고 있었다. 선택의 기로에서 갈등한 끝에 비장한 각오를 결심하는 대목이었다. 대사를 읊는 배우의 목소리가 미세하게 떨렸다. 긴장감을 자아내기에 충분한 떨림이었다. 배우는 영리하게도 대사를 읊는 중간중간 호흡 소리를 섞는다든가 일부러 잠시 입을 다물고 뜸을 들이는 식으로 분위기를 조절했다. 배역과 완전히 하나 된 듯 눈동자에 빛이 어려 있었다.

영화가 끝나고 하나둘 관객들이 객석을 빠져나갔다. 극장을 나서는 관객 무리 중에는 여자와 남자도 있었다. 부부가 된 두 사람은 어느새 함께 나이를 먹어가는 처지였다.

"주인공이 연기를 잘하네."

남자가 여자에게 말했다.

"응, 그러게."

여자가 텅 빈 목소리로 말했다.

남자는 여자가 불편해하고 있다는 걸 알아차렸다. 함께 살아온 시간이 그 정도쯤은 쉽게 알아차리게끔 만들어주었다. 남자가 걱정하는 눈길로 여자를 바라보았다.

"무슨 생각 해?"

남자가 조심스럽게 물었다. 여자는 조용히 시선을 내린 채 잠시 생각을 고르다가, 솔직하게 밝혔다.

"이젠 연기하는 것까지 AI가 사람보다 더 잘하는구나, 싶더라고. 그냥 그런 생각이 들었어."

방금 두 사람이 보고 온 영화의 주연은 인간이 아니었다. 영화에 출연한 모든 배우가 AI 홀로그램이었다. 각본과 연출도 AI가 맡은, 하나부터 열까지 AI가 만든 영화였다.

AI 업계와 회사의 성장 덕에 여자와 남자가 안락한 결혼 생활을 누리는 동안, 예술가들은 서서히 몰락했다. '토탈 이모션'을 필두로 AI가 예술을 통한 감정 체험의 영역까지 침범해온 탓이었다. 한때 예술가들은 AI가 예술을 하는 건 불가능하다고 믿었다. AI는 알고리즘이고, 알고리즘은 창의성을 가질 수 없으며, 따라서 창의성이 요구되는 예술 분야는 넘볼 수 없으리라 생각했다. 그러나 그것은 착각이었다. 사람들은 점점 AI가 내놓은 작품에 반응하기 시작했다.

창의성이 없는 작품이어도 사람들에게 정서적인 만족감을 선사하는 건 얼마든지 가능한 일이었다. 예술성을 외치는 인간 예술가의 작품과 감상하는 사람들을 만족시키는 게 목표인 AI의 콘텐츠 중 대중이 어느 쪽을 더 선호할지는 자명한 일이었다. 음악, 미술, 문학 등 분야를 막론하고 예술가들은 AI에게 자리를 내어주며 자연스레 소멸했다.

"영화가 별로였구나."

"아니야, 괜찮았어. 오히려 좋았어. 영화 자체는 잘 만든 영화야. 연출도 세련됐고."

"그렇지? 마지막 장면을 롱테이크로 잡은 게 영화 결말이랑 잘 어울리는 느낌이었어."

그게 AI가 아니라 인간이 했다면 다른 느낌이었을까, 하는 생각이 여자의 머릿속에 스치듯 떠올랐다. 만약 인간이 그 장면에 손을 댔다면 AI보다 못했을까, 아니면 전혀 다른 신선한 기법이 가능했을까, 같은 물음이 꼬리를 물고 이어졌다.

감상을 늘어놓던 남자는 문득 자기 혼자 너무 길게 떠들고 있다는 생각에 잠시 멈칫했다. 그러자 여자가 남자를 바라보며 안심하라는 듯 웃는 표정을 지어 보였다. 남자가 다시 편안하게 하던 말을 이었다. 웃고 있는 여자의 얼굴에 메마른 기색이 올라와 있음을 미처 알아보지 못한 채로.

이제 모든 예술 분야를 AI가 장악한 시대였고, 그래서 인간 예술가가 벌던 돈을 AI 회사가 벌어들이는 시대였다. 여자와 남자가 한때 예술가를 꿈꾸었다는 게 아이러니할 따름이었다. 두 사람이야말로 AI 예술 시대의 문을 연 선구자였다. 그리고 그 덕분에 여유로운 삶을 누리고 있었다. 꽃이 지지 않는 영원한 봄처럼 안락한 나날이 이어져왔다.

하지만 이 순간, 여자의 마음 한 곳에서 그 봄이 균열을 일으키고 있었다.

"시나리오를 쓰고 싶어."

여자가 저녁을 먹다 말고 수저를 내려놓으며 말했다. 그리고 한쪽 입꼬리만 올리며 옅은 냉소를 지었다.

"써봤자 누가 받아주지도 않겠지. 어느 회사가 사람이 쓴 원고를 받아주겠어. AI가 항상 돈 되는 이야기를 만들어주니 말이야. 걸작은 아니어도 사람들이 항상 좋아할 수밖에 없는 이야기가 자동으로 나오는 세상에."

"……그래도 시도는 할 수 있잖아."

남자는 자기가 답하고도 궁색한 느낌이 들었는지 눈동자를 좌우로 굴리고는 얼른 다음 말을 덧붙였다.

"뭐, 꼭 남들이 알아줄 필요가 있겠어? 취미로 계속하는 것도 좋은 방법일 테고."

그래도 미덥지 않았는지 쥐어짜듯 이런 말을 하였다.

"혹시 모르지. 계속 쓰다 보면 계약 제안 들어올, 훌륭한 작품이 될지도……."

여자는 남자를 힐끔 한 번 쳐다볼 뿐 대답은 않았다. 더 이상 남자의 목소리가 호수처럼 깊지도 부드럽지도 않았다. 세월에 녹슨 남자의 성대에 쇳소리가 섞여 나왔다. 한 폭의 그림 같던 이 목구비도 시간이 새긴 자잘한 주름에 서서히 흐려지고 있었다.

"자기는 음악 하고 싶은 마음 없어?"

남자는 선뜻 입을 열지 못했다. 마지막으로 색소폰을 분 게 언제였는지 기억나지 않았다. 두 사람이 궁핍하던 시절, 비록 열악하지만 함께 살고 있다는 사실만으로 불확실한 미래조차 걱정하지 않던 시절, 남자는 이따금 여자를 위해 여자가 보는 앞에서 여자에게 들려주고자 색소폰을 연주하곤 했다. 여자가 투고한 시나리오가 탈락한 날이면 특히 더욱 정성껏. 하지만 삶이 풍족해지면서 색소폰을 불 이유가 점점 사라졌고 어느새 남자는 색소폰에 대한 열정을 완전히 잊고 있었다.

"혼자서 색소폰 부는 삶을 원해? 자기도 알잖아. 감상해줄 관객이 있어야 한다는 거. 관객도 없이 혼자 작업하고 눈에 보이는 성과도 없이 허우적대는 게 시간 갈수록 사람을 얼마나 피폐하게 만드는지 자기도 알 거 아냐. 읽히지 않는 책을 쓰고 싶어서 작가가 되려는 사람이 어디 있어. 들어주지 않는 음악을 만들려고 음악 하는 게 아니잖아. 색소폰 연주가로 무대 위에 오르고 싶었던 꿈이 자기한테도 있었잖아."

여자의 목소리는 낮고 건조했다. 하지만 가슴속에 응어리진 열기가 말 한마디 한마디에 싸늘하게 묻어 나왔다.

남자가 미세하게 떨리는 목소리로 말했다.

"난 당신과 사는 게 행복해진 후로 무대에 오르고 싶다는 마음이 사라졌어."

여자는 다시 시나리오를 쓰기 시작했다. 그러나 투고는커녕 완성조차 버거웠다. 아무리 머리를 쥐어짜도 AI가 만드는 이야기보다 별로라는 생각에 머릿속에서 검열이 일어났다. 더디게나마 원고를 완성해도 투고하기 무섭게 탈락 통보가 날아들었다. 여자는 점점 신경질적으로 변했다.

남자는 여자의 변화를 어려워했다. 웃음이 사라진 여자의 얼굴, 식도염이며 위염을 달고 통증에 시달리는 여자의 건강, 불면증이 만성화된 여자의 일상, 날이 갈수록 야위어가는 여자의 몸. 그 모든 것이 남자의 머리를 버겁게 했고 마음을 쓰라리게 했다. 여자는 짜증을 부릴 때마다 그 정도가 점점 심해졌다. 고성을 지르는 경우가 잦아져 결국에는 남자도 참지 못해 언성을 높였다. 그때마다 서로 사과했지만 그렇다고 여자가 무너져가는 상황 자체가 멈추는 건 아니었다.

궁리 끝에 남자는 케이스 속에 잠들어 있던 색소폰을 다시 꺼냈다. 여자가 집에 없는 동안 남자는 오랜만에 색소폰 연주를 시도해봤다. 그러나 두어 번 연습을 시도한 후 실망스러운 마음으로 색소폰을 내려놓았다. 형편없고 조악한 소리가 튀어나왔다. 머리는 과거처럼 연주하라고 명령했지만, 늙은 손가락은 굳어버린 뼈마디를 머리가 명령하는 속도에 맞춰 움직이지 못했다. 엉성하기 짝이 없는 소리에 남자는 고개를 가로저었다. 그러다 불현듯 남자의 머릿속에 아이디어가 떠올랐다. 안타깝게도 남자는 희망에 눈이 멀어 이게 좋은 아이디어일지 아닐지 충분히 점검하지 못했다.

어느 날, 여자가 현관문을 열자 색소폰 소리가 들렸다. 여자의 눈에 거실에서 색소폰 부는 남자의 모습이 보였다. 오랜만에 듣는 그의 연주에 여자는 마음 한 곳이 따스하게 녹아내렸다. 그런데 무언가 이상했다. 색소폰을 부는 남자의 모습이 어딘가 어색했다.

잠시 후 어색함의 정체를 알아차린 여자가 뜨악한 표정을 지었다.

"지금 뭐 하는 짓이야?"

남자는 색소폰을 부는 시늉만 하고 있었고, 연주 소리는 AI가 만든 것이었다. AI의 연주가 집 안에 설치된 스피커에서 흘러나오고 있었다.

"이게 뭐냐고!"

원래 남자는 적당한 타이밍에 진실을 밝혀 웃긴 모습을 연출하려 했다. 하지만 여자의 반응을 보고서야 남자는 깨달았다. 이건 최악의 농담이었다. 남자는 사태를 수습하기 위해 황급히 색소폰을 내려놓고 여자에게 다가갔다. 남자는 여자의 두 손을 맞잡고서 자신의 진심과 노력에도 불구하고 실력이 되돌아오지 않아 어쩔 수 없는 선택이었다고 다급히 변명했다.

남자가 변명하는 내내 여자는 연신 고개를 가로젓더니 급기야 남자의 손을 뿌리치고는 왈칵 소리 질렀다.

"그만해!"

여자는 거의 울 듯한 얼굴로 달아나듯 방으로 들어갔다. 남자가 따라 들어가려 했지만, 방문은 큰 소리를 내며 닫혀버렸다.

남자가 소파에 웅크리고 앉아 두 손으로 머리를 싸매고 있는 동안, 여자는 침대에 누워 소리 죽여 흐느꼈다. AI가 내는 부드러운 색소폰 소리가 방 안을 흘러 다녔다.

잠시 시간이 지나고, 어느 정도 안정을 되찾은 여자는 눈물로 젖은 베개에 얼굴을 대고 조금 전 상황을 곰곰이 생각해보았다. 남자에게 그렇게 반응할 필요가 있었을까? 아니다. 남자의 행동은 여자를 위한 것인가? 그렇다. 문득 여자는 자신의 행동에 남자가 상심해 있을 거란 생각이 들었다. 남자에게 사과하고 싶었다.

그러나 사과란 감정적인 힘이 많이 소모되는 행동이었고, 여자는 사과를 하기에는 감정적으로 지쳐 있었다. 미안한 마음과 응어리진 우울감을 모두 토로하고 싶었지만 너무 벅찬 일이었다. 망설인 끝에 여자는 남자에게 문자메시지를 전송했다. 여자의 심리 상태를 분석한 AI가 자동으로 생성한 문자메시지를.

얼마 후, 남자가 보낸 장문의 문자메시지가 도착했다. 여자는 남자가 보낸 메시지의 정갈하고 차분한 느낌, 그리고 자신을 향한 섬세한 위로에 따스함을 느꼈다. 침대에서 일어나 방문을 여니, 남자가 미소를 지으며 여자를 향해 두 팔을 벌렸다. 여자는 남자의 품에 몸을 기댔고, 두 사람의 팔이 서로의 몸을 감싸 안았다. 남자의 뺨과 여자의 뺨이 맞닿은 순간 여자는 문득 깨달았다. 남자가 아까 보낸 문자메시지도 자신이 보낸 것과 마찬가지로 AI가 만들었으리라는 사실을.

그 뒤로도 여자와 남자는 다툼과 화해를 반복했다. 다툼은 두 사람이 직접 벌였고 화해에는 항상 AI가 개입했다. 날카로운 말로 서로의 마음에 상처를 내고 AI가 만든 문자메시지로 흉터를 어루만졌다. 미안한 마음에 사과의 의미로 선물을 사주기도 했지만 이것 역시 AI가 추천한 물건을 구매한 거였다. 오랜만에 함께 여행을 가더라도 그들이 여행 장소를 물색한 게 아니라 AI가 제시한 최적의 장소를 찾아가는 식이었다.

두 사람의 사랑은 여전했다. 그러나 그 사랑은 점점 공허해졌고, 형태만 유지한 채 서서히 낙엽처럼 메말라, 굳어갔다. 그렇게 점점 화석이 되어가는 사랑을 두 사람은 은연중에 느끼고 있었다. 오가는 몸짓은 진심을 담았지만 그 모든 게 AI의 산물이었다. 서로의 귓가에 속삭이는 달콤한 말들마저 AI가 제시한 가이드를 이행하는 것에 불과했다. 서로를 향한 진심이 오히려 허상의 연쇄를 빚어내고 있었다. 두 사람은 결국 지쳐버렸고, 마침내 이혼에 합의했다.

먼저 이혼을 말한 건 여자였다. 그날, 남자는 생각했다. 이혼은 여자가 내린 결정이었을까, 아니면 여자의 마음을 분석한 AI가 제안한 것일까. 남자는 그 답을 구할 수 없으리라는 생각이 들었다. 참호 밖으로 기어 나가며 백기를 흔드는 초췌한 몰골의 패잔병처럼, 항복하듯 이혼 서류에 서명했다.

홀몸이 되었지만 남자의 생활에 불편함은 없었다. 집도 있고 돈도 있으며 회사에서 정기적으로 연금도 받았다. 다만 긴 시간을 함께한 사람이 떨어져 나가면서, 마음속에 공백이 생겼을 뿐이었다. 함께 나눈 시간과 함께 머문 공간, 그 모든 추억이 떨어져 나간 느낌이었다. 이따금 가슴 한 곳이 허무하게 아릴 때마다 남자는 이런 생각을 했다. 순순히 이혼에 합의해준 게 실수였을까. 덧없는 질문이었다.

남자는 질문 대신 언제부터인가 기억을 더듬기 시작했다. 시나리오를 쓰지 못해 눈물짓던 여자. 그 전에, 풍족한 생활에 편안해하던 두 사람. 더 전에, 가난하던 시절 여자를 위해 색소폰을 연주하던 남자 자신. 그보다도 더 전에, 서로가 고용된 대리인임을 모르고 진지하게 연기하다 뒤늦게 어색해하며 허탈하게 웃음 지었던 그날. 함께 이삿짐을 나른, 함께 살기 시작한 첫날. 비록 궁핍하지만 사랑 하나만으로 서로에게 의지하며 행복하게 색소폰을 연주하던 남자 자신의 모습.

생각이 여기까지 다다르자 갑자기 남자의 머릿속에 불꽃처럼 무언가가 번쩍 일었다. 남자는 방치되어 있던 색소폰을 꺼냈다. 그리고 무작정 바깥으로 나갔다.

도심 한복판에서 남자는 색소폰을 불었다. 얼마만의 버스킹인지 가늠할 수 없었다. 걸핏하면 음이 샜고, 얼마 불지도 않았는데 숨이 막혔다. 굳어버린 손가락이 원래의 박자를 따라잡지 못했다. 행인들은 과거에나 봤던 버스킹이 신기한 듯 눈길을 주며 지나갔다. 버스킹은 어느덧 시대의 저편으로 사라진 광경이었으니까. 남자는 주변의 시선에 아랑곳하지 않고 온 힘을 다해 집중했다.

삐거덕거리는 마차처럼 남자의 연주는 느리고 더디며 거칠었지만, 손가락이 하나씩 움직이면서 천천히 선율이 되었다. 투박하지만 점점 '음악'의 모습을 띠기 시작했다. 남자의 얼굴은 붉게 달아올랐고 관자놀이에는 땀방울이 맺혔다. 마침내 연주가 끝난 순간, 남자는 색소폰에서 입을 떼며 길게 숨을 내뱉었다. 손으로 땀방울을 쓸면서 후련한 미소를 지었다.

"잘 들었어요."

가던 길을 멈추고 아까부터 남자의 연주를 바라보던 젊은이가 말했다.

"요즘 같은 세상에 버스킹을 구경할 줄은 몰랐네요. 종종 이렇게 연주하시나 봐요?"

그러자 남자가 손을 저었다.

"젊었을 때 연주를 좀 했죠. 그때는 지금처럼 AI의 음악을 듣는 시대가 아니었거든요."

"어렸을 때 사람이 악기 연주하는 모습을 봤던 게 기억나네요."

"형편없죠?"

"아뇨, 아녜요. 저도 모르게 구경하게 되던걸요."

"나이를 먹더니 손이 많이 굳었어요. 좋게 들어줘서 고마워요. 내가 괜히 시간을 뺏은 건 아닌지, 미안해지네요."

"전혀요. 여기서 여자친구 만나기로 했는데, 괜히 일찍 나와서 시간이 많이 남았거든요."

"사랑하는 사람과 만나기로 하셨군요."

남자의 목소리에 탄식이 스며 있었지만, 젊은이는 알아차리지 못했다. 젊은이가 웃었다. 남자가 여자와 만나기 시작한 시절에 남자가 짓던 웃음이었다. 별안간 남자의 눈빛이 바뀌었다. 갑자기 떠오른 생각이 입 밖으로 순식간에 튀어나왔다.

"혹시 실례가 되지 않는다면 내가 그 자리에 함께해도 될까요? 나는 색소폰만 연주할게요. 당신과 당신 애인이 있는 자리에서 연주를 하고 싶습니다."

젊은이가 뜻밖의 상황에 무슨 일인가 싶은 표정을 지었다. 그러자 남자가 재빨리 덧붙여 말했다.

"그리고 그 대가로 비용을 지불하겠습니다. 이상하게 들리겠지만 두 사람 곁에서 연주하게 해주세요. 액수는 상관없습니다."

그리하여 남자는 젊은이와 그의 여자친구가 보는 앞에서 색소폰을 연주했다. 처음 한두 번은 잘못된 음이 튀어나왔지만, 관객으로 자리한 젊은 커플은 이에 개의치 않고 부드러운 눈길로 남자를 바라봐주었다. 그것은 남자가 색소폰 연주가던 시절 관객들에게 느끼던 집중 어린 시선이었다. 마지막으로 이런 시선을 느낀 게 언제였을까? 잊었던 감각이 남자의 가슴속에 다시 소생하고 있었다. 마치 남자의 마음이 선율을 타고 전달된 듯 젊은이와 그의 여자친구는 점점 더 남자의 색소폰 소리에 빠져들었다. 그럴수록 남자의 연주도 살아 있는 생명처럼 점점 더 활력을 띠기 시작했다. 비록 젊은 시절에 비하자면 투박한 연주였지만, 비록 눈앞의 관객이라곤 두 명에 불과했지만, 가슴속에 피어오른 환희만큼은 남자가 젊은 시절에 느꼈던 것만큼 생생했다.

"잘 들었습니다. 저희를 위해 연주해주셔서 감사합니다."

마침내 연주가 끝나고 두 사람이 고마워하자, 남자는 자신이야말로 끝까지 들어주어서 고맙다고 답했다. 다정히 앉아 색소폰 연주를 감상하는 두 사람의 모습을 보며, 남자는 자신까지 저절로 기분이 좋아졌다. 여자와 한창 사랑에 빠져 있던 과거의 어느 시간으로 되돌아간 기분이었다.

집으로 돌아온 뒤, 남자는 곰곰이 생각에 잠겼다. 정확히 말하자면 '감정'에 잠겼다. 여자와 사랑을 나누던 그 시절의 감정으로. 잠시 후, 남자는 자신의 소셜미디어 계정에 다음과 같이 포스팅했다.

사랑을 나누는 연인들에게 색소폰을 연주해드립니다. 제가 돈을 지불하겠습니다. 원하는 금액과 세부 사항은 메신저로 문의해주십시오.

수많은 사람이 남자에게 색소폰 연주를 신청했다. 남자는 매번 신청자를 찾아가 돈을 주고 색소폰을 불었다. 남자에게 돈은 아무 문제도 아니었다. 젊은 연인 옆에서 연주하는 것만으로 사랑을 나누던 과거의 체험이 생생하게 되살아났다.

얼마 후부터는 다른 경우에도 돈을 주고 연주를 했다. 병원을 찾아가 임종을 앞둔 환자 앞에서 연주할 때, 남자는 인생의 가치와 죽음의 엄숙함을 체험했다. 유치원 교사의 신청으로 어린아이들 앞에서 연주할 때, 아이들 특유의 파릇파릇 눈망울에 생동감을 느꼈다. 길거리의 노숙자들에게 현찰을 건네주고 자신의 연주를 감상해달라고 하기도 했다. 남자는 빈곤한 그들이 자신의 연주에 잠시나마 평온해하는 걸 바라보며 나눔과 봉사의 가치를 체험했다.

남자는 재정적으로 안정된 사람이기에 어디서든 연주할 수 있었다. 색소폰을 불 때마다 남자는 다양한 감정을 체험했고, 그 결과 남자는 점점 더 정서적으로 풍요롭고 안정적이며 이해심과 공감의 폭이 깊은 사람으로 발전했다. 돈을 주고 체험을 구매하여 정서적 여유와 풍족을 누리게 된 것이다.

감정적 체험이 시장을 통해 돈으로 거래되는 시대가, 바야흐로 시작되었다.

이제 이 시대는 물질적 재화를 바탕으로 정서적 풍요까지 구매하는 시대다. 가령 길거리 한복판에서 누군가가 심장 발작으로 쓰러지면, 그 사람을 도와줄 자격은 오직 '긴급 상황에서 위기에 빠진 사람을 도와줄 경험'을 미리 구매한 사람만이 가지고 있다. 경험을 구매하지 않은 사람이 도와주려고 행동하면 불법행위로 처벌받는다. 쓰러진 사람 바로 옆에 있다고 해도, 당신이 '위기에 처한 사람을 구해줄 경험'을 구매하지 않았다면, 그것은 그 경험을 구매한 사람들에게서 '경험을 훔친 죄'에 해당하므로 절도죄가 성립한다. 경험을 판매한 사람이 이미 판매한 경험을 시도할 경우 그것은 '사기죄'에 해당한다.

'위기에 처한 사람을 도와줄 경험'을 구매한 사람들은 최선을 다해 응급조치를 취했다. 스스로 돈을 주고 구매한 만큼, 경험을 실천하는 능동성과 주체성이 매우 높았다. 선량한 경험을 자진해서 구매한 사람들은 타인에 대한 봉사에 매우 적극적이었다. 위기에 처한 사람이 무사히 구출되면 '경험 구매자'들은 자신이 소중한 생명을 구해냈다는 보람과 자긍심 등 풍부한 정서적 체험을 누렸다. 그리고 이러한 체험이 축적되어 그들은 감정적으로 윤택한 사람이 될 수 있었다.

반면 경험을 판매한 사람들은 돈을 받은 대신 판매한 경험을 누릴 수 없으므로 시간이 지날수록 체험의 폭이 좁아지면서 정서적으로 메말라갔다. 타인에 대한 공감의 수준도 따라서 낮아졌다. 가난한 사람들은 먹고살기 위해 경험을 미리 판매했고, 경험 기회를 팔아버린 그들은 정서적 체험을 누릴 기회 자체가 박탈되었으며, 그 결과 감정적 성숙이 일어나지 않아 타인에게 공감하지 못하고 자신의 욕구에만 몰두하는 이기적 인간이 될 수밖에 없었다.

물질적 빈부는, 이제 공감과 연민의 빈부로 확장되었다.

*

나는 우연히 본 다큐멘터리를 통해 이 이야기를 처음 접했다. 평소 같으면 메타버스에 접속한다든가 게임을 하거나 했을 텐데, 그날은 오랜만에 영화나 한 편 보는 게 어떨까 싶었다. 오랜만에 미디어 플랫폼에 로그인하니 다큐멘터리 한 편이 눈에 띄었다. 딱히 인기작은 아니었지만 평가 점수가 좋은 작품이었다.

다큐멘터리에서 남자는 '최초의 감정 체험 구매자'라는 이름으로 인터뷰했다. 백발의 노인이 된 남자가 추억에 잠긴 눈으로 자신의 삶을 들려주었다. 어려운 형편에도 불구하고 여자와 함께 사랑을 나누던 시기를 이야기할 때는 얼굴에 화색이 돌았고,

여자와 이혼에 이른 과정을 이야기할 때는 떨리는 목소리로 힘겨워했다. 그러다가 색소폰 연주를 다시 시작하면서 수많은 사람들을 직접 찾아가 연주하던 시절에 이르자 마치 숭고한 무언가를 발견한 듯 경건한 눈빛으로 허공을 응시하였다.

"이제 저는 더 이상 슬프지 않답니다. 오히려 세상 모든 것에 감사하는 마음을 가지게 되었습니다. 수많은 감정적 체험이 저를 그런 사람으로 만들어주었답니다."

마치 찬란한 진리가 남자의 눈앞에 아른거리기라도 하는 것 같았다.

화면이 멈추고 감독의 목소리가 내레이션으로 흘러나왔다. 인터뷰를 마치고 두 달이 지난 다음, 남자는 조용히 숨을 거두었다고. 비록 남자는 세상을 떠났지만, 남자로 말미암아 형성된 '감정 체험 거래 시장'은 여전히 성장하는 중이라고. 그 이야기를 듣고 확인해보니 이 다큐멘터리는 이미 10년 전에 나온 작품이었다. 감정 체험 거래 시장은 성장하는 수준을 넘어 호황기에 접어든 지 오래였다.

문득 궁금해졌다. 과연 남자는 지금 같은 세상이 도래할 거라고 상상이나 했을까. 아마 아닐 것이다. 여자가 AI로 말미암아 자신의 꿈이 불가능해질 거란 걸 미처 고려하지 못했듯, 남자 또한 자신의 행동이 또 다른 세상의 씨앗이 될 거라곤 예상하지 못했을 것이다. 그 뒤로 남자처럼 돈을 주고 감정적 체험을 구매하는 사람이 하나둘 늘어나기 시작할 거라곤. 돈이 필요한 사람들이 그들에게 자신의 정서적 경험을 미리 판매하게 될 거라곤. 그리하여 감정적 체험마저 상품으로 판매되는 시대가 올 거라곤 꿈에도 생각하지 못했을 것이다.

나는 '위기에 처한 사람을 도와줄 경험' 같은 건 진작 판매한 지 오래되었다. 그것 말고도 여러 가지 감정적 경험도 미리 팔았다. 나는 변변한 직업이 없다. 육체노동을 하기에는 부적합하며 정신노동을 하기에도 딱히 특출 난 구석이 없다. 내가 할 수 있는 일은 AI도 충분히, 아니 나보다 더 잘하기 때문에 내가 일을 할 수 있는 분야도 찾기 어렵다.

내가 가진 거라곤 '언젠가 미래에 겪을 경험들'뿐이다. 그래서 나는 그것들을 판매하며 먹고사는 중이다. 사랑하는 사람 앞에서 음식을 요리해줄 경험, 반지가 진열된 유리 쇼케이스 앞에서 사랑하는 사람과 함께 어느 반지를 구매할지 행복하게 고민할 경험 등 셀 수 없이 많고 종류도 다양하다. 경험을 팔 때마다 느끼는 건데, 사람이 누리는 경험이라는 게 세부적으로 쪼개고 쪼개면 정말 셀 수 없이 많구나 싶다.

나에게 경험을 구매한 부유한 사람들은 정서적으로도 부유한 사람이 될 것이다. 그런데 나는 왜 그게 별로 부럽지 않은 걸까? 어쩌면 원래는 그들을 부러워해야 '정상'인데, 내가 워낙 경험을 많이 파는 바람에, 직접 체험한 감정이 너무 부족해서 정서적 퇴화를 겪은 탓일까? 그렇다면 나와 같은 처지의 빈곤한 사람들은 모두 나처럼 정서적 퇴화를 겪고 있을까?

모르겠다. 그리고 내가 알 바 아니다. 핸드폰 하나만 있어도 보고 싶은 것과 듣고 싶은 것을 얼마든지 접할 수 있다. 여행은 못

하지만 위성으로 촬영한 데이터가 증강현실 렌즈로 고스란히 장소를 재현해준다. 굳이 비용을 지불하며 '진짜 경험'을 체험할 필요가 없다. 내가 그럴 욕구를 느끼지 못하므로. 나를 사랑하는 사람이 나타날지 말지, 그것도 관심 없다. 아마 그 사람의 마음을 내 쪽에서 거절하지 않을까 싶다. 만나봤자 돈밖에 더 들까.

그래서 나는 조만간 '누군가와 사랑하는 관계로 맺어질 경험'을 판매할 계획이다. 내가 생존하는 데 사랑이라는 감정이 필요한지 진지하게 검토한 결과, 굳이 필요하지는 않다고 결론 내렸다. 사랑에 관한 감정 경험이 없더라도 생존은 얼마든지 가능하다. 게다가 누군가와 사랑을 맺는다고 해봤자 그 사람과 내가 함께할 수 있는 게 없다. 사랑하는 사람과 함께할 감정 경험을 대부분 팔아치운 상태다. 그러니 사랑을 이룬다 한들 할 수 있는 게 없다. 나의 생존에 굳이 필요하지 않은 것, 내가 시도한들 제대로 이어갈 수 없는 것, 그러므로 조금의 돈이라도 벌기 위해 팔아버리는 게 차라리 나은 것, 그것이 사랑이다.

그런데 사랑에 관련한 경험은 공급량이 꽤 많은 편이다. 그래서 나는 이 경험을 비싼 값에 팔기는 포기했다. 대신 '내가 누군가에게 고백하여 사랑하는 사람과 맺어질 경험'과 '상대방이 나에게 사랑을 고백해서 맺어질 경험'으로, 약간은 편법이긴 하지만 두 개의 상품으로 나누어서 판매할 생각이다. 두 경험을 세트로 내놓는 거다. 그리고 약간만 가격을 할인해주는 거다. 그러면 제법 나쁘지 않은 수준으로 팔 수 있지 않을까.

나는 내가 겪을 미래의 감정을 할인가에 판매하기로 결정했다.

도덕을
도매가에
팝니다

클레이븐

대학에서 기계공학을 전공했다. 중학교 국어 시간에 처음으로 단편소설 쓰기를 접한 이래로 꾸준히 작품 활동을 하고 있다.

2019년 환상문학웹진 『거울』에 독자우수단편으로 「마지막 러다이트」와 「컴플레인」이 선정되어 필진이 되었다. 두 작품은 2021년 『거울×아작 환상문학총서:거울아니었던들』에 수록되었다. 장편소설 『FTL에 어서오세요』를 출간했다.

괴상한 괴물들과 암담하고 기괴한 배경, 그 속에서 발버둥 치는 주인공의 모습을 담담한 어조로 그리는 것을 좋아한다.

"도덕 5.4 베타버전이 업데이트되었습니다. 시민 여러분께서는 가까운 전산 창구에서 업데이트하십시오."

밤하늘을 날아다니는 드론이 재잘거리고 어둠 속으로 사라졌다. 정수는 깜빡이는 가로등을 지나 사라지는 드론의 꽁무니를 바라보았다. 그러다 웃는 얼굴이 그려진 모자를 고쳐 쓴 뒤 반중력 트럭을 향해 몸을 돌렸다. 그가 화물칸에 달린 벽돌만 한 단말기에 손을 가져다 대기 무섭게 화물칸 셔터가 위로 밀려 올라갔다.

정수는 화물칸 속에 차곡차곡 쌓인 수많은 상자를 응시했다. 밤새도록 싣고 다녔건만 아직도 저리 많이 남았다니. 가벼운 한숨을 쉬자, 입고 있던 조끼 위로 붉은 느낌표와 함께 경고 표시가 떠올랐다. 조끼가 말했다.

"업무 중에 과도한 호흡은 삼가주십시오."

조끼의 명령에 정수는 숨을 죽였다. 천천히 숨을 고르자 조끼 위로 확인 버튼이 나타났다. 젠장. 정수는 속으로 불만을 삭였다.

범죄자들이 범행을 저지르기 전에 호흡이 빨라졌다는 이유만으로 호흡까지 통제당해야 한다니. 어처구니없는 일이었다. 하지만 어쩔 도리가 없었다. 그는 택배 배달부였고, 세상은 언제든 그를 내팽개칠 수 있었다. 그러니 한숨 쉬는 버릇을 고치는 편이 낫겠지만, 쉽게 고쳐지지 않았다.

정수는 아무런 말 없이 옷 위로 떠오른 확인 버튼을 눌렀다. 그러자 '경고 1회, 누적 경고 2회'라는 문구가 나타났다. 4회부터는 무조건 임금 삭감행이기 때문에 그는 고개를 빳빳이 세우고서 화물칸에 몸을 실었다.

화물칸 안에서는 퀴퀴한 냄새가 났다. 세제 냄새와 희미한 간장 냄새. 그리고 무언가 썩은 내와 비릿하면서도 퀴퀴한 냄새도 있었다. 온갖 냄새가 쌓이고 쌓여서 닦이지 않는 얼룩처럼 쇳덩이 위에 고였다.

정수는 이 냄새가 싫었다. 지층처럼 쌓인 냄새를 맡고 나면 정수는 오랜 과거가 떠올랐다. 수많은 선택의 순간이 눈앞을 스쳐 갔다. 선택이란 걸 할 수 있을 때, 그는 현재를 즐기고 싶었다. 술을 마시고 담배를 피우면서 선택을 미뤘다. 하지만 모든 선택의 순간이 지나, 그의 몸과 마음은 냄새나는 이 화물칸 속에 갇히고 말았다. 선택하지 않은 결과였다.

이제 그의 하루는 화물칸을 여는 것으로 시작해 화물칸을 닫는 것으로 끝났다. 화물칸 냄새가 온몸에 배었고 자면서도 짐을 싣고 내리는 꿈을 꾸었다. 아주 가끔은 화려한 술집에서 거하게 취하던 때로 돌아가 있었다. 머리 위에 달린 미러볼이 머릿속에서 반짝이면 그는 비명을 지르면서 잠에서 깨어났다.

다시는 그 화려했던 순간으로 돌아갈 수 없다. 갈 때까지 간 인생의 회한이 갈빗대 사이를 날카롭게 파고들었다.

"다 지나간 일이야."

정수는 혼잣말을 중얼거렸다. 그는 잡생각을 떨쳐버리려고 상자들 사이를 두리번거렸다. 얼마 지나지 않아 어둑한 화물칸 너머에서 작게 빛나는 상자 하나가 눈에 띄었다. 그 상자는 네 개의 묵직한 상자 뒤에 숨어 있었다. 귀퉁이가 찌그러진, 405호라고 적힌 자그마한 상자였다.

상자를 집어 들자 딸그락거리는 소리가 들렸다. 조그마하고 단단한 것들이 와르르 쏟아지는 소리가 들리는 걸 보니 아마 약병이 든 모양이었다. 영양제일까, 아니면 진짜로 약일까? 괜한 궁금증이 치솟았다. 하지만 택배 배달부가 호기심이 많은 것은 그리 좋은 성향이 아니었다.

상자를 옆구리에 끼우고서 트럭에서 내렸다. 화물칸의 셔터가 자동으로 닫혔다. 그는 천천히 트럭 왼편에 버티고 선 건물의 로비 현관으로 향하는 계단을 올랐다. 천장에 매달린 카메라가 렌즈를 번들거리며 그를 노려보았다. 기계의 시선을 느끼면서 천천히 로비 앞으로 다가갔다. 거대한 유리문이 주홍색 등불 아래서 검게 반짝거렸다. 유리문 위에는 단순한 도형으로 만든 로봇 그림이 떠올랐다. 로봇은 머리 위에 뽈록 튀어나온 안테나를 양 옆으로 까딱이면서 말했다.

"무슨 일로 왔소, 형씨?"

홀로그램 주제에 말투가 썩 좋지 않군. 정수는 애써 미소를 지으면서 말했다.

"새벽 배달 왔습니다. 405호입니다."

정수가 말하자 로봇은 유리벽 왼편 구석을 가리켰다. 매끈한 유리벽 한쪽 구석에 스테인리스로 만들어진 벽면이 보였다. 그 위에는 큼지막한 편지 봉투가 그려져 있었다.

정수가 가까이 다가가자, 편지 봉투가 그려진 벽면이 앞으로 튀어나왔다. 그 뒤에는 기다란 레일과 3차원으로 움직일 수 있는 여덟 개의 서보 암*이 달려 있고 끝에는 고정 핀이 있었다.

상자의 크기를 재려는 듯 서보 암은 정교하게 움직였다. 정수는 옆구리에 끼고 있던 상자를 서보 암에게 넘겼다. 고정 핀이 상자를 고정시키자 레일을 따라 상자는 벽 너머로 사라졌다. 이윽고, 스테인리스 벽면이 레일을 따라 움직여 직사각형 형태의 투입구를 단단히 틀어막았다.

로봇 형태의 홀로그램은 쌀쌀맞게 말했다.

"지금은 새벽 4시다. 조용히 나가도록. 빨리."

간다. 간다고. 기분이 나빠진 정수는 빠르게 몸을 돌려 출입문 계단을 내려왔다. 마음과는 다르게 싫은 티는 내지 않았다. 심장 박동이 조금 빨라지긴 했지만, 아직 규격 범위 내인지 조끼는 경고하지 않았다.

* 서보 암 : 근력을 보조해주는 외골격 기구.

언제까지 이 짓을 해야 할까? 정수는 입술을 실룩이면서 트럭 운전석에 몸을 실었다. 시트에 고단한 몸을 기대자 핸들이 앞으로 튀어나왔다. 정수는 핸들을 잡았다. 아직 배달 물량이 남은 터라 지체할 시간은 없었다. 피곤한 눈을 껌뻑이면서 액셀을 밟았다. 반중력 트럭이 한 차례 차체를 떨면서 붕 떠오르자 이온 엔진이 소리 없이 트럭을 밀었다. 육중한 트럭은 푸르스름한 빛을 흘리면서 소리 없이 거리를 가로질렀다.

시속 80킬로미터. 주황색 가로등 불이 얼굴을 훑고 지나갈 때마다 눈이 살짝 시렸다. 뻘겋게 달아오른 눈을 두어 번 껌뻑이자 눈물 한 방울이 뺨을 따라 흘렀다. 그는 왼손으로 눈물을 닦아낸 뒤, 턱을 매만졌다.

손끝에 까끌까끌한 감촉이 느껴졌다. 언제 마지막으로 면도를 했더라? 기억을 더듬어봤지만 가물가물했다. 뭐, 아무렴 어때. 누굴 만날 것도 아닌데. 정수는 코를 실룩이면서 옆 좌석에 놓아둔 종이봉투를 집어 들었다. 한 손으로 FAT이라 적힌 큼지막한 단열재 종이봉투를 벌렸다. 입술로 봉투를 물고 햄버거를 꺼내 잠시 무릎 위에 올려놓았다. 비대한 허벅지 위에서 세 시간 전에 산 햄버거가 따끈한 열기를 내뿜었다.

정수는 입에 물고 있던 종이봉투를 조수석에 집어 던지고는 한 손으로 햄버거 포장지를 벗겼다. 참깨가 뿌려진 전통적인 감자 빵이 가로등 불빛 아래 번들거렸다. 정수가 군침을 삼키면서 햄버거를 한 입 베어 물었다. 세 장의 패티에서 흘러넘치는 육즙과 케첩 그리고 구운 양파의 풍미가 입 안을 가득 메웠다. 그가 햄버거의 맛을 음미하던 그때, 저 멀리서 허연 불빛이 쏜살같이 달려들었다.

정수는 반사적으로 얼굴을 가렸다. 뭐가 뭔지 생각할 겨를도 없이 브레이크를 밟고 핸들을 옆으로 틀었다. 육중한 트럭이 몸을 비틀어댔다. 트럭은 도로 위를 미끄러지며 150도가량 돈 뒤에야 멈춰 섰다. 정수는 숨을 몰아쉬었다. 아직도 빛 때문에 눈이 따가웠다. 이내 요란한 소리가 도로를 가로질렀다.

정수는 트럭을 지나쳐 가는 수많은 불빛을 바라보았다. 하늘을 찌를 듯 삐죽삐죽 솟아오른, 닭벼슬 머리를 한 놈이 정수가 몰던 트럭 앞을 빠르게 지나갔다. 나머지 놈들은 포위하듯 트럭 주위를 빙글빙글 돌았다. 불빛이 어지럽게 번쩍거렸다. 놈들 중 하나는 도발하듯 트럭 앞에서 오토바이를 멈춰 세웠다. 헤드라이트에 해골 모양의 문신을 새긴 여자의 얼굴이 비쳤다. 그녀는 키득거리더니 스포츠 브라를 들어 올려 볼품없는 가슴을 까 보였다. 조롱 어린 웃음과 함께 놈들은 굉음을 올리며 도로를 내달렸다. 오토바이 뒤에 달린 붉은 점멸등이 어둠 속에서 반짝이다 사라지자 정수는 핸들을 주먹으로 내리쳤다.

"……개자식들!"

그는 멀어져가는 폭주족을 노려보면서 중얼거렸다. 조금만 더 젊었다면 트럭에서 내려 개자식들의 멱살을 잡아 올렸을 터였다. 하지만 지금의 그는 직장 때문에 전전긍긍하는 반늙은이에 불과했다. 때문에 남은 햄버거나 먹으면서 참고 배달을 갈 생각이었다. 하지만 그가 무릎을 내려다보자, 햄버거는 어디에도 보이지 않았다.

천장에 달린 전등을 켜자, 바닥에 떨어진 햄버거가 보였다. 참깨가 올라간 감자 빵은 운동화 위에 엎어져 있었다. 남은 부분도 그리 성하지는 않았다. 정수는 천천히 손을 뻗어 햄버거를 집어 들었다. 찐득한 케첩과 뭉그러진 양파가 바닥 깔개에 묻어났다. 그의 입매가 흉하게 일그러졌다. 하지만 그는 끝끝내 소리 한 번 지르지 못했다.

조끼 눈치가 보였다. 경고가 누적돼봐야 좋을 게 없었고 아직 배달할 물건은 화물칸에 산처럼 쌓여 있었다. 정수는 손을 뻗어 포장지와 함께 바닥에 떨어진 햄버거를 집어 들었다. 케첩에 들러붙은 머리카락과 먼지를 보다 보니 조금은 먹을 수 있을지 모른다는 생각이 들어 정수는 짜증 섞인 얼굴로 햄버거를 창밖으로 던져버렸다. 더러운 길바닥에 처박히기 무섭게 햄버거는 내용물을 사방에 흩뿌렸다. 정수는 핸들을 잡았다. 어쩌다 이렇게 됐지? 그는 스스로에게 되물었다. 어쩌다가 햄버거 하나도 맘 편히 못 먹게 된 거지?

한숨을 쉬던 정수는 담뱃갑을 꺼냈다. 구겨진 담뱃갑 한 귀퉁이의 찢어진 구멍에서 하얀 필터가 보였다. 손목 스냅을 이용해 담뱃갑을 위로 가볍게 흔들자 담배 한 개비가 튀어나왔다. 그대로 담배를 물고 필터를 이로 씹자 담배 끝에서는 작은 불꽃이 반짝거렸다. 하얀 담배 연기를 가슴 속 깊숙이 빨아들였다. 바닐라 향이 희미하게 묻어나는 매캐한 연기가 폐를 가득 채웠다. 천천히 숨을 내뱉자, 이 사이로 뿜어져 나온 담배 연기가 차창 밖으로 사라졌다.

　정수가 실장실로 불려 간 건 배달을 마치고 물류 창고에 돌아온 직후의 일이었다. 날이 밝아 9시를 가리키는 시계를 바라보면서 물류 창고 2층으로 향했다. 거대한 창고를 개조해서 만든 물류 창고의 특성상 2층이라고 해도 실은 4층 높이였다. 때문에 밤샘 배달을 마친 정수는 기진맥진한 상태로 녹이 슬고 허름한 철제 계단을 올라야 했다.

　계단을 오르자 허름하고 휑한 복도가 눈에 들어왔다. 그는 복도 끝에 있는 문을 바라보았다. 유리로 된 창이 달린 낡은 여닫이문이었다. 한 세기 전에 유행했을 법한 문이었다. 정수는 반들거리는 문고리를 잡고서 왼손으로 문을 두드렸다.

　"들어와."

　거만한 목소리가 명령조로 문 너머에서 흘러나오자 정수는 문고리를 비틀어 열었다. 삐걱거리는 경첩 소리와 함께 책상 앞에 앉은 사람이 보였다. 짙은 눈썹과 큼지막한 주먹코가 인상적인 사내였다.

　그는 잠자리 눈처럼 거대한 돋보기안경을 코끝에 걸고서 서류를 들여다보다 고개를 들었다. 그러더니 무표정한 얼굴로 책상 맞은편에 놓인 의자를 손으로 가리켰다. 정수는 고개를 끄덕이면서 의자 앞으로 가서 앉았다. 낡은 의자는 쿠션이 끈적거렸다. 정수는 애써 태연한 척 실장의 얼굴을 바라보았다.

　"부르셨다고 해서 곧장 달려왔습니다, 실장님."

186

"사실 어제 6시쯤 불렀어. 근데 열다섯 시간 늦게 왔군."

"그게, 제가 5시부터 배달을 나가서……."

"변명은 됐네. 구차하니까 그런 이야기는 하지 말자고."

싸가지 없긴. 정수는 노년으로 접어드는 남자를 바라보면서 생각했다. 그는 다시 서류를 바라보면서 말했다.

"음, 자네가 이곳에서 일한 지도 벌써 3년이군."

"네. 3년하고 4개월 넘었습니다."

실장은 정수를 곁눈질로 바라보면서 말했다.

"벌점이 조금 있지만 아직 문제 삼을 정도는 아니고, 항상 제시간에 배달을 했더군. 이건 잘했네."

실장이 운을 떼자 정수는 마른침을 삼켰다. 대체 무슨 말을 하려고 시간을 끄는 거지? 불안한 얼굴로 눈알을 굴리자 실장은 금연 껌을 꺼내 입 안에 털어 넣고 짝짝 씹으면서 말했다.

"뭐, 좋아. 오늘 자네를 부른 건 다른 게 아니라 회사 공문 때문이네."

"공문이요?"

"그래. 음, 위에서 공문이 내려왔는데, 도덕 3 버전 이하인 자들은 전부 해고하라더군."

정수는 눈살을 찌푸렸다.

"하지만 저는 도덕 3.4 버전이에요."

"그래. 그래서 자네도 해당하는 사안이네. 솔직히 3.0 버전이나 3.4 버전이 무슨 차이가 있나?"

정수는 잠시 할 말을 잃어버리고 말았다. 사실 이건 실장 말이 맞기는 했다. 3.0 버전과 3.4 버전의 차이는 라면 봉지를 도덕적으로 찢는 방법이나 도덕적으로 고기 먹는 법이 포함되었는가, 아닌가 수준의 차이였다.

젠장. 어떻게 반박할지 논리적으로 생각을 가다듬던 정수는 속으로 욕지거리를 내뱉었다. 그는 머뭇거리면서 두 손으로 깍지를 꼈다. 두 손 모아 빌면 어떨까 싶었지만 자존심이 허락하지 않았다. 대신 그는 땀으로 젖은 손을 내보이면서 천천히 말했다.

"죄송합니다만, 그, 이번 한 번만 좀 봐주실 순 없을까요? 그러니까…… 돈은 더 적게 받을게요. 원하신다면 일을 더 많이 할게요. 그게……."

정수가 똥 마려운 강아지처럼 낑낑거렸지만 실장은 단호했다. 그는 정수에게 서류 하나를 내밀었다. 거대한 인장과 깔끔한 서류 양식 속에는 깨알 같은 글귀가 적혀 있었다. 실장은 글귀를 손으로 가리키면서 말했다.

"미안하지만 그럴 수는 없네. 이건 회사 공식 지침이야. 그리고 정부에서도 버전 4 이하의 도덕을 소유한 자는 일 시키지 말라더군."

"왜죠?"

"못 들었나? 도덕 3.0 버전 인간이 특수강도 저지른 거?"

실장이 학을 떼면서 말했고 정수는 고개를 저었다. 그는 혀를 차면서 정수를 바라보았다.

"나 원, 자네는 젊은 사람이 뉴스도 안 보나? 그래가지고 세상 어떻게 살려고 그래?"

정수는 입을 굳게 다물었다. 아침 해가 뜰 때까지 일했는데 이딴 소리나 듣다니. 억울하기 짝이 없었지만 괜히 표정 관리 잘못해서 직장에서 잘리고 싶지는 않았다. 정수는 죄송하다 중얼거리면서 고개를 숙였다.

실장은 그런 그를 탐탁지 않은 눈으로 바라보았다.

"뭐, 자네를 내가 한두 해 보는 건 아니지만, 아무래도 이번 일은 어쩔 수 없어. 내 손을 떠난 일이네. 뭐, 그래도 옛정을 생각해서 사흘 말미를 주겠네. 일단, 휴가 내고 쉬어."

"쉬라뇨. 쉬면 돈은 어디서 벌고요?"

정수가 두 팔을 벌리고서 소심하게 항의했다. 하지만 실장은 자기 알 바 아니라는 듯 두툼한 입술을 실룩이면서 말했다.

"그건 자네가 생각할 문제지. 젊었을 때 고생은 사서 하는 거네. 그 정도 각오도 없이 살면 평생 그렇게 사는 거야. 그러니 이제는 나가서 돈을 융통해 도덕을 업그레이드하든지 아니면 다른 직업이나 알아보게."

해고 통지나 다름없는 실장의 태도에 정수는 불쾌감을 감추지 못했다. 하지만 실장도 물러서지 않았다. 그는 조금 날카로운 눈으로 정수를 노려보았다. 네가 어쩔 건데? 거만한 눈빛이 그렇게 말했다.

실장실을 나왔지만 딱히 갈 곳은 없었다. 정수는 한숨을 쉬면서 상자들이 산더미처럼 쌓인 사업장을 가로질렀다. 바쁘게 움직이는 드론들이 상자를 반중력 트럭에 싣고 있었다. 정수는 그

광경을 물끄러미 바라보다 걸음을 옮겼다.

이제 뭘 해야 할까? 한강 물에라도 떨어져야 하나? 정수는 사업장 뒷문을 통해 골목으로 빠져나왔다. 담배를 입에 물자 이내 바닐라 향과 탄내, 그리고 심란한 기분이 연기를 따라 하늘로 날아올랐다. 젠장. 정수는 담배 필터를 씹으면서 다시 담배를 길게 빨아 마셨다.

"젠장. 젠장. 젠장."

두 모금 만에 반절 넘게 타들어간 담배를 손가락 사이에 끼고서 거리로 나갔다. 오물이 들러붙은 하수구에서 악취가 올라와 한숨을 쉬었다. 어쩌다 이렇게 된 거지? 대체 내가 뭘 잘못한 거지? 그는 분을 참듯 파르르 떨리는 입술을 깨물었다. 아무리 생각해도 이건 부당했다.

3년간 그는 개처럼 일했다. 새벽 배송은 전부 그의 몫이었고 낮에도 짬짬이 나와 일하곤 했다. 교대직이었지만, 업무 강도 때문에 일을 견디지 못하고 내빼는 녀석들이 많았기 때문이다. 그런데 도덕 때문에 잘리다니. 대체 내가 뭘 잘못한 거지? 했던 질문이 또다시 머릿속에 메아리쳤다.

후회에 잠긴 그는 오래전 도덕인증제도 시위에 나갔던 때를 떠올렸다. 7년 전, 반외계인 운동을 펼치던 어느 미치광이 같은 개자식들이 우주 공항에 테러를 가한 직후의 일이었다. 이 일로 지구 최초의 우주 공항은 거대한 잔해가 되어 지구궤도를 떠돌게 되었다. 수많은 이들이 목숨을 잃었고 외계인들은 지구를 여행 금지 구역으로 지정했다. 그리고 7년이 지난 지금까지도 지구 근처에 코빼기도 보이지 않았다.

이 사건은 엄청난 후폭풍을 몰고 왔다. 전 세계적으로 금융 위기가 발생했고 물자가 부족해졌다. 특히 외계 기술이 접목된 물건은 씨가 말랐다. 그로 인해 수많은 이들이 직장과 집 그리고 가족을 잃었다. 그때부터 사람들은 도덕적이지 않은 이들을 인간 취급도 하지 않았다. 죄의 경중 따윈 개나 주고 부도덕한 자들은 모두 엄하게 처벌하자는 소리가 여기저기서 튀어나왔다. 그리고 분노한 이들은 거리로 뛰쳐나왔다.

정수도 그 자리에 있었다. 그는 다른 이유로 시위에 나갔다. 그의 목적은 술이었다. 선후배들과 술을 마시기 위해 시위에 나갔다. 낮에는 피켓을 들고 밤에는 술집에서 코가 삐뚤어지도록 마시는 것이 일상이었다. 그러다 아침이 되면 새벽에 밀린 잠을 자랴, 쓰린 속을 달래랴, 아주 죽을 맛이었다.

정수는 그 죽을 것 같은 기분을 즐겼다. 어딘지 모를 위험한 경계를 오가는 아슬아슬한 기분이 좋았다. 하지만 그런 기분은 그리 오래가지 않았다. 매일같이 놀러 다니고 시위 나갔다가 술 퍼먹기 바빴던 그에게 남은 건 별로 없었다. 그리 좋지 못한 학점과 아무것도 이룬 것이 없는 몸뚱이뿐이었다.

항상 그의 곁을 지킬 것만 같던 친구도, 선배도 떠났다. 서른 살이 넘어 동아리에 찾아오는 선배를 좋아할 후배는 없었다. 그가 현실을 깨달았을 때는 이미 집안 가세도 기울어 있었다. 어머니의 사업이 망하고 아버지까지 퇴직을 앞두게 된 것이다. 근 10년 만에 집을 찾았지만 그를 반겨주는 이는 없었다. 오랜 시간 방황하던 정수를 보다 못한 부모님은 그를 내버린 자식 취급했다.

부모님의 따가운 눈총을 견디지 못한 그는 결국 거리로 나왔다. 별다른 능력도 없었기에 정말 간신히 택배 배달부 자리 하나를 얻을 수 있었다. 그런데 이제는 간신히 얻어낸 일자리마저 그 잘난 도덕 탓에 빼앗겨버렸다.

문득 시위 구호가 떠올랐다. '도덕이 정확한 규격을 갖춘다면 세상은 훨씬 좋아질 것이다'. 하지만 지금 보니 정말로 바보 같은 생각이었다. 도덕에 정확한 규격 따위가 있을 리 없었다. 형태가 있는 것도 아니었고, 눈에 보이는 것도 아니었다.

정수는 담배를 길게 빨아들였다. 그러다 담뱃불이 손가락에 닿는 바람에 펄쩍 뛰면서 담배를 길바닥에 내던졌다. 데인 손가락을 입에 넣고 빨아보았지만 화끈거리는 감각이 남아 있었다.

하루가 지났다. 일자리를 알아보기 위해 이런저런 전단지를 뒤져보았지만 소용없는 짓이었다. 그렇다고 구인 사이트를 뒤질 수도 없었다. 가입할 때 반드시 일정 수준 이상의 도덕을 인증해야 했기 때문이었다. 설령 가입에 성공해도 그가 지원 가능한 일자리는 없을 터였다. 전단지 속 일자리조차 척추에 꽂힌 도덕 단말기가 4.0 베타버전 이하인 경우는 아예 지원서를 받지 않는 곳도 많았다.

이제 어쩌지? 그는 편의점 한구석에 앉아 생각에 잠겼다. 산만하기 짝이 없는 홀로그램 광고들이 시끄러운 음악에 맞춰 춤을 췄다. 정수는 심란한 얼굴로 'FTL에 어서 오세요'라는 광고 문구

를 바라보다 남은 전단지를 구겨 휴지통 속에 집어넣고서 편의
점을 빠져나갔다.

착잡하기 짝이 없었다. 이번 달 월세도 내지 못했다는 생각이
계속해서 머릿속을 맴돌았다. 하지만 돈 벌 곳도 마땅치 않았고
그마저도 도덕 버전을 따지는 곳들이었다. 이제 남은 건 해외로
밀항이라도 하거나, 아니면 불법적인 일뿐이다.

배양된 인공장기를 몸에서 키우는 장기 농장이 되거나, 뇌의
일부를 다른 사람이 쓰도록 팔아 치우는 게 최선이려나? 물론,
몸을 팔거나 좀 더 더러운 일들도 있었다. 하지만 그런 일을 하다
걸리면 감옥 가는 걸로 끝나지 않았다. 못해도 법원 광장에서 채
찍질을 당하거나 화형에 처해질 터였다. 무엇보다 정수는 그런
일에 발을 들일 만큼 인맥이 넓지도 않았다.

정수는 담배를 꺼내 입에 물고서 걸음을 옮겼다. 그가 향한 곳
은 전산센터였다. 전산센터는 편의점에서 그리 멀지 않은 곳에
있었다. 한때 PC방이라 부르던 곳에는 이제 건전한 도덕 소프트
웨어 광고만이 번뜩거렸다. 게임이 불법이 된 이후로 PC방들은
도덕을 선전하고 이식하는 곳으로 탈바꿈되었다. 정수는 착하게
살라는 광고를 바라보다 가게 안으로 들어갔다.

시끄러운 광고들과 상쾌한 공기가 정수를 맞이했다. 그는 광
고 속을 거닐었다. 벌집처럼 다닥다닥 붙은 네모난 판매 부스 앞
으로 홀로그램 점원들이 나왔다. 그들은 정수에게 새로 들어온
도덕 소프트웨어를 추천했다. 6.0 베타버전이 출시 예정이란 글
귀가 지나가자 정수는 주눅이 들었다. 저건 또 얼마나 받아먹으

려나. 그는 혀를 차면서 전산센터 안으로 깊숙이 들어갔다. 그러자 고장 난 홀로그램 근처에서 도덕 4.0 베타를 파는 부스가 눈에 들어왔다. 정수는 부스를 둘러보았다. 도난 방지용 레이저 절삭기가 가판대 위를 살벌하게 오갔다. 도덕을 훔치려들면 레이저가 손목을 자를 터였다. 정수는 레이저 너머로 가지런히 정리된 납작한 칩을 바라보았다. 먼지를 뒤집어쓴 칩에는 가느다란 거미 다리 같은 것이 수백 개쯤 달려 있었다. 모르긴 몰라도 저 다리를 신경과 연결해서 도덕성을 강화한다는 것 같았다. 하지만 어떻게 작동되는지는 알 수 없었다.

"무엇을 도와드릴까요?"

고장 난 채 지직거리던 홀로그램이 말했다. 정수는 얼굴 부분이 나타났다 사라지기를 반복하는 홀로그램을 바라보았다.

"음, 가장 싼 도덕을 찾는데."

"최저가 도덕은, 4.7 베타버전이, 입니다. 판매 금지 조치라, 라서 현재 진열만, 해둔 상태입니다. 절도 범죄자들을 잡기 위한 함정수사 차원에서죠. 요즘에 어린애들이 불법적인 프로그램으로 다른 사람들의 도덕을 강탈하는 사건이 자주우우, 발생, 하, 고 있습니다. 조심……."

"그럼, 살 수 있는 도덕 중에 가장 싼 건 뭐지?"

"도덕 5.0 베타부터 구매하실 수 있습니다. 정보를 보, 시겠습니까?"

정수는 떨떠름한 얼굴로 고개를 끄덕이고는 홀로그램에게 도덕 버전의 정보를 불러와달라고 말했다. 4.7 버전과 5.0 버전이 무슨 차이인지 알아보기 위함이었다. 홀로그램이 카탈로그를 펼치자, 카탈로그 위에 업데이트 내역이 떠올랐다.

처음엔 별거 없겠거니 싶었는데 불행히도 도덕 4.7 베타와 5.0 베타는 많은 차이를 보였다. 우선 이성애와 동성애를 비롯한 모든 종류의 사랑은 경계의 대상에서 혐오의 대상으로 격상되었다. 이제 인간은 오로지 도덕만을 사랑할 수 있었다. 또한, 라면과 만두를 함께 먹는 것은 새로 비도덕적 범주에 편입되었다. 몸에 해롭기 때문이었다. 그리고 안전을 위해 차도에서 15센티미터 떨어져서 걷지 않으면 경범죄로 처벌된다는 조항이 신설되었다. 심지어 김치는 민족 자긍심을 위해 국내산 재료만 써야 하며, 위반 시에는 15년 이상의 금고형에 처한다는 조항도 있었다.

별 사소한 것까지 도덕적으로 분류하는군. 정수는 혀를 내둘렀다. 하지만 곧 두려움이 밀려들었다. 고작 라면과 만두를 같이 먹었다는 이유로 잡혀간다 생각하니 아찔했다.

그는 전에 도덕법을 어긴 사람을 본 적 있었다. 길거리에 깡통을 버린 여자였다. 깡통을 버리기 무섭게 여자는 힘없이 자리에 주저앉아 다리가 마비되었다고 소리를 쳤다. 몇 분 뒤, 경찰이 와서 연행할 때까지 여자를 돕는 이는 없었다.

카탈로그를 옆으로 치워버린 정수는 도덕 5.0 베타의 가격을 바라보았다. 500만 원이라는 가격표 위에는 '법을 수호하는 가장 합리적인 가격'이란 문구가 큼지막하게 적혀 있었다. 5.4 베타는 훨씬 더 비쌀 것이 분명했다.

정수는 전혀 합리적이지 못한 가격표를 노려보았다. 그가 가진 돈을 죄다 턴다고 해도 500만 원이라는 돈이 모일지는 알 수 없었다. 신용이 없어 정상적인 방식으로는 대출도 불가능한 그에게 500만 원은 너무 큰 금액이었다. 당장 이번 달에 의무적으로 내야 하는 기부세 50만 원을 채우기도 벅찼다. 게다가 지난달에 도덕 단말기의 배터리가 고장 나 교체했기에 돈은 더 궁했다.

이제 어쩐다. 그는 전산 창구를 빠져나왔다. 남들 다 사는 도덕 하나 못 사다니. 초라하기 짝이 없는 자신을 돌아보며 정수는 헛웃음을 터뜨리며 걸음을 옮겼다. 발길 닿는 대로 걷다 보니 매캐한 연기와 함께 법원 광장이 나타났다.

살갗이 타고 나무 뒤틀리는 소리가 일상인 곳이었다. 하지만 오늘은 유달리 많은 사람이 광장에 모여 있었다. 마침 죄수가 나무 기둥에 매달리는 날인 것 같았다. 죄인은 머리에 두건을 쓰고 몸이 밧줄에 묶였다. 산처럼 쌓인 장작더미 위에 올라선 도덕 재판관은 죄인의 두건을 벗겼다. 그러자 두건 속에서는 늙은 여인의 얼굴이 드러났다. 이마가 까져 피가 철철 흘렀고 눈물에 퉁퉁 불어터진 눈과 메마른 입술이 비명을 지르고 있었다. 늙은 여인의 이마에는 '도덕법 위반'이라는 글귀가 적혀 있었다.

정수는 멈춰 섰다. 그는 비명을 지르는 노인을 노려보다 자기 옆에 선 인간을 바라보았다. 얼굴에 '法'이란 글자가 새겨진 두건을 뒤집어쓴 채 손을 머리 위로 올려 신명 나게 박수를 치고 있었다.

곳곳에서 비난과 욕설이 쏟아져 나왔다. 사람들은 모두 노인에게 돌을 던지면서 평소에 입에 담기 힘든 욕을 고름처럼 쏟아냈다. 노인이 돌에 맞아 새된 비명을 토해내자 사람들은 환호성을 질렀다.

"거대한~ 민의~ 절대적~ 진리~ 그 무엇도~ 반대하지 못하리~."

성가대 같은 사람들이 장작더미 주위를 빙 둘러싸고 노래를 불렀다. 정수는 그 지옥도를 바라보다 옆에 있던 두건을 뒤집어 쓴 이에게 말을 걸었다.

"저기요, 이게 무슨 일이에요?"

그가 묻자 두건 너머에서 친절하고 가느다란 목소리가 흘러나왔다.

"음, 자기 집 화장실에서 나쁜 짓을 했다더군요. 자살하고 싶어 환장한 거죠. 어디 신성한 화장실에서 그 짓을 하냐고요. 하! 어쨌든, 경찰들이 끌고 와서 이마에 낙인찍고 매달았어요. 정당한 대가죠."

여자는 불길에 휩싸여 신음하는 노인에게 침을 뱉었다. 그러더니 정수 쪽으로 고개를 돌렸다. 그녀는 정수에게 경고하듯 말했다.

"당신도 조심하는 게 좋을 겁니다. 도덕 버전이 3.4 베타밖에 안 되는군요. 요즘 들어 도덕 버전 낮은 사람들이 도덕법을 자주 위반하고 있어요. 특히 다른 사람의 도덕을 훔쳐다가 자기 도덕으로 위장하려는 사례도 종종 발견되고 있죠."

"그게 가능한가요?"

정수가 묻자, 그녀는 고개를 저었다.

"당연히 불가능하죠. 다 걸리게 되어 있답니다. 불법적인 소프트웨어로 소유자 명의를 바꿔도 티가 나게 되어 있어요. 그러니까 도덕법을 어길 생각이랑 마시고 성실히 사십쇼. 자칫 잘못하다가는 동일 버전 소유자들에게 연대 책임을 지우는 겁니다. 아시죠?"

"알다마다요. 저는 3.4 베타라도 가진 걸 감사하는 편이죠. 내가 아는 녀석은 2.1 베타버전인데 업그레이드할 돈을 못 구해서 수용소로 끌려갔죠."

"다 자기 업보죠. 도덕적인 성찰을 게을리하고 무분별한 낭비와 쾌락에 찌든 방탕한 삶을 살았기 때문이에요."

정수는 입을 다물었다. 수용소로 끌려간 호석을 떠올렸다. 어릴 적 사고로 한쪽 팔을 잃은 호석은 국가가 공인한 도덕 단말기를 척추에 이식할 돈을 구하는 것조차 버거워했다. 정말로 방탕하게 살았던 이는 호석이 아닌 정수였다.

정수는 씁쓸한 얼굴로 사람들을 바라보았다. 모두가 하나같이 축제를 즐기는 사람들처럼 죽어가는 이의 비명을 노래 삼아 춤을 추고 있었다. 죄인의 죽음을 축하하는 것은 2.5 베타버전부터 권고 사항이 되었기에 정수도 몸을 들썩이면서 사람들과 함께 춤을 추어야 했다. 심란한 마음이 가시지 않았지만, 만에 하나라도 심란한 뜻을 비쳤다가는 모르긴 몰라도 곱게 죽을 수는 없을 터였다. 정수는 비명을 지르는 이름 모를 노인을 바라보다 광장을 빠져나왔다. 돈 벌 궁리와 이해 가지 않는 세상 사이에서 술에 취한 듯 머리가 찌릿해졌다.

온종일 거리를 쏘다니다 힘없이 집으로 돌아왔다. 저녁 6시의 이른 귀가였다. 녹슨 대문 앞에 서서 그는 힘없이 주머니를 뒤적였다. 수용소로 끌려간 호석이와 화형당하는 노인의 모습이 눈앞에 선했다. 빨리 일자리를 구하지 못하면 머지않아 그도 수용소에 가거나 운이 나쁘면 화형당할 게 뻔했다. 매 순간 조금씩 업데이트되는 도덕법을 따라가지 못할 테니까. 정수는 한숨을 쉬었다. 다리에서 힘이 빠져 그는 천천히 자리에 주저앉았다.

법원 광장의 모습이 눈앞에 선명하게 그려졌다. 욕설을 퍼부으면서 침을 뱉던 군중의 모습. 불길 속에서 처참하게 죽어가던 노인의 비명이 떠올라 정수는 눈을 감았다. 그는 노인에게서 자신의 미래를 보았다.

이제 직업도 없는 그가 앞으로 더 강화될 도덕법을 감당할 수 있을 리가 없었다. 불법적인 프로그램으로 도덕을 훔칠 수 있다는 말이 귓가에 맴돌았다. 결국 걸린다는 말이 반발하듯 머릿속에서 튀어나왔지만 한 귀로 듣고 흘리기에는 너무나도 매력적이었다. 그리고 정수가 아무리 도덕적으로 산다고 해도 3.4 베타버전의 도덕을 가진 자들 중에 누군가가 이상한 짓을 하는 순간 정수도 죄인이 될 터였다. 당장 지금도 3.0 이하인 자들은 도덕적이지 않다고 배척받지 않는가. 정수는 숨을 깊게 들이켰다. 어차피 무슨 짓을 해도 배척받는다면, 아무 일도 하지 않는 것보단 저질러버리는 편이 나을지도 몰랐다.

하지만 누구의 도덕을 빼앗지? 고민하던 그때, 앞집을 빤히 쳐다보던 정수의 눈에는 활짝 열린 대문이 보였다. 붉은 벽돌을 차곡차곡 쌓은 대문 앞에는 검은 쓰레기봉투들이 널브러져 있었다.

정수는 악취가 풍기는 집을 노려보았다. 불쾌한 기분이 밀려왔다. 손으로 코를 풀어 길바닥에 패대기치던 중, 낯익은 종이 하나가 눈에 띄었다.

오늘 낮에 전산센터에서 본 카탈로그였다. 저게 왜 저런 곳에……. 정수는 귀신에 홀린 듯 카탈로그 쪽으로 다가갔다. 그것은 낡은 우편함에 꽂혀 있었다. 곳곳에 칠이 벗겨지고 녹이 슬어 옆면이 가루처럼 바스러진 우편함이었다. 우편함에는 '선의동 57-889번지'라는 주소가 적혀 있었다.

그는 손을 뻗어 카탈로그를 꺼냈다. 빳빳한 종이가 녹슨 우편함을 빠져나오면서 칼 가는 소리 비슷한 소음을 냈다. 정수는 숨을 죽이면서 카탈로그를 펼쳐 보았다. 그의 눈에 '도덕 5.1 베타 버전을 구매해주셔서 감사합니다'라는 문구가 들어왔다.

5.1 베타? 그는 입을 뻐끔거리면서 쓰레기로 가득한 집을 바라보았다. 썩어가는 생물이 아가리를 쩍 벌리기라도 한 듯 지독한 악취가 흘러나왔다. 정수는 숨을 참으면서 카탈로그를 들여다보았다.

어떻게 이런 곳에서 사는 사람이 도덕 5.1 베타를 살 수 있었던 거지? 그가 마른침을 삼키면서 생각에 잠겨 있을 무렵 어디선가 욕설이 들렸다. 고개를 돌리자 횡설수설 무언가 중얼거리는 노인 하나가 비탈길을 올라오고 있었다. 아무렇게나 뻗친 머리카락이 기름에 번들거렸고 해진 옷가지에는 오물이 들러붙어 있었다. 노인을 본 정수는 잽싸게 카탈로그를 우편함에 꽂아 넣고서 아무 일도 없다는 듯 돌아섰다.

노인은 정수 쪽은 거들떠보지도 않았다. 그러더니 쓰레기가 든 검은 봉투를 들고서 혼자 웃다가 신경질을 부리면서 쓰레기의 동굴 속으로 사라졌다.

정수는 가슴속에서 분한 생각이 부글부글 끓어올랐다. 젠장. 저런 인간도 5.1 베타버전의 도덕을 가지고 있는데. 대체 나는 왜 개처럼 일했단 말인가? 개처럼 일한 값이 고작 3.4 베타란 말인가?

정수는 대문을 열고 집 안으로 들어갔다. 정수의 눈이 탐욕으로 번뜩였다. 그는 자신이 지금 무엇을 원하는지 깨달았다. 아마 들키면 못해도 법원 광장에서 산 채로 불태워질 게 확실했다. 하지만 상대는 노인이었다. 한평생 이곳에 살았지만, 저 나이 든 노인을 찾아오는 이는 없었다. 거기다 가득 쌓아놓은 쓰레기는 잡상인의 발길조차 끊기게 했다.

일이 잘된다면 아무 문제 없을 터였다. 어차피 쓰레기를 모으는 미친 늙은이다. 죽은 지 5년쯤 지나도 아무도 모를 터였다. 그리고 그때쯤이면 쓰레기 더미에 해골만 남아 있을 터였다. 그래, 분명 그럴 것이다.

대문을 들어선 정수는 전과는 다른 사람으로 변해 있었다. 그는 대문 앞에 펼쳐진 깎아내리는 계단을 바라보았다. 계단 위로 어둠이 똬리를 틀고 있었다. 계단을 따라 천천히 걸음을 옮긴 그가 열쇠를 꺼내는 순간, 오토바이 소리가 따갑게 귓가에 맴돌았다. 오토바이를 탄 양아치 무리가 집 앞 골목길에 멈춰 서더니 코를 틀어막고 냄새나는 쓰레기 집을 노려보았다. 정수는 그들이

욕하는 소리를 피해 집으로 들어갔다.

해가 저물었다. 가로등 불이 하나둘 밝게 켜졌다가 지직거리면서 꺼졌다. 어둠이 짙게 내려앉았다. 안경 낀 남자 한 명이 코를 움켜쥐고 쓰레기 더미로 가득 찬 집 앞을 빠르게 지나쳤다. 그가 어둠 속으로 사라지자 대문에 기대앉아 있던 정수는 자리에서 일어났다.

노인의 집은 뭐로 보나 평범한 집이었다. 정면에 안방 창문으로 보이는 큰 창문과 대문이 있었고 골목 쪽으로 자그만 환기용 창문이 달려 있었다. 얼핏 봐도 30평은 넘는 집이었다. 하지만 이 좋은 집은 이제 쓰레기의 차지였다.

집을 향해 가까이 다가가자 위험하게 느껴질 만큼 역한 악취가 밤바람을 타고 밀려왔다. 하수구 냄새가 방향제처럼 느껴질 만큼 끔찍한 냄새였다. 정수는 손을 휘저어가면서 활짝 열린 현관문을 지나 쓰레기장으로 들어갔다. 한 치 앞도 보이지 않는 쓰레기 더미 속에서 그는 편의점에서 산 작은 손전등과 다용도 칼을 꺼내 들었다.

그는 노인을 죽이는 상상을 하면서 손전등을 켰다. 우선 노인을 제압한 뒤 척추에 박힌 도덕 단말기를 빼낼 생각이었다. 운이 따라준다면 노인은 벌써 잠들어 있을 터였다. 그러면 일은 별로 어렵지 않을 것이다.

정수는 발에 차이는 벌레와 쓰레기를 헤치고 앞으로 나아갔다. 곰팡이가 피고 썩은 라면 국물이 엎어졌고, 똥인지 뭔지 모를 것이 발에 뭉그러졌다. 게다가 아무렇게나 버려진 쓰레기가 발끝에 차이는 바람에 정수는 넘어질 뻔했다. 젠장. 한시라도 빨리 빌어먹을 노인을 찾아야 했다.

그가 고개를 두리번거리던 그때였다. 어디선가 깔깔거리는 소리가 들려왔다. 소름 끼치게 천진한 웃음소리였다. 정수는 소리가 나는 쪽으로 고개를 돌렸다. 창이 있던 안방 쪽이었다.

"망할 할망구가 어딜 도망가?"

남자애들의 웃음 터뜨리는 소리가 들렸다. 정수는 소리 난 쪽으로 조심스럽게 걸음을 옮겼다. 썩어버린 문지방을 넘기 무섭게 사람 하나가 모습을 드러냈다. 놈은 닭벼슬 머리를 까딱이면서 한 손에 라이터를 들고서 바닥에 쓰러진 무언가를 걷어차고 있었다. 정수는 몸을 낮추고 쓰레기 더미 뒤에 몸을 숨겼다.

"어딨어? 이 거지 새끼야. 5.1 베타 어디 있냐고!"

여자가 윽박지르자 비명이 터졌다. 정수는 고개를 슬쩍 내밀었다. 바닥에 얼굴을 처박은 노인은 얼마 남지 않은 이빨을 내보이면서 쉬다 못해 싯누렇게 떠버린 김치를 내밀고 있었다. 양아치들은 노인의 손을 걷어찼다. 정수가 숨어 있던 쓰레기봉투 위로 김치가 떨어졌다.

정수는 급히 몸을 숨겼지만 어수선한 소음이 악취와 함께 날아올랐다. 그들이 한 걸음 자신을 향해 다가오는 소리가 들리자 정수는 자리에서 벌떡 일어났다. 그러자 다섯쯤 되는 패거리가 눈에 들어왔다.

"아저씨는 뭐야?"

패거리 한가운데 선 여자가 불쾌한 목소리로 말했다. 그녀는 주머니 속에서 작은 잭나이프를 꺼냈다. 칼날이 흔들리는 라이터 불빛에 반짝거렸다. 여자는 도발하듯 칼날을 손으로 흔들어 젖히면서 정수에게 다가왔다.

"요것 봐라. 노땅 주제에 쬐깐한 칼을 들고 있네. 그걸로 뭐 하시게, 엉? 그걸로 우리 배때기라도 쑤시려고, 엉?"

그 말에 옆에 있던 패거리는 시시덕거리면서 웃었다. 놈들은 껄렁한 얼굴로 정수에게 다가왔다. 심상치 않았다. 정수는 뒷걸음질 쳤다. 그러다 쓰레기봉투에 뒷발이 걸려 쓰러졌다. 요란한 소리가 방 안에 울려 퍼지자 양아치 놈들은 잽싸게 정수에게 달려들었다.

정수는 새된 비명을 지르면서 손에 잡힌 쓰레기봉투를 양아치들에게 집어 던졌다. 깡패들은 봉지를 쳐내면서 정수에게 달려들었다. 비닐과 깡통들이 바닥에 쏟아지면서 역한 냄새가 심해졌다.

양아치들이 정수의 머리채를 잡아채는 순간, 그는 혼신의 힘을 다해 쓰레기 더미 속에서 딱딱한 것을 끄집어냈다. 프라이팬이었다. 그는 놈들에게 프라이팬을 집어 던졌다.

프라이팬이 빙글빙글 돌면서 허공을 가로질러 라이터를 든 닭벼슬 머리 양아치를 향해 날아갔다. 놈은 반사적으로 손을 휘둘렀다. 정수가 쓰레기봉투를 던진 줄 안 모양이었다. 하지만 검은 쇳덩이를 때린 손가락뼈가 둔탁한 소리를 냈다. 순식간에 놈의 얼굴이 구겨진 종이처럼 일그러졌다.

놈이 하이톤으로 비명을 지르며 손을 감쌌다. 놈의 손에서 빠져나간 라이터는 불이 붙은 그대로 곧장 쓰레기봉투 위로 떨어졌다. 라이터가 쓰레기 더미 사이로 사라지자 놈은 한 번 더 비명을 질렀다.

정수의 머리채를 잡아챈 양아치들은 라이터를 떨어뜨린 놈을 바라보았다. 놈들이 서로에게 눈을 부라리던 그때였다. 악취에 뒤섞여 매캐한 탄내가 스멀스멀 올라오기 시작했다. 좆됐다. 한 놈이 중얼거렸다.

놈들은 단체로 바닥을 기면서 손으로 바닥을 더듬었다. 라이터를 찾으려는 모양이지만 이미 연기가 자욱하게 피어오르고 있었다. 연기 속에서 시뻘건 불길이 보이자 놈들은 출구 쪽으로 허둥지둥 도망쳤다. 정수는 유독가스 때문에 콜록이면서 바닥에서 몸을 일으켰다. 등에 뭔지 모를 축축한 것이 묻어났다.

그때였다. 펑 소리와 함께 시뻘건 불길이 천장을 향해 터져 올랐다. 정수는 엉거주춤 몸을 일으켰다. 다리에 불이 붙는 바람에 그는 바닥을 뒹굴면서 왼쪽 다리를 연신 손으로 때렸다. 하지만 지금 그게 문제가 아니었다. 그는 천장을 집어삼킨 불길이 비처럼 내리는 모습을 바라보았다. 그 불씨들은 다른 쓰레기 더미 위에 떨어져 열을 뿜어냈다. 순식간에 방 안을 가득 메운 연기 때문에 이제 숨을 쉬기도 힘들었다.

정수는 비척비척 몸을 일으켰다. 어디로 가지? 이미 불바다가 된 입구 쪽은 사람이 지나가기 불가능해 보였다. 그는 새파랗게 질린 얼굴로 고개를 돌렸다. 어딘가에 다른 출구가 있지 않을까.

그때, 들어올 때 보았던 창문 하나가 뇌리에 스쳤다. 분명 안방 쪽에 창이 하나 있었다. 그곳으로 나가면 된다. 정수는 마른기침을 하면서 곧장 쓰레기 더미를 향해 달려들었다. 스멀스멀 불길이 다가오자, 그는 불길을 향해 창문을 틀어막은 쓰레기들을 집어 던졌다.

얼마나 많은 쓰레기를 던졌을까. 쓰레기 더미 사이로 주황색 불빛이 껌뻑거렸다. 정수는 쓰레기 틈으로 몸을 밀어 넣고 창문을 열었다. 맑은 공기가 천천히 밀려들었다. 정수가 게걸스럽게 숨을 집어삼키는 것과 동시에 등 뒤에서 새된 비명이 흘러나왔다.

그는 자기도 모르게 고개를 돌렸다. 몸을 웅크린 노인이 있었다. 뼈가 앙상했고 입가가 터져서 핏물을 머금고 있었다. 그녀는 바닥에 드러누워 버둥거리면서 몸에 들러붙은 불길을 끄려 했다. 하지만 불은 꺼지기는커녕 그녀의 손을 시꺼멓게 태우고 있었다.

젠장. 노인을 바라보던 정수는 입술을 깨물었다. 저 노인을 끄집어내서 집으로 데려갈까? 하지만 그러면 누군가가 볼 것이다. 불이 난 걸 본 사람들이 이미 경찰이나 소방관을 불렀을 수도 있었다. 잘못하면 그가 왜 이 집에 있었는지 설명해야 할지도 몰랐다.

정수는 가쁜 숨을 쉬었다. 진자 운동이라도 하는 것처럼 생각이 요동쳤다. 시시각각 열기가 다가오자 정수는 본능대로 행동했다. 그는 몸을 돌려 쓰레기 더미 속으로 기어 들어갔다. 그리고 몸에 불이 붙은 노인에게 손을 뻗었다.

정수는 법원 광장에 섰다. 그는 광장 연단에서 넥타이를 고쳐

맸다. 실크로 만든 붉은 넥타이였다. 너무 고급스러운 소재였기에 정수는 믿기지 않는다는 듯 넥타이를 연신 손으로 쓸어내렸다. 그러자 옆에서 정수의 얼굴에 분가루를 발라주던 코디네이터가 말했다.

"넥타이가 마음에 드시나 보군요."

정수는 그렇노라 중얼거리면서 고개를 끄덕였다. 마음에 드는 정도가 아니지. 희미하게 웃으면서 양복을 손으로 쓸어내렸다. 마치 개과 동물이 자신의 영역을 표시하듯 양복을 만지던 그는 눈앞에 펄럭이는 커튼을 바라보았다.

불과 이틀 전까지만 해도 그는 자신이 양복을 입고 연단 위에 서리라고는 상상도 하지 못했다. 불이 붙은 집을 빠져나온 직후 그는 정신을 잃었다. 이후로 그가 기억하는 것은 드문드문하게 떠오르는 장면들뿐이었다.

사람들이 있었고, 노인의 등에는 불이 붙어 있었다. 비닐 타는 냄새가 사라진 다음에는 포근한 침대보가 눈에 들어왔다. 그가 몸을 일으키자 수군거리는 소리가 들렸다.

처음에 정수는 영문을 모른 채 취재진을 바라보았다. 플래시 세례가 물벼락처럼 쏟아져 정수는 두 손으로 얼굴을 가려야 했다. 한꺼번에 달려드는 질문들이 부담스러워 께름칙한 얼굴을 하자 옆에 있던 간호사가 말했다.

"자, 자. 환자분이 부담스러워하시니까 잠시 나가 계세요. 안정 취하신 뒤에 취재하세요."

하지만 기자들은 피 냄새를 맡은 상어처럼 연신 입을 열었다.

한 10여 분이 지났을까, 간신히 병실에서 기자들을 몰아낸 간호사가 인사를 건넸다.

"몸은 좀 괜찮아지셨나요?"

정수는 떨떠름하게 고개를 끄덕이고서 말했다.

"그런데, 저 사람들은……."

"아, 기억 안 나요?"

하얀 간호사복을 입은 남자 간호사가 이상하다는 듯 인상을 찌푸리면서 되물었다. 그 한마디에 정수는 마른침을 삼켰다. 가슴이 옥죄는 느낌과 목이 조이는 느낌이 번갈아 찾아왔다. 그는 잘근잘근 입술을 씹으며 간호사를 바라보았다. 그는 간호사를 살짝 떠보려고 일부러 기억나지 않노라고 말했다. 그러자 간호사는 링거를 살피면서 말했다.

"좋은 일 하신 분이 자기가 무슨 일을 했는지도 기억 못 하면 어떻게 해요?"

"좋은 일이라뇨?"

"불구덩이에 뛰어들어서 할머니를 구했잖아요. 기억 안 나요?"

간호사는 손가락만 한 크기의 기계를 꺼냈다. 출시된 지 얼마 되지 않은 홀로그램 단말기였다. 단말기 위로 홀로그램 화면이 떠올랐다. 화면에는 뉴스 기사가 떠 있었다.

'용감한 이웃, 정신질환을 앓고 있던 할머니를 구하다.'

정수는 기사를 바라보다 두꺼비처럼 눈을 껌뻑거렸다. 분명 그는 할머니를 불구덩이에서 끄집어내긴 했다. 구하겠다는 생각보다는 불길에 도덕이 파손될까 봐 아까워 그 냄새나는 몸뚱이를 어깨에 짊어지고 나온 것이다. 하지만 사람들은 그의 악의를 선의로 받아들인 모양이다.

떨떠름한 기분으로 정수는 침묵을 지켰다. 인터뷰와 경찰 조사가 이어졌지만 정수는 자신이 범하려던 죄에 대해 말하지 않았다. 사실, 말할 필요도 없었다. 의도가 어땠든 그가 선한 일을 했다는 점은 변하지 않았다.

정수는 경찰들에게 담담히 말했다.

"타는 냄새가 나기에 나와보니 할머니 집에서 유달리 밝은 불빛이 보였어요. 할머니는 평소에 불을 켜지 않아서 이상한 생각이 들었죠. 그래서 혹시 몰라 손전등이랑 칼을 챙겨서 할머니 집에 들어갔어요."

"왜 하필 칼을 가지고 간 거죠?"

경찰이 녹음기를 까딱이면서 말하자 정수는 뻔뻔하게 입을 열었다.

"불빛만 보였으면 다행인데, 애들 소리가 났어요. 뭔가 때리는 것 같은 소리도 들었고요. 처음에는 대수롭지 않게 여겼는데, 낮에 법원 광장에 갔다가 도덕을 훔치는 사람들에 대해 들었던 게 떠오르더군요. 직감적으로 뭔가 문제가 생겼다는 생각이 들었죠."

한껏 거짓말을 늘어놓은 다음 정수는 경찰들에게 사실도 이야기했다. 패거리의 최후와 불이 시작된 과정. 그리고 자신이 어떻게 노인을 구했는지에 대해 상세히 이야기했다. 경찰들은 그에게 몇 가지 질문을 늘어놓았다. 노인과 친분이 있는지, 현 주거지에서 오래 살았는지 따위의 질문이었다. 특히 정수가 할머니의 집으로 들어간 시간에 대해 집중적으로 물었다. 마치 논리적인 모순을 찾으려는 사람처럼 경찰들은 눈을 가느다랗게 뜨고 정수를 바라보았다. 정수가 가해자일지도 모른다는 의심을 품고 있는 모양이었다. 하지만 거리낄 것이 없는 정수는 막힘없이 대답했다.

"시간은 잘 모르겠어요. 더운데 집에 선풍기가 없어서 밖에 나와 앉아 있었죠. 안경 쓴 아저씨가 지나간 다음에 불빛이 보이더군요. 가로등 불이 꺼지지 않았다면 저도 불빛을 보지 못했을 거예요."

경찰들은 그의 말을 빠짐없이 적어 내려갔다. 저녁때가 되자, 그들은 또 보자고 말하고서 병실 문을 나섰다. 하지만 다시 돌아오는 일은 없었다.

오히려 뉴스를 통해 정수의 선행이 전국 방방곡곡에 퍼져나갔다. 정신이 온전치 못한 할머니를 몸 던져 구한 남자. 그것이 정수의 새로운 이름이 되었다. 사람들은 그를 의인이라 추켜세웠고 정부는 그를 숭고한 영웅으로 탈바꿈시켰다. 도덕법 2조 15항을 목숨 걸고 지킨 도덕적인 시민으로 표창장과 상금, 그리고 최신 버전의 도덕을 증정하겠다는 내용의 보도자료를 뿌리기 바빴다. 누구도 그가 도덕을 빼앗기 위해 할머니 집으로 들어갔다는 사실 따윈 알지 못했다.

회상을 끝낸 정수는 사회자의 멘트에 집중했다.

"그럼 오늘의 주인공인 정수 씨를 모셔보도록 할까요? 정수

씨 나와주세요!"

　주름 잡힌 거대한 천이 양옆으로 갈라지자 우레 같은 함성과 박수 소리가 날아올랐다. 수천 명의 사람이 자리에서 일어나 정수에게 꽃을 던져댔다. 그들 뒤에는 나무 기둥에 묶인 죄인들이 축 늘어져 신음을 토해내고 있었다. 그들의 이마에는 여느 날과 다름없이 '도덕법 위반'이라는 낙인이 찍혀 있었다.

　정수는 도덕적인 삶에 대해 강연하는 법무부 장관을 바라보았다. 아무런 생각도 들지 않았다. 그저 이 시간이 빨리 흐르기를 바랐다. 마침내 연설을 마친 장관이 다가와 정수는 자리에서 일어났다.

　법무부 장관은 환히 웃으면서 표창장을 펼쳐 들고 내용을 읽은 뒤, 정수에게 표창장과 상금을 건넸다. 그러자 관중석에서는 또다시 우레 같은 박수 소리가 일었다. 사람들은 웃고 있었다. 정수는 그들이 던지는 꽃다발을 바라보면서 환히 웃어 보였다.

　곧이어 사회자는 정수에게 신호를 보냈다. 정수는 웃으면서 앞으로 걸어 나와 진행 요원이 건넨 마이크를 쥐었다. 표창장을 옆구리에 끼우고서 미리 준비해둔 연설문이 적힌 쪽지를 꺼내려 했다. 하지만 마이크 위에 작은 홀로그램이 떠올랐다. 눈썹을 추켜세운 정수는 사회자를 바라보았다. 그는 미소를 지으며 얼른 말하라는 듯 고개를 까딱거렸다.

　정수는 눈치껏 행동했다. 그는 자신이 준비한 연설문 대신 홀로그램 연설문을 노려보았다. 그러고는 마른 입술을 핥으면서 입을 열었다.

"이런 큰 상을 주신 정부와 관료 여러분께 감사의 말씀을 드립니다. 또한, 저의 선의가 부디 이 사회의 본보기가 되기를 바랍니다. 요즘 도덕률에 불만을 품는 사람들이 있다고 알고 있습니다. 하지만 더 나은 세상을 아이들에게 물려주기 위해서라도 더욱더 건전한 사회를 위해 우리 다 함께 노력하도록 합시다. 그러기 위해서는 현대 문명이 바로 세운 도덕성에 의문을 가지는 버러지 같은 족속들을 말살해야만 합니다! 우리 다 같이 서로를 감시하며 조금의 일탈도 용납되지 않는 나라를 만듭시다! 최고 가치인 도덕이 바로 선 나라를 만듭시다!"

정수가 연설문을 끝까지 다 읽자, 장관은 흡족한 미소를 지었다. 곧이어 우레 같은 박수 소리가 날아올랐다. 그와 동시에 기다렸다는 듯 나무 기둥에 묶인 사람들 몸에 불이 붙었다. 활활 타오르는 불길만큼이나 사람들의 환호도 더 커졌다. 그래, 나는 떳떳해. 정수는 희미하게 웃으며 불타는 사람들을 향해 손을 흔들었다. 이제 그는 진정으로 도덕적인 인간이 되었다.

대통령의
자장가

강윤정 ────────────────────────────

이화여자대학에서 국어국문학을 전공하고 동 대학 디지털미디어학부 대학원에서 스토리
텔링을 공부했다. 다년간 게임 회사에서 시나리오 기획자로 지냈고 나만의 이야기를 쓰
고 싶어 웹툰 스토리와 소설을 쓰고 있다.
2018년 한일 웹툰 공모전 판타지 스토리 당선, 2021년 카카오페이지 NEXT PAGE 7기
에 선정되어 현재 장편소설을 준비 중이다.
매체와 장르를 횡단하며 재미있는 이야기를 쓰는 게 꿈이다. 언젠가 딸래미가 엄마의 이
야기를 즐길 날을 꿈꾸며.

"네? 방금 뭐라고요?"

"……죄송합니다!"

검은 정장을 말끔하게 차려입은 남자가 어쩔 줄 몰라 하며 고개를 숙였다. 지수는 보던 서류를 내팽개치고 일어섰다. 검은 정장의 남자가 재빨리 지수의 뒤를 따라가며 다급하게 외쳤다.

"아직 경찰이 조사 중입니다. 나중에 가보시는 게……."

지수가 남자의 말을 흘려들으며 급하게 발걸음을 옮기자, 양복을 입은 또 다른 남자가 지수를 말렸다.

"대통령님. 일단 안정을 찾으시고 경찰이 일을 처리하면 그때 가시는 게……."

"비서실장님. 문제 생겼을 때 내가 가만히 앉아 있는 거 본 적 있어요? 아니, 도대체가 말이 안 되잖아요. 내가 직접 봐야겠어요."

"그건 국회의원 시절 얘기 아닙니까! 지금이랑은 다릅니다. 가만히 계셔야 할 때도 있는 겁니다! 그런 게 이 나라 지도자의 역할이기도 하……."

비서실장의 말이 끝나기도 전에 지수는 아이 방에 도착했다. 이미 형사들이 분주하게 움직이고 있었다. 지수는 황망한 얼굴로 방을 둘러보았다. 방 안엔 '있어야 할 것'이 없었다. 그런 지수에게 아무도 먼저 다가가지 못했다. 지수는 눈물을 참느라 부정확해진 발음으로 형사들을 향해 말했다.

"어떻게…… 된 거죠? 우리 애 어디 갔어요?"

형사들이 우물쭈물하며 대답하지 못하자 비서실장이 다가와 어렵게 말했다.

"인공자궁 기계가 납치된 것 같습니다."

지수는 잠시 허공을 응시하다가 겨우 입을 뗐다.

"여기 청와대에서 내 아이가 납치됐다고요?"

지수는 자신의 아이가 있던 자리를 돌아보았다. 대한민국 대통령, 한지수의 아이가 사라졌다. 대체 누가? 어떻게 청와대에 침입했을까? 지수는 도저히 믿을 수가 없었다. 초점도 맞지 않는 눈으로 경호실장에게 다가가 남은 힘을 쥐어짜내어 그의 옷을 꽉 붙들었다.

"그 작은 기계 하나 못 지켜요? 내가, 내가 항상 감시해야 합니까?"

"……면목 없습니다."

"대통령님, 진정하세요. 이러시면 몸만 상하십니다."

비서실장이 경호실장으로부터 지수를 떼어놓으려 안간힘을 썼다. 지수는 이내 다리에 힘이 풀려 바닥에 주저앉고 말았다. 몸을 웅크린 채 숨죽여 어깨를 들썩였다.

"단서가 될 만한 것을 반드시 찾아내겠습니다."

형사가 침통한 얼굴로 말했다. 지수는 가까스로 정신을 차리고 두 손으로 눈물을 훔치며 비서실장에게 지시를 내렸다.

"언론에 새어 나가지 않게 최대한 조용히 진행해주세요. 경호팀은 주변 철저하게 감시하고."

비서실장은 고개를 끄덕이다가 조금이라도 지수를 안심시키려는 듯 옆에 있는 형사들을 소개했다.

"대통령님의 개인적인 일이다 보니 믿을 만한 형사분들에게 먼저 부탁드렸습니다. 20년 이상 현장에 계셨던 분입니다."

"대통령님, 상심이 크시겠습니다. 전 이번 수사팀 총책임자 정대철 형사입니다. 이쪽은 저희 팀원입니다."

지수는 정대철을 향해 말없이 고개를 꾸벅 숙였다. 그는 주위를 둘러보다가 지수에게 물었다.

"아이가 지금 몇 주 차죠?"

"12주 차요. 내일이면 13주 차예요."

지수의 아이는 아직 세상의 빛을 보지 못했다. 전통적인 방식으로 임신한 경우 아이는 아직 엄마 배 속에 있어야 하지만 지수의 아이는 그렇지 않았다.

형사는 고개를 끄덕이면서 건조한 말투로 지수에게 물었다.

"인공자궁은 어느 회사 걸 쓰셨습니까?"

"……SC한국제약. 움시스 S217 모델이요."

지수의 말을 들은 젊은 형사가 태블릿으로 검색했다.

"아, 여깄네요. 움시스 S217 모델. 6개월 전에 출시된 신상입니다. 현재 대한민국에서 인공자궁을 구매할 수 있는 곳은 두 회사밖에 없습니다. 하나는 외국 의료 기기 회사인 GM바이오 한국지사, 그리고 대기업 SC의 자회사인 SC한국제약. 대통령님이 선택하신 이후로 GM바이오를 제치고 판매량 1위가 되었죠."

정 형사는 설명을 듣고 나서 바로 지수에게 질문했다.

"대통령님, 혹시 이 모델을 선택하신 이유가 있습니까?"

"남편이 추천했어요. 저도 동의하긴 했지만……. 무엇보다 GM바이오 모델은 영 껄끄러웠어요. 생긴 게 꼭, 비닐봉지에다 애를 키우는 것 같아서요."

젊은 형사는 정 형사에게 핸드폰에서 찾은 정보를 보여주면서 말했다.

"GM바이오의 인공자궁은 보시다시피 커다란 투명 비닐팩 모양입니다. 본 모델이 제작된 초창기엔 주로 축산 농가에서 송아지의 인큐베이터로 쓰이곤 했다네요. 또 어딘가에 눕혀놓아야 해서 물고기를 냉동팩에 보관하는 듯한 느낌이 강하다는 리뷰가 많았다고 합니다. 대신 가격은 좀 저렴한 편이고요."

지수는 벌겋게 충혈된 눈으로 허공을 응시하면서 나지막이 읊조렸다.

"그래서 싫었어요. SC한국제약의 인공자궁은 어디든 세워둘 수 있어서 태아가 진짜 엄마 자궁에 있는 것처럼 보이거든요."

인공자궁의 기능은 두 회사 제품이 거의 유사했다. 인간의 자궁의 경우 모체가 여러 충격으로부터 1차 방어막 역할을 해줄 수 있었으나 기계는 그러한 부분이 불가능했다. 대신 여러 감지 기능을 통해 외부 혹은 내부에서 문제나 위험 요소가 발생하면 경고음을 울리고 그에 상응하는 조처를 하도록 설계되어 있었다.

"실례지만 왜 인공자궁을 선택했는지 여쭤봐도 되겠습니까? 아직 인공자궁은 논란이 많다고 들었는데, 대통령님은 별로 개의치 않으셨나 보네요."

"제가 인공자궁을 안 썼으면 애가 납치당할 일도 없었다, 부모인 제 탓이다, 이건가요?"

"기분 상하셨다면 죄송합니다. 대통령님을 비난할 의도는 아니었으니 오해는 말아주십시오."

대화를 지켜보던 비서실장은 지수를 대변하듯 정 형사를 보며 설명했다.

"인공자궁이라는 건 말 그대로 인공적으로 만들어진 자궁에서 아이를 탄생시키는 방법입니다. 시험관 시술을 이용한 체외수정을 통해 수정란을 만들고, 인공자궁에 착상시키면 배아는 실제 자궁과 동일한 환경에서 자라게 됩니다. 국정을 돌보시느라 바쁜 대통령님으로서는 가장 합리적인 선택이었습니다."

정 형사는 비서실장의 설명에 고개를 끄덕이다가 다시 지수에게 물었다.

"그 기계에서 얻을 수 있는 단서는 없습니까? 최근에 봤던 GM바이오 모델은 GPS 장치가 부착되어 있어서 쉽게 찾은 적이 있거든요."

"잠시만요. 움시스 앱에 있을지도 몰라요."

지수는 핸드폰을 꺼내더니 어느 앱을 클릭했다. 앱의 이름은 '움시스(wombsys)'. 인공자궁의 이름과 동일했다. 기기와 연동되어 있어 문제가 생겼을 때 부모는 언제든지 알림을 받을 수 있었다. 지수는 앱을 살펴보더니 고개를 저었다.

"아뇨. 그런 기능은 없네요."

젊은 형사는 고개를 끄덕이면서 말했다.

"SC한국제약에선 납치 같은 상황은 생각하지 못했던 모양이군요. 아쉽네요, 그 기능만 있었으면 범인 찾기 좀 수월했을 텐데요."

지수는 힘이 빠진 목소리로 읊조렸다.

"이번 일이 끝나면 움시스에 GPS 기능을 의무적으로 넣는 걸 제안해야겠어요. 그러면 정부가 기업 압박했다면서 기사 나려나? 아니, 일단 우리 애가 살아 돌아와야 뭐든 하겠네요."

지수는 혼자 중얼대다가 형사들의 시선을 느꼈는지 별것 아니라는 듯 고개를 저으면서 말했다.

"이해하세요. 직업병이에요. 문제 생기면 항상 재발 방지 대책 생각하는 거. 다들 그런 거 하나씩 있잖아요."

지수는 인공자궁을 선택했을 때 올라온 뉴스들이 떠올랐다. 대통령이 특정 기업의 제품을 구매하자, 그 기업의 뒤를 봐준다는 둥 말이 많았고 온갖 소문이 돌았다. 어차피 인공자궁 회사야 둘 중 하나니 무엇을 택하든 결과는 똑같았겠지만.

정 형사는 건조한 표정과 말투로 지수에게 말했다.

"평범한 아이라면 울기도 하고 식사나 배변 등 챙길 일이 많습니다. 아이와 범인, 양쪽 다 인내심이 버텨내질 못하죠. 그래서 유괴 사건은 최대 48시간 안에 피해자를 구해야 합니다. 하지만 인공자궁의 경우 기계이기 때문에 납치범을 많이 자극하진 않을 겁니다. 오히려 이쪽에서 끌려다닐 공산이 크죠. 저희도 최대한 빨리 움직이도록 하겠습니다."

초점을 잃은 눈동자로 지수는 간신히 고개를 끄덕였다.

"……부탁드릴게요."

정 형사는 고개 숙여 인사하고 나서 현장 조사 중인 형사들에게 다가가 이런저런 지시를 내렸다. 비서실장은 그런 정 형사를 보며 대통령을 향해 작게 속삭였다.

"대통령님. 아까 인공자궁에 대해 한 말은 신경 쓰지 마십시오. 지금은 아이를 찾는 일에만 집중하시면 됩니다."

지수는 작게 고개를 끄덕이며 불안한 표정을 지었다.

움시스 납치 2시간 경과, 수요일 17:15

납치범을 찾기 위한 특별 전담팀은 빠르게 꾸려졌다. 경찰은 단서를 찾기 위해 움시스가 사라진 현장을 샅샅이 수색했다. 하지만 단서가 될 만한 것은 전혀 나오지 않았다.

"여보! 당신 괜찮아?"

형사들 틈을 비집고 남편 성규가 헐레벌떡 달려왔다. 지수는 자신의 손을 잡아주는 남편을 보며 쓸쓸하게 웃었다.

"내 걱정 해주는구나. 다들 애 걱정뿐인데."

성규는 지수의 손을 다시 힘껏 잡았다.

"당연하지. 몇 번이나 말했잖아. 나한텐 애보다 네가 더 중요하다고."

지수는 잠시라도 현실에서 벗어나려는 듯 옅은 웃음으로 과거를 추억했다.

"……우리 국회의원일 때 생각난다. 내가 대선 후보 됐을 때도 그랬지. 내 마음이 더 중요하다고. 그래도 당신이 탈당할 필요까진 없었는데."

"또 그 소리다. 내가 다른 당 소속이었지만 포기한 것도 다 당신을 위해서였어. 나한텐 항상 당신이 우선이야. 지금도 그렇고."

"고마워서 그래. 예전에도 그랬고 지금도 그렇고…… 당신 없었으면 못 견뎠을 거야. 우리 튼튼이 찾을 수 있을까? 움시스가 고장 나면 어떡하지?"

지수는 불안한 눈빛으로 중얼거렸다. 남편과 있으니 자연스럽게 아이의 태명이 입 밖으로 튀어나왔다. 튼튼하게 자라길 바라면서 지었지만 너무 흔해서 마음에 꼭 들진 않았다. 태명을 바꿀까 고민하는 사이에 시간이 지나버려 그대로 부르게 되었다. 지수는 튼튼이가 납치당했다는 사실을 받아들일 수가 없었다.

성규는 그런 지수를 안심시키기 위해 그녀를 안고 조용히 속삭였다.

"걱정 마. 경찰이 찾아줄 거야. 우리 애 꼭 돌아올 수 있어."

지수는 눈을 감고선 고개를 끄덕였다. 하지만 안심한 것도 잠시, 성규가 잠깐 자리를 비우자 지수는 몇 번이고 핸드폰을 들여다보았다. 방 안에 있는 사람들 모두 입 밖으로 말하진 않았지만 그녀의 불안과 초조함을 고스란히 느끼고 있었다.

그때 지수는 핸드폰 진동을 느꼈다. 들고 있는 핸드폰이 아니었다. 자신의 품 안에 있는 또 다른 핸드폰에서 오는 진동이었다. 개인적으로 개통해 측근 중 소수만 알고 있는 번호였고, 국정원과도 공유하지 않았다. 지수는 구석에 가서 핸드폰을 확인했다. 발신자 번호 표시 제한. 심호흡을 하고 통화 버튼을 눌렀다.

"여보세요?"

핸드폰 너머로 인공적으로 변조된 사람의 목소리가 들려왔다.

"조용히 받아요. 경찰이 알면 어떻게 될지 알죠?"

지수는 직감적으로 상대가 납치범이라는 것을 알았다. 하지만 보는 눈이 많아 통화가 쉽지 않았다. 이미 손이 미세하게 떨렸지만 마음을 다잡고 최대한 자연스럽게 입을 열었다.

"네. 장관님께서 웬일이시죠. 문체부에서 만든 영상은 잘 봤습니다만. 네, 그 건 같은 경우엔⋯⋯."

정대철 형사가 잠시 지수에게 눈길을 보냈지만 업무 전화를 받는 듯한 지수의 모습에 이내 관심을 끊었다. 그 틈에 화장실로 달려간 지수는 떨리는 목소리로 통화를 이어갔다.

"원하는 게 뭐죠, 돈? 얼마를 원해요?"

수화기 너머에서 지수의 질문이 어리석다는 듯 킥킥거리는 목소리가 들려왔다.

"제가 대통령한테 겨우 돈이나 뜯으려고 이랬을까요."

"말해요. 내가 가능한 선에서 뭐든 해주겠어요."

"그럼 우리 대통령님이 좀 솔직해져보는 건 어떨까요?"

지수는 이어지는 납치범의 요구를 모두 듣고 나서 말없이 통화를 종료했다. 시간이 없었다. 납치범의 말대로라면 오늘 언론에 자료를 넘겨야 했다. 지수는 복잡한 마음으로 화장실에서 나와 은밀하게 비서실장을 불렀다.

"대통령님 이건 대체……."

비서실장은 지수가 몰래 건넨 쪽지를 읽고 의아하다는 듯 되물었다. 지수는 고개를 젓고는 목소리를 쥐어짜 말했다.

"저 살리는 셈 치고 그냥 해주세요. 최대한 빨리, 오늘 저녁 뉴스랑 내일 아침 신문에 나올 수 있게요. 단, 대변인을 통한 공식적인 발표는 아니고 떠도는 소문에 의하면…… 정도로요."

    움시스 납치 10시간 경과, 목요일 01:42

늦은 밤, 잠을 이루지 못한 채 집무실로 온 지수는 책상 위에 있는 다이어리를 펼쳐 보았다. 무심히 페이지를 넘기다 보니 요란스럽게 별표를 쳐둔 날짜 하나가 눈에 들어왔다. 남편과 함께 인공자궁을 구매하러 간 날이었다. 두 번의 유산을 겪고, 지수는 정상적인 임신이 불가능하다는 사실을 알았다. 여자뿐만 아니라 남자도 인공수정이 가능하기에 그때 지수는 남편인 성규에게 남성 임신을 제안했었다.

"……여보, 난 무서워."

"그럼 난? 나도 무서워. 여자도 임신해서 몸에 다른 생명을 품고 다니는 거 무섭다고. 그래도 언론에서 대통령이 인공자궁을 쓰는, 부모 자격도 없는 사람이라고 떠드는 것보단 낫잖아. 당신 몸에서라도 키우자, 응? 진짜 애를 차가운 기계 속에서 키울 셈이야?"

"남성 임신보다는 인공자궁이 더 안전하다고 들었어. 남성 호르몬을 변화시키면 기형아가 나올 확률도 있대."

현재 남성 임신에는 호르몬제 투여와 함께 인공자궁을 배 부분에 이식하는 혼합 방식이 주로 사용되고 있었다. 원래 남성의 몸엔 자궁이라는 기관이 없으므로 임시로 자궁을 설치하고 인공 양수를 주입해 아이를 기를 수 있는 몸으로 만들어주는 것이다. 임신 방식에 대한 보건복지부의 통계에 따르면 국내에서 여성 임신은 64.2퍼센트, 움시스 임신은 26.7퍼센트, 남성 임신은 9.1퍼센트였다. 예상보다 많은 남성이 임신의 고통과 축복을 느끼는 데 동참하고 있었지만 여전히 저조한 수치였고, 움시스 임신에 대한 부정적인 여론 역시 쉽사리 사라지지 않았다. 그래도 임신과 육아가 오로지 여성의 몫이라는 굴레를 벗어던진 최초의 시대인 것만은 분명했다.

하지만 지수는 성규의 거부로 인공자궁을 선택할 수밖에 없었다. 둘은 시험관 시술을 한 뒤 배양한 수정란을 인공자궁인 움시스에 착상시켰다. 다행히 수정란은 움시스 속에서 건강하게 자랐다. 8주 차엔 아기의 심장 소리를 듣고 10주 차쯤엔 손과 발가락 모양까지 볼 수 있었다. 일반적인 초음파 영상에선 태아를 흐릿한 이미지로만 볼 수 있지만, 움시스에서는 태아의 성장 상태를 눈으로 매일 확인해볼 수 있었다. 마치 어항 속에 어린 물고기를 넣어두고 매일 밥을 주고 청소도 해주면서 성장 상태를 지켜보는 것 같은 느낌이 들기도 했다.

지수는 이내 현실로 돌아왔다. 다이어리를 치우고 습관처럼 핸드폰을 확인했다. 비서실장으로부터 메시지가 도착해 있었다. 기사 링크가 있는 메시지였다.

—한지수 대통령, 냉동 난자와 냉동 정자로 수정

한지수 대통령의 태아가 냉동 난자 및 정자로 수정되었음이 확인되었다. 이는 인공자궁 착상 당시, 정상적인 방법을 통해 수정했다는 기존의 대통령 입장과는 다른 것으로, 야당 의원들은 이렇게 사소한 안건에서조차 거짓말을 일삼는 대통령을 신뢰할 수 없다며 비난의 목소리를……

관련 뉴스가 쏟아지고 있었다. 지수는 얼음을 잔뜩 넣은 위스키 한 잔을 홀짝이며 기사를 읽다 시민들의 인터뷰 영상을 재생했다.

김××(남, 직장인): 국민을 속이는 건 바람직하지 않죠. 아무리 개인적인 일이라도 대통령이잖아요.

송××(여, 주부): 애를 어떻게 그런 기계에다가 키울 수 있나요? 엄마의 사랑을 받고 자라야 하는데 엄마 자격이 없어요, 그 여자는.

이××(여, 대학생) : 냉동 난자든 인공자궁이든 뭐가 문제예요? 대통령이 살인이라도 했나요? 제발 그만 좀 괴롭혔으면 좋겠어요.

박××(남, 자영업) : 모성애라는 게 하나도 없는 사람이네요. 아이는 자고로 여자 몸을 통해 태어나야죠. 자연의 섭리를 거스르면 하느님의 천벌을 받을 겁니다.

지수는 기사에 달린 몇십 개의 댓글들을 소리 내어 읽고는 핸드폰을 던져버렸다. 그때, 노크 소리와 함께 비서실장이 들어왔다. 바닥에 떨어진 지수의 핸드폰을 집어 들어 건네면서 비서실장이 말했다.

"대통령님이 일반인이었다면 아무 문제가 없었을 겁니다. 사실 전 아직도 이게 왜 문제가 되는지 모르겠습니다. 너무 괘념치 마세요."

"국민들은 그렇게 생각 안 하는 것 같네요. 대통령은 공사 모두 속속들이 공개하고 투명해야 한다고 하던걸요. 마흔 넘어서 애 낳으면 출생률에 기여했다고 칭찬받을 줄 알았는데."

"그런데 왜 그놈이 겨우 이런 정보를 언론에 공개하라고 한 건지 이해가 안 갑니다."

"어떻게 하면 대통령의 지지도를 떨어뜨릴지 아는 거겠죠. 그래도 납치범 요구치고는 꽤 가벼운 축이지 않나요? 만약 내 손가락이라도 잘라서 보내라고 했다면 어떻겠어요? 그나마 이 정도 요구로 그쳐서 다행 아닌가요."

"그래도 아직 납치범이 무슨 짓을 할지 모르니……."

"맞아요. 애가 납치되는 일은 없어야 했어요. 차라리 내 팔이 잘리는 게 나았을 거예요."

비서실장은 지수의 자조석인 한탄에 숙연해져 고개만 숙일 뿐이었다.

　　움시스 납치 25시간 경과, 목요일 16:28

지수는 수사팀과 정보를 공유하는 와중에도 대통령 일정을 소화해냈다. 일일 현안 보고뿐만 아니라 해외 정상과의 통화, 행정부 업무 현안 보고, 친환경 미래차가 만들어질 제조 기업의 현장 방문 등 공식 일정부터 대외적으로 비공개인 업무까지, 대통령의 일과는 숨 쉴 틈 없이 짜여 있었다. 잠시 화장실에 가서야 지수는 자신의 핸드폰에 문자메시지가 한 통 와 있다는 걸 깨달았다. 지수는 다급하게 메시지를 열었다. 어떠한 문구도 없이 사진 한 장만 있었다. 움시스를 줄에 매달아 허공에 띄운 채 찍은 사진이었다. 심장박동이 빨라지고 숨이 가빠왔다.

'애가 위험한데 왜 움시스 알림이 울리지 않았지?'

지수는 재빨리 자신의 움시스 앱을 확인했다. 알림이 꺼져 있었다. 아마 업무 중에 핸드폰이 울려서 무의식적으로 잠시 꺼둔 모양이었다. 지수는 핸드폰으로 자신의 무릎을 퍽 치면서 중얼거렸다.

"젠장! 왜 알림을 꺼뒀어! 한지수 정신 차려. 지금 니 애가 납치됐어."

지수가 메시지를 확인하기 무섭게 전화가 걸려왔다. 전화를 받자마자 지수는 짜증과 분노가 섞인 말들을 쏟아냈다.

"말해, 이 새끼야! 내가 대통령 권한을 다 써서라도 뭐든 해줄 테니까. 대신 우리 애 잘못되면 죽여버리겠어."

변조된 목소리는 깔깔대고 웃으면서 지수에게 말했다.

"역시 대통령이라 스케일이 다르시네. 기대되네요. 혹시나 해서 한 가지 경고하려고. 납치 사실에 대해 공표하면 가만있지 않을 겁니다."

지수는 납치범의 말에 어이가 없어 벌컥 소리를 질렀다.

"지금 장난해? 이미 합의된 얘기야. 우리 애가 납치됐다는 거 찌라시에도 안 나온다고!"

"그럼 다행이고. 알죠? 납치 사건이 알려지는 순간 당신 애 목숨은 없는 거야. 단속 잘해요."

"야, 야! 너 이 새끼……!"

분노를 참을 수 없어 핸드폰을 바닥으로 내동댕이친 순간, 화장실 문 너머에서 노크 소리가 들렸다.

"대통령님. 괜찮으십니까? 큰 소리가 나길래 걱정이 돼서요."

없는 척을 하기엔 이미 가빠진 숨소리가 조용한 화장실 내부를 가득 채우고 있었다. 지수는 크게 한 번 숨을 내쉬곤 화장실 문을 열었다. 정 형사와 경호원이었다. 보통은 경호원만 왔을 테지만 만약의 사태를 대비해서 정 형사도 모든 일정에 동행 중이었다. 경호원은 빠르게 지수의 상태를 살펴보곤 바닥에 떨어진 핸드폰을 주워주었다. 그 모습을 가만히 지켜보다 정 형사가 말했다.

"못 보던 핸드폰이네요."

"저한테도 사생활이라는 게 있으니까요."

"혹시 그 핸드폰으로 납치범에게 연락이 오면 알려주시기 바랍니다."

"……이 번호는 오픈된 적이 없으니 그럴 일은 없을 거예요."

"하지만……."

경호원이 두 사람의 눈치를 보다가 말했다.

"다들 최선을 다해서 움직이고 있으니 대통령님은 조금이라도 안정을 취하셨으면 좋겠습니다. 형사님도요."

지수는 지친 기색으로 고개를 끄덕였지만 정 형사는 계속 뭔가 미심쩍은 기색이었다. 그때 형사 한 명이 다급하게 와선 정 형사에게 속삭였다. 정 형사는 지수를 데리고 형사들이 모여 있는 회의실로 들어갔다.

—속보, 퍼스트 젠틀맨 박성규, 대통령의 움시스 납치 사실 공표.

"현재 저희 부부의 움시스가 납치된 상태입니다. 국민 여러분, 사랑하는 우리 아이와 관련하여 아주 조금의 단서라도 있다면 제보 부탁드립니다. 납치범에게도 간절히 요청합니다. 제발 아이의 생명만큼은······."

기자회견장에서 연설하고 있는 성규의 모습이 커다란 뉴스 자막 위로 송출되고 있었다. 형사들은 망연자실한 표정으로 그 장면을 보고 있었다. 동시에 주머니 속에서 진동이 느껴져 지수는 재빨리 전화를 받았다. 예의 날카롭고 시끄러운 목소리가 지수의 귓전을 울렸다.

"내가 말했지, 입단속 잘하라고! 진짜 애 죽이고 싶어? 남편 관리도 이렇게 못하는데 어떻게 국정을 잘 돌볼 수 있겠어. 두고 봐, 날 화나게 하면 어떻게 되는지!"

"이건 내가 한 게 아니, 여보세요? 여보세요!"

통화가 끊기자마자 지수는 성규에게 전화를 걸었다. 한참 대기음이 들린 후에야 성규의 목소리를 들을 수 있었다. 형사들에게 최대한 들리지 않도록 소리를 낮췄지만 분노를 감추지 않고 성규에게 내리꽂았다.

"당신 미쳤어? 납치 사건은 시간 싸움이야. 경찰이랑 이미 얘기된 건데 상의도 없이 이게 무슨 짓이야! 진짜 애 죽이고 싶어서 이래?"

그때 수사팀이 쓰고 있는 회의실 문이 열리면서 성규가 들어왔다. 기자들도 따라 들어와 카메라와 마이크를 들이댔다. 성규는 전화를 끊고 성큼 다가오더니 지수의 어깨를 꼭 붙잡고 슬픈 눈빛으로 말했다.

"여보, 이거 다 우리 아이를 위해서야. 대대적으로 공개하면 오히려 납치범에게 압박감을 줄 수 있어. 당신만 애 생각하는 거 아니야."

"아, 그래? 난 애가 납치당한 걸 보고만 있는 나쁜 년이고, 넌 노력하는 멋진 아빠가 되고 싶다 이거지? 너, 설마 네 지지도 때문에 이따위 짓 하는 거야? 내년 대선 때문에?"

지수가 충혈된 눈을 비비다가 악이 받친 얼굴로 성규를 향해 따졌다. 내년이면 지수의 대통령 임기가 끝나기에, 벌써 차기 대선 후보 이야기가 나오고 있었다. 성규는 억울하다는 듯 외쳤다.

"그게 무슨 소리야? 여기서 대선 얘기가 왜 나와!"

"……제발 나도 그게 아니었으면 좋겠다."

지수는 더 이상 성규와의 대화하고 싶지 않았다. 형사들은 당장 한 대 때리고 싶다는 눈빛으로 성규를 노려보았다. 그때 움시스 앱에서 알림이 울렸다.

'경고! 수평 유지가 어렵습니다! 태아의 신체가 위험합니다.'

움시스에 무슨 일이 생겼다는 사실에 지수는 아찔해졌다.

"대통령님! 여기 한번 봐주십시오!"

정 형사가 다급하게 자신의 핸드폰을 보여주었다. 유튜브 영상이 실시간으로 방송되고 있었다. 영상 속엔 낯익은 물체 하나가 보였다. 물체는 여러 개의 줄에 묶인 채 책상 가장자리에 겨우 걸치듯 위태롭게 놓여 있었다.

그것은 지수의 움시스였다. 움시스를 감싸고 있는 여러 가닥의 줄엔 숫자들이 적혀 있었다.

'10' '100' '1,000' '10,000' '100,000' '1,000,000' '10,000,000'

일곱 개의 숫자가 적힌 종이가 각각의 줄에 묶여 있었다. 이미 '10' '100' '1,000'이 적힌 종이가 붙은 줄 세 개는 끊어져 있었다.

형사 한 명이 의아한 목소리로 말했다.

"저 숫자들은 뭐죠?"

지수는 유튜브 조회수를 보았다. 9,812에서 10,000으로 조회수가 올라가자 기계를 감싸고 있던 줄 하나가 끊어졌다. '10,000'이 적힌 줄이었다.

줄이 끊어지자 인공자궁은 추락할 것처럼 더 기우뚱해졌다. 움시스가 있는 책상 아래에는 유리 조각들이 수북하게 쌓여 있는 것이 보였다.

정 형사는 지수를 향해 다급하게 말했다.

"서둘러야 합니다. 우선 제보가 들어온 고독방부터 저희가……."

"고독방이요?"

지수는 처음 듣는 단어에 얼굴을 찌푸리며 되물었다.

"주로 연예인을 좋아하는 팬들이 만드는 건데 그 안에선 사진만 올리고 채팅이 금지라 고독방이라고 불리죠. 어떤 놈이 몇백 개의 고독방을 돌면서 며칠 전부터 대통령의 아이가 납치될 거라고 말하고선 사라졌다고 합니다."

"그 사람 신상은 알아냈나요?"

"오픈 채팅방이라 아이디를 수시로 바꿀 수 있어서 아이디 자체는 의미가 없습니다. 다만 그 시간대에 서버에 남아 있는 기록들을 대조해서 몇 명을 특정할 순 있었습니다. 그 SNS 회사에서 개인정보보호 때문에 정보 제공은 불가능하다고 했습니다만 위중한 사안임을 고려해⋯⋯."

"그래서요? 추적 가능한 건가요? 몇 명 정도 나왔죠?"

"후보는 총 다섯 명 정도 됩니다."

정 형사는 지수에게 다시 설명해주었다.

"그 시간대에 오픈 채팅방에 여러 번 접속한 기록이 있는 자를 최우선으로 찾았습니다. 그중 동선을 비교해 가장 유력한 용의자로 보이는 사람이 이 사람입니다. 소유 차량이 납치 당일 청와대 근처에 왔다는 CCTV 기록도 있어요. 어제와 오늘은 경기도 지방 쪽 어느 폐업한 병원 건물에서 포착되었습니다. 납치 장소로 추정되는 곳입니다."

"어디죠? 저도 같이 갑니다."

성규가 걱정스러운 듯 붙들었다.

"당신은 나랑 같이 여기 있어. 우리가 굳이 가지 않아도 경찰이 알아서 해줄 거야."

지수는 자신을 잡은 성규의 팔을 뿌리치고 지긋지긋하다는 얼굴로 그를 보았다.

"당신, 중요한 일이 있을 땐 항상 뒤로 빠지더라? 무서우면 솔직하게 말해, 비겁하게 숨어 있지 말고. 내 애는 내가 구하러 갈 거야. 형사님, 저도 갑니다."

"말씀 중에 죄송하지만 대통령께서 직접 가시는 건 위험합니다. 상황을 지켜보시는 게 좋을 것 같습니다만."

"그놈은 대통령인 나와 협상하고 싶은 거예요. 제가 가야 이 사태가 종결될 겁니다. 직접 가서 담판을 짓겠어요. 이 나라의 대통령으로서, 한 아이의 부모로서 말예요."

정 형사는 난감한 듯 망설였지만 성규와 눈이 마주치자 어깨를 으쓱 올렸다.

"대통령님 결정이니까요."

성규는 원망하는 표정으로 지수를 향해 소리쳤다.

"다 널 위한 말이야! 너한테 무슨 일이라도 생기면 안 된다고! 본인이 대통령이라는 거 잊었어?"

지수는 성규의 말을 가볍게 무시하고 자리를 떴다.

움시스 납치 34시간 경과, 금요일 01:32

납치범이 있는 곳은 청와대에서 멀지 않았다. 지수를 포함한 수사팀의 소수 인원이 먼저 헬기를 타고 예상 지역에 내렸다. 지수는 방탄복을 챙겨 입고 특공대와 함께 건물 안쪽을 주시하며 대기했다. 잠시 뒤 지수의 핸드폰으로 문자메시지가 도착했다. 구출 작전 전에 지수가 이미 납치범의 연락에 대해 공유했던 터라 모두 신경을 곤두세웠다. 지수는 메시지를 확인한 후 주위를 향해 멈추라는 수신호를 보냈다.

"저 혼자 들어오라고 하네요."

"안 됩니다! 대통령님 혼자는 위험합니다!"

"그럼 애가 위험해요. 범인은 목적이 있을 테니 절 죽이진 않을 거예요. 제가 다쳐도 좋으니까 애만은 꼭 구해주세요."

지수는 핸드폰과 총을 챙겨 홀로 건물 안으로 들어갔다. 지수가 발걸음을 옮길 때마다 폐건물에 쌓인 먼지가 뽀얗게 일어났다. 과거엔 병원이었던 곳이라 복도나 방 안에 잡동사니들이 제멋대로 굴러다녔다. 지수는 긴 복도를 지나 정면에 있는 문을 조심히 열었다. 어디선가 코를 찌르는 이상한 냄새가 나 지수는 손으로 입과 코를 가린 채 조심스레 안으로 들어갔다. 강당으로 쓰였는지 운동장처럼 넓은 장소였다. 그 공간 한가운데 익숙한 물체가 있었다. 젊은 부모 취향에 맞춰 빈티지 민트로 예쁘게 도색한 기체 위에 강화유리가 어항처럼 얹어진 인공자궁, 움시스였다.

띠리링띠리링, 지수의 움시스 앱에서 계속 경고 메시지 알림이 들려왔다.

"일단 움시스부터 구해야……."

지수는 문득 자신의 손이 떨려오는 것을 느꼈다. 정신을 차리기 위해 두 손으로 자신의 뺨을 쳤다. 심호흡을 하고 마침내 발걸음을 옮기려는 찰나였다.

핸드폰 벨이 울렸다. 지수는 경계하며 핸드폰을 스피커폰 모드로 바꾼 후 주머니에 찔러 넣었다. 스피커로 납치범의 목소리가 들려왔다.

"드디어 애가 엄마랑 눈물의 상봉을 하게 됐네. 너무 빨리 결말이 나서 시시한걸. 그런데 내가 비밀 하나 알려줄까? 이걸 듣고도 움시스를 구하고 싶을지 궁금해서 말이야."

"개소리 작작해. 이제 애 데리고 밖으로 나가면 게임 끝이야."

"과연 그럴까? 그 아이, 당신 애가 아니라면 어떡할 거야? 당신 남편이 바람피워서 낳은 애라면? 그래도 구하고 싶어?"

"웃기지 마! 그 남자, 나밖에 모르는 사람이야. 대통령이 되기 전에도, 후에도 내 뒷바라지만 해준 남자라고!"

"우리 대통령님 순진하기 그지없네. 남편이 진짜 당신한테만 헌신한다고 생각해? 그럼 왜 우리 퍼스트 젠틀맨은 남성 임신을 하지 않았지? 움시스 임신이 대통령 지지율과 여론에 치명적이라는 걸 알면서도 왜 그랬을까? 아직도 인공자궁은 비윤리적이라고 생각하는 보수파 여성 임신 신봉자들에게 좋은 먹잇감이잖아? 진짜 대통령님을 위해서라면 움시스 임신 따위 찬성하지 않았을걸. 그리고 왜 하필 SC한국제약의 인공자궁을 선택한 건지 생각해본 적 없어?"

지수는 어떤 생각에 다다른 듯 천천히 입을 열었다.

"설마…… SC한국제약 사장, 김미주 때문에 그랬다는 거야?"

"한때 소문이 돌았었지. 당신 남편과 김미주가 그렇고 그런 사이다. 그래서 인공자궁도 SC한국제약으로 선택했던 거 아니겠어?"

"그딴 헛소리, 마음대로 떠들라고 해. 어차피 다 거짓말일 테니까."

납치범은 깔깔대다가 갑자기 침묵했다. 그러자 이번에는 스피커에서 변조된 납치범의 목소리가 아닌 어떤 여자 목소리가 흘러나왔다.

"……우리 집안과 회사의 힘이면 차기 대선에서 충분히 성규 씨를 밀어줄 수 있죠. 그리고 움시스에 있는 우리 아이도 한몫할 테고요."

그 순간 정지 버튼을 누른 것처럼 지수는 모든 행동을 멈췄다. 분명 김미주의 목소리였다. 지수는 허탈한 웃음을 지었다.

"성규가 대선 후보 되려고 김미주랑 손잡았다고? 게다가 인공 자궁 안에 있는 게 내 아이가 아니라 그 여자의 아이? 그런 개소리를 믿을 것 같아?"

"믿고 말고는 본인 선택이지. 나중에 DNA 검사해보면 진실이 밝혀지지 않겠어?"

"너 대체 뭐야? 왜 나한테 이런 걸 알려주는 건데? 내가 괴로워하는 게 즐거워?"

납치범은 그저 웃을 뿐이었다.

"아니, 정반대인데. 당신의 행복을 위해서지. 지금이 기회야. 당신 말고는 아무도 몰라. 찾았더니 이미 아이는 죽어 있었다, 그 한마디면 모두가 믿을걸? 잘 생각해봐. 당신 대신 그 여자가 행복했으면 좋겠어?"

지수는 당황한 듯 움시스를 바라보았다. 납치범은 아쉽다는 듯한 목소리로 지수에게 다시 한번 속삭였다.

"뭐, 난 상관없어. 당신 선택을 존중할게. 근데 아무리 봐도 이상해. 왜 이 아이는 남편과 당신 그 누구도 닮지 않은 거야?"

움시스 속에 둥실 떠 있는 아이의 모습이 보였다. 분명 눈, 코, 입의 형체는 있지만 아직은 부모와 닮았는지 알 수 없는 시기였다. 납치범의 농간에 휘말리고 있다는 걸 알면서도 지수는 욕을 내뱉으며 움시스 주변을 살폈다. 이미 '100,000'이라는 숫자가 적힌 줄이 끊어진 지 오래였다. 남은 것은 '1,000,000'과 '10,000,000'이라는 숫자가 적힌 두 개의 줄. 움시스 옆엔 이 모든 상황을 방송하고 있는 핸드폰이 있었다. 핸드폰 속 유튜브 영상에서는 조회수가 치솟고 있었다. 지수가 망설이는 순간 이미 '1,000,000'의 줄이 끊어졌다. 이제 가느다란 줄 하나만 남은 움시스는 추락할 듯 기울어졌다. 이제 조회수는 아까보다 더욱 빠른 속도로 올라가고 있었다.

'5,733,983'

'8,754,562'

조회수가 점점 천만에 가까워지는 동안 지수는 그저 움시스를 노려보고만 있었다.

'9,874,584'

'9,999,892'

'10,000,000'

천만 조회수에 도달함과 동시에 움시스를 지탱하던 모든 장치가 떨어져 나갔다. 움시스는 추락하기 시작했다. 지수는 무의식적으로 유리 조각 위로 몸을 던졌다. 다행히 움시스는 유리 조각이 가득 깔린 곳으로 떨어지지 않고 지수의 품에 안착했다. 지수는 후, 하고 숨을 크게 내쉬며 움시스를 바닥에 내려놓았다. 하지만 이내 내면 깊은 곳에서 끓어오르는 감정을 주체할 수 없어 머리를 부여잡고 소리를 질렀다.

"젠장! 나보고 어쩌라고!"

아무것도 없는 텅 빈 건물에 지수의 비명만이 울려 퍼졌다. 밖에 있는 경찰들은 그 소리를 듣고 조심스럽게 건물에 잠입할 준비를 했다. 납치범은 안타깝다는 듯한 목소리로 지수에게 말했다.

"소리 질렀으니 경찰이 곧 오겠군. 시간이 별로 없을 텐데?"

지수는 무언가에 홀린 듯 움시스를 촬영 중이던 핸드폰을 집어 멀리 던져버렸다. 핸드폰이 박살 나며 지수와 움시스를 비추던 영상은 끊어졌다.

그러자 갑자기 지수 주변에서 거센 불길이 일어났다. 지수는 깜짝 놀라 뒷걸음질 쳤고, 불길은 순식간에 지수와 움시스를 갈라놓았다. 주변에 잔뜩 깔린 유리 조각에서도 불꽃이 피어올랐다. 아까부터 지수는 자신의 머리를 지끈거리게 하는 냄새에 신경이 곤두서 있었다. 그것이 사방에 뿌려진 인화성 물질의 냄새였다는 것을 이제야 알 수 있었다.

이미 불길에 휩싸였지만 움시스에서는 아무런 신호가 없었다. 움시스 속에 있는 아이의 움직임이 아까보단 빨라진 것 같았지만 아이가 스스로 위험에 대처할 수는 없었다. 화재에 반응해 경고하며 내부 온도를 조절해야 할 움시스는 어찌 된 영문인지 아무 반응도 보이지 않았다. 순간, 지수의 눈에 꼼지락거리는 아이의 손발이 보였다.

"사람을 죽게 내버려두라고? 웃기지 마!"

지수는 총을 들어 인공자궁의 가장 위쪽을 노렸다. 완전히 깨지지 않을 정도의 작은 충격만 가한다면 움시스의 보호 시스템이 다시 움직일 터였다. 발사된 총알이 움시스의 유리 위쪽을 살짝 스치면서 작은 흠집을 냈다. 우직, 소리가 들리며 점차 유리에 금이 가기 시작했다. 금이 간 구멍 사이로 열기가 파고들어 갔다.

띠링, 경고 알림 소리와 함께 움시스의 유리 표면엔 태아의 상태를 나타내는 수치들이 뜨기 시작했다. 48도, 49도. 온도를 나타내는 숫자가 계속해서 올라갔다.

'온도 상승 주의. 외부의 온도 상승이 감지되어 적정 온도로 조절합니다.'

알림과 함께 마침내 움시스 내부 온도가 내려가기 시작했다. 동시에 지수는 재빨리 옷을 뒤집어쓰고 불길 속으로 뛰어들어 갔다.

잠시 후, 지수가 뛰쳐나와 조심스럽게 품에 감싸고 있던 것을 풀어내자, 약간 그을음이 묻은 움시스의 모습이 보였다. 아이는 아무 일도 없었다는 듯 양수 속에서 다시 천천히 몸을 꼼지락대고 있었다. 지수는 움시스를 쓰다듬으면서 눈물을 흘렸다. 그녀는 입술을 달싹대면서 멜로디를 흥얼거렸다.

"자장자장 우리 아가 자장자장 잘도 잔다……."

같은 시각, 지수의 자장가가 흘러나오자 유튜브에서 영상을 지켜보던 사람들은 환호성을 질렀다. 여러 플랫폼의 BJ들이 대통령의 구출 장면 영상을 띄워놓고 실시간 방송을 하고 있었다. SNS를 통해 납치 장소가 어디인지 집요하게 수소문해 결국 찾아낸 BJ들이 드론을 띄운 결과물이었다. 그들은 자극적인 멘트로 대통령의 움시스 구출 장면을 축구 경기처럼 중계했다. 지수가 핸드폰을 부순 뒤에도 드론으로 촬영되는 BJ들의 영상은 계속해서 유튜브로 생중계되고 있었다. 중계를 보는 사람들은 대통령이 불륜녀의 아이를 구할지 궁금해하며 그녀의 행동에 집중했다.

마침내 지수가 자신의 몸을 날려 움시스를 구해내자, 실시간 채팅창이 쉴 새 없이 움직였다. 순식간에 치솟는 '좋아요' 숫자와 하트로 범벅된 이모티콘, 대통령을 응원하고 찬양하는 댓글들이 빠른 속도로 올라가고 있었다. 마음을 졸이던 대통령의 참모진 역시 소리를 지르며 기뻐했다.

　움시스 납치 사건, 종료

다행히 지수의 움시스는 아무 일 없이 지수의 품으로 돌아왔다. 성규의 납치 사건 발표는 퍼스트 젠틀맨으로서 경솔했다며 대중의 비난을 받았다. 무소속 국회의원이었지만 꽤 높은 지지율을 보였던 성규의 이름은 대선 후보에서 아예 지워졌다. 언론도 대중도 불륜녀의 아이를 구해낸 지수의 영웅적인 모습을 전시하기에 바빴다. 이후 아이는 지수의 아이인 것으로 판명되었으나 그것은 중요하지 않았다.

아무래도 여러 일이 있었던 만큼, 지수는 대형 병원에 생긴 움시스 케어 시스템인 PICU(Prenatal Intensive Care Unit, 태아 집중 치료실)에 움시스를 맡기기로 했다. 움시스가 발명된 이후 대형 병원에 생겨나고 있는 특수 치료실이었다. 사실상 치료라기보다는 관리에 가까웠고, 대통령의 움시스는 VIP실에서 특별 관리되었다.

형사들이 청와대에서 모두 철수하는 날, 정 형사는 병원에 있는 지수를 찾았다. VIP실 한편에 움시스는 굳건하게 자리하고 있었다. 큰 난리를 겪었음에도 불구하고 움시스 속 태아는 인공 양수 속에서 평화로워 보였다. 정 형사는 잠시 움시스를 보다가 지수에게 말했다.

"아이가 무사해서 다행입니다."

"이게 다 형사님과 수사팀 덕분입니다. 감사드려요. 그런데, 형사님은 알고 있었죠? 성규가 납치를 계획했다는 거. 언제부터 알았나요?"

"……두 분 사이를 보면 남편부터 의심하는 건 당연한 일입니다. 형사 일을 하다 보면 감이라는 게 오거든요."

정 형사는 성규가 납치 계획을 짠 내막을 들려주었다. 납치범의 말대로, 성규에겐 내연녀인 SC한국제약 사장 김미주가 있었다. 지수를 만나기 전부터 사귄 여자라고 했다. 성규는 자신의 욕망을 위해 반대편 당원 중 인지도가 높은 지수에게 접근했고 결국 대통령의 남자가 되었다. 성규가 강력하게 특정 움시스 브랜드를 원한 것은 순전히 내연녀를 위한 일이었다. 바쁜 지수 대신 성규가 시험관 시술을 위해 병원을 찾은 날, 내연녀도 함께 따라갔다. 그녀는 그날 병원에 돈을 주고 수정에 사용될 난자를 자신의 것으로 바꿔치기했다고 주장했다. 성규는 내연녀의 이야기만 듣고 납치 계획을 세웠다. 인공자궁 속에 있는 아이가 내연녀의 핏줄이라는 사실을 들키지 않기 위해. 성규가 이렇게까지 크게 일을 벌인 이유는 아이에게 무슨 일이 생기면 아빠인 자신보다 엄마인 지수에게 비난이 쏟아질 걸 알고 있기 때문이었다. 과거에 유산했을 때도, 움시스 임신을 선택했을 때도 지수는 성규가 남성 임신을 선택하지 않은 것보다 더 많은 비난을 감수해야 했다. 성규는 쉽게 움시스 속 아이를 죽이는 것보다, 최대한 지수를 나락으로 떨어뜨릴 방법을 택했다. 그것을 발판으로, 동정표를 받아 선거에 이용할 작정이 아니었을까. 지수는 그런 것까지 계산하고 움직였을 성규를 생각하니 소름이 끼쳤다.

성규는 전문 업자에게 납치를 의뢰했지만 운이 없었다. 하필 납치범은 대통령에게 우호적이었고 실제로 아이를 죽일 생각도 없었다.

"김미주는 난자 냉동 기록이 없었습니다. 병원 측 CCTV도 확인했지만 난자를 바꿔치기했다는 증거도 없었죠."

정 형사의 이야기를 듣던 지수는 씁쓸하게 웃으면서 말했다.

"그 여자가 쇼한 거네. 성규 그 자식도 조금만 생각해보면 알 수 있었을 텐데. 형사님은 처음부터 성규를 의심하신 거네요. 근데 그때 왜 저한테 말하지 않으신 거죠?"

"대통령님도 알고 계셨죠? 부군이 납치를 계획했다는 거. 부부 사이란 게 그런 거 아닙니까? 김미주와의 관계도 알고 계셨잖아요."

지수는 살짝 웃으면서 말했다.

"청와대 검문도 뚫고 경호도 뚫고 납치범이 왔다 갔다는 건 말도 안 되죠. 경호원이 돈을 받고 아이를 빼돌렸더군요."

"저도 거기서부터 시작했습니다. 근데 저희도 모르게 경찰 쪽 인력을 투 트랙으로 진행하셨더군요."

"맞아요. 내가 지시했어요. 한쪽은 정 형사님을 필두로 납치범을 쫓는 거, 한쪽은 돈 받은 경호원 윗줄 타고 올라가보는 거."

"대통령께선 납치범이 남편분 사람인 걸 알고 계셨잖습니까. 왜 납치범 요구대로 들어주신 겁니까?"

"그냥 적당히 맞춰준 것뿐이에요. 사실 약간의 리스크는 있었지만 결국 내가 컨트롤할 수 있을 거라고 생각했거든요."

"움시스를 찾으러 간 것도 일종의 연극이었군요."

정 형사는 지수를 빤히 바라보다가 조용히 질문을 던졌다.

"움시스 속의 아이. 불륜녀가 아니라 대통령님 아이라는 거, 알고 계셨죠?"

지수는 어이없다는 웃음을 터뜨렸다.

"제 아이인 줄 알고 구한 게 잘못된 건가요?"

"불륜녀의 아이라는 걸 알고도 구출한 건 마치 히어로 영화의 한 장면을 연출한 느낌이더군요."

"과정이 어떻든 아이가 무사한 게 더 중요한 거 아닌가요? 왜 그런 걸 궁금해하시죠?"

"그냥 순수한 호기심입니다. 모성에 대한 궁금증이랄까요. 대통령님의 연극이 없었어도 아이는 무사하게 구출됐을 겁니다."

"연극이라, 전 정말로 고민했어요."

"마지막에 온도 상승 감지기가 울리지 않았다면, 좀 더 늦었다면 대통령님의 아이는 진짜 죽을 수도 있었습니다."

지수는 웃음기가 가신 얼굴로 정 형사를 바라보았다.

"이번 사건이 아니었다면 내 아이는 비윤리적인 인공자궁에서 태어났다는 꼬리표를 달고 살아갔을 거예요. 고작 엄마의 몸으로 낳지 않았다는 이유로 말이죠. 하지만 이제 이 아이는 영웅의 아이가 되었어요. 사람들은 단순한 진실보다 뭔가 휘황찬란하게 포장된 걸 원하죠.”

정 형사는 지수의 말을 가만히 듣다가 담담하게 가족 이야기를 했다.

“전 애가 둘이나 있습니다. 첫째 아들놈이 좀 사고뭉치라 경찰서를 들락날락해요. 가끔은 내 자식이어도 이놈 때문에 제가 옷 벗게 될까 봐 노심초사하곤 합니다. 자식이 걸림돌로 느껴질 때가 있어요. 근데 자식 하나가 죽더라도 또 한 명이 남아 있으니까, 문제 많은 자식은 차라리 없는 게 낫겠다, 그런 마음이 들더군요. 부모끼리 오프 더 레코드로 그냥 하는 이야기입니다만.”

“제 보물은 이 아이 한 명뿐이에요. 하나면 불안하다는 이유로 자식을 여럿 만들 필요는 없잖아요?”

지수가 웃으면서 이제 더는 할 말이 없다는 듯 팔짱을 끼며 정 형사를 바라보았다. 형사는 동의한다는 듯 고개를 끄덕이다가 다시 지수에게 말했다.

“사람들은 가끔 착각하더군요. 큰일을 하는 사람은 매사에 깨끗하고 진실돼야 한다고요. 별것도 아닌 개인사 때문에 무너지는 위인이 많습니다. 대통령님께서는 그런 사람이 아니란 걸 압니다. 무언가를 지키기 위해 행동하는 건 좋은 겁니다. 대중이 포장된 진실을 원한다고 하셨죠. 어차피 진실은 스스로 드러나는 게 아닙니다. 오직 그것을 감추려는 자와 밝히려는 자가 있을 뿐이죠. 덮여 있는 진실은 대통령님 마음속에만 간직하시면 됩니

246

다."

정 형사가 병실을 나서자 지수는 움시스의 계기판 화면을 터치했다. 화면엔 '활동 반응이 감지되지 않습니다'라는 문구가 떠 있었다.

잠시 후, 지수는 병원장의 안내에 따라 PICU 깊숙한 곳으로 들어갔다. PICU 내부에는 여러 움시스가 벽면을 따라 놓여 있었다. 지수는 움시스의 앞에 달린 이름표를 보며 걸었다. 방금 지나친 움시스는 행정안전부 장관의 이름이 적혀 있었다. 스쳐 가는 이름표에는 대한민국의 내로라하는 기업인, 법조인, 의료인, 연예인 등 유명 인사가 많았다. 병원이 자랑하는 VIP들이었다. 병원장은 지수의 이름표가 달린 움시스 앞에 멈춰 섰다. 총 네 개였다. 그중 두 개에만 전원이 켜져 있었다.

"아까 병실에 있던 1.2는 어떻게 된 거죠? 다행히 형사는 아이가 살아 있는 줄 알고 가더군요."

지수의 말에 병원장이 고개를 숙이며 침울한 표정으로 말했다.

"대통령님, HJS 1.2는 구출 당시 충격이 컸던 모양입니다. 저희가 최선을 다했지만 오전 11시 03분에 사망했습니다. 형사가 온다기에 처리하지 않고 두었습니다. 심려 끼쳐 죄송합니다."

"어쩔 수 없죠. 다른 애들은 어떤가요?"

"1개월 전에 수정한 2.4, 2.5는 상태가 썩 좋지 않습니다."

"그렇군요. 그럼 남은 건 여기 있는 2.2랑 2.3이겠네요."

지수가 움시스들에 다가가 계기판 옆에 여러 디지털 정보가 출력되는 작은 화면을 터치했다. 2.2에 '15주 6일', 2.3에 '8주 3일'

이라는 숫자가 나타났다.

"1.2 대신해서 2.2를 청와대로 보내요. 아, 그리고 몇 달 뒤에 둘째 계획을 발표하려고 해요. 이번 하반기 부동산 정책에 대한 여론이 심상치 않아서요. 혹시 모르니 냉동 난자를 몇 개 더 보내도록 하죠. 수정 진행해주세요."

지수의 말에 병원장이 고개를 숙였다. 그때, 움시스 속 2.2가 손과 발을 꼼지락거렸다. 지수가 움시스 유리를 손으로 톡톡 치자 아이가 고개를 갸우뚱거렸다.

"아가야, 네 태명은 뭐로 해줄까?"

지수는 인공 양수 속을 부유하는 아이를 향해 낮게 자장가를 흥얼거렸다.

정신의 작용

이성탄 ─────────────────────────────

한국과학소설작가연대 회원.

대학에서 과학과 법학을 공부했고 전공을 살릴 직장을 찾는 데 성공했다.

장르소설과 영화를 좋아하며, 친구들과 술을 먹으면 영화감독 존 포드의 위대함을 영어로 찬양하는 주사가 있다. 언젠가 다른 말 없이 작품 목록만으로 작가 소개를 할 수 있게 되는 것, 그때도 괜히 존 포드를 들먹이며 사는 것이 목표다.

장편 과학추리소설 『단 한 명의 조문객』으로 제4회 황금드래곤 문학상을 수상했다.

D-Day.

연구실은 열기로 가득했다. 20명의 사람과 컴퓨터, 조명기에서 나오는 것이었다. 수연은 손등으로 이마의 땀을 닦으며 자신들의 팀장을 바라보았다.

팀장인 연경은 그에게 술을 잘 사주는 사람이며 뛰어난 공학자다. 연경의 이마에도 땀방울이 맺혀 머리칼을 타고 내려오고 있었다. 수연은 앞으로 내려오는 머리가 일에 방해된다고 생각하여 뒤로 묶는 편이었지만 연경을 보면 일하는 데 머리 모양은 상관없는 것 같았다.

"끄응."

그때 복잡한 기계장치에 머리를 연결한 채 의자에 누워 있던 고객이 신음했다. 의식도 없는 고객인데 수연은 괜히 재촉받는 느낌이 들었다. 하지만 업로드 시작 버튼을 누를 권한은 연구팀장에게만 있었다. 연경이 고객과 수연의 눈을 한 번씩 쳐다보았다. 그리고 마침내 연경은 홀로그램 화면의 버튼을 눌렀다.

모두가 숨죽이며 긴장하는 게 느껴졌다. 이미 수십 번 반복 시행하며 수정을 거듭한 프로그램이었다. 조용한 가운데 디스크와 연산장치에서 내는 소리만이 점점 커졌다. 화면에 뜬 업로드 현황 그래프의 숫자는 순식간에 30퍼센트에 달했다. 지금까지 해온 실험 중 가장 빠른 속도였다. 수연은 임종을 앞둔 회사 최초의 고객이, 죽기 전에 모든 정신을 업로드하려 애쓰는 것 같다는 생각이 들었다.

그래프가 95퍼센트에 달하자 왠지 모든 것이 그대로 멈춰버릴 것만 같은 근거 없는 예감에 수연은 눈을 감았다. 덕분에 수연의 모든 감각이 귀에 집중되었지만 컴퓨터의 작동음 외에는 아무 소리도 들리지 않았다. 길었는지 짧았는지 모를 시간이 지난 후 떵, 하는 경고음이 울렸다. 수연은 그것이 성공을 알리는 소리임을 알 수 있었다. 마침내 정적을 깨고 연구원들의 환호성이 터져 나왔기 때문이다.

메인 홀로그램에는 100퍼센트에 달한 그래프 위로 작업을 종료하는 중이라는 메시지가 떠 있었다. 일제히 올린 환호성은 이제 두서없는 축하와 격려, 감상과 회상을 나누는 와자지껄한 소리로 변해갔다. 몇몇 소심한 연구원들은 방에 숨겨놓고 있던 콜라를 마치 샴페인처럼 터뜨리고는 사장의 눈치를 보았지만, 사장은 어느새 진짜 샴페인병을 꺼냈고, 금세 소소한 파티가 시작됐다. 연구 관련 출력물과 종이컵, 과자가 한데 뒤섞이며 방을 어지럽혔다. 컴퓨터는 벽에 내장된 구조이기 때문에 그런 것으로 기계가 고장 날 위험은 없었다. 물론 관리 휴머노이드 A도 계속해서 분주히 청소하며 활약했다. 방금까지 괴롭게 느껴지던 더위가 이제는 오히려 마치 남국의 휴양지처럼 이 들뜬 분위기에 어울리는 온도 같았다. 그러나 누워 있는 고객과는 다들 약간의 거리를 두었다.

고객의 가슴은 더 이상 오르내리지 않았다. 그 고객 앞에 수연이 서 있었다. 환호하는 동료들은 그 일을 해냈다고 믿는 것이 분명했지만, 수연은 정말로 자신들이 고객에게 영생을 선물한 것인지 확신할 수 없었다. 회사의 실험을 검증한 수많은 심리학자, 정신과 의사, 뇌공학자, AI공학자들이 디지털 세계에 업로드된 두뇌 시뮬레이션을 원 인격과 동일하게 봐도 좋다고 했지만 수연은 그들을 믿지 못했다. 하지만 신이 난 다른 연구원들이 수연의 팔과 어깨를 붙잡았다. 컴퓨터의 하드웨어를 담당하는 막내 기술자 문호가 수연에게 웃으며 말했다.

"실장님도 콜라 한잔 같이하시지요!"

사실 그래도 될 때였다. 화면에는 아직 작업을 종료 중이라는 메시지가 떠 있었지만 이는 업로드가 완료된 자료를 색인하고 있다는 의미에 불과했다. 고객의 정신은 이미 온전하게 옮겨진 것이다. 곧이어 연경도 문호에게 등을 떠밀려 잔을 들어 올렸다. 그러자 다시 한번 연구실이 조용해졌다.

"빤한 얘기는 싫어하지만, 오늘만큼은 여러분이 주신 권한과 의무에 따라 딱 한 번만 모두가 이미 아는 얘기를 하겠습니다."

수연은 오랜만에 가슴이 두근거렸다. 동료들처럼 연구의 성공을 믿은 건 아니었지만, 연경이 그것을 위풍당당하게 선언하는 모습을 보고 싶긴 했다.

"영생 프로젝트의 성공을 선언합니다!"

그때, 환호하던 모두의 등골을 서늘하게 하는 오류 경고음이 울렸다. 화면에는 여전히 100퍼센트를 채운 그래프와 함께 낯선 메시지가 떠 있었다.

[작업을 종료하지 못했습니다. 재시도하시겠습니까?]

침묵이 내려앉았다. 잠시 후 조금씩 웅성거리는 소리가 나기 시작했고, 다시 그 소리도 잦아들며 연구원들의 시선은 연경에게로 모였다. 제발 업로드가 실패한 게 아니라고, 마무리 과정의 단순한 오류라고 말해달라는 눈빛이었다.

연경의 손이 온통 땀에 젖었지만 반대로 입은 바싹 말라 아무 말도 할 수 없었다. 연경은 말없이 천천히, 다시 메인 컴퓨터의 조작대 앞으로 갔다. 연경이 재시도 버튼을 누르자 연구실의 불이 꺼졌다. 무엇인가 타는 냄새가 났다.

D-981.

연경으로서도 오랜만에 맡아보는 진짜 에탄올의 냄새였다. 수연과 연경은 회사에서 드론 택시로 15분 정도 거리에 있는 와인 바에 있었다. 대단히 비싼 것 같지는 않지만 그렇다고 싸구려 티도 나지 않는 작은 샹들리에, 촛대, 낡은 피아노 등이 구석구석을 차분하게 장식한 곳이었다.

바텐더를 제외한 종업원은 모두 휴머노이드였다. 편의점과 식당에서 기계가 처음 주문을 받기 시작하던 시절에는 인간 종업원을 상대하는 것보다 불편하다는 손님들의 불만이 잦았다. 그러나 주문 인터페이스가 인간의 외형을 띠고 충분한 대화 데이터베이스를 인공신경망으로 학습해 말로 주문을 받게 되자, 불만은 대부분 사라졌다. 오히려 주문을 잘못 받거나 누락시키지 않아 소비자의 만족도가 예전보다 올라갔다는 것이 요식업계의 설명이었다.

다른 업무 영역도 마찬가지였다. AI가 사회 전 영역에서 벌어지는 일들을 인공신경망으로 학습하게 된 데에는 매크로니아사에서 개발한 휴머노이드의 공이 컸다. 인간보다 빠르게 두 발로 걷고, 손가락으로 책장을 집어 넘기며, 버스와 지하철을 탈 수 있는 휴머노이드는 이제 엔지니어가 입력하는 것이나 가상 세계의 범위를 벗어나 사회 전반에 대한 데이터를 스스로 수집할 수 있었다. 휴머노이드의 방대한 자료 수집이 완료된 뒤, 그들은 그 전까지 존재하던 인간 직업의 60퍼센트 이상을 대체했다.

이러한 상황에서 살아남은 대표적인 직업은 AI 엔지니어였다. 물론 이제는 AI를 프로그래밍하는 효율에서도 프로그래밍 AI가 인간을 뛰어넘었지만, 사람들은 여전히 AI를 통제하는 것은 사람이어야 한다고 생각했다. 그리고 수연과 연경처럼 인간의 뇌를 다루는 분야에서도 인간이 계속 일을 하고 있었다. 역시나 자신의 정신을 기계에게 맡길 수는 없다는 사람들의 불안감이 이유였다.

연경은 맞은편에 앉은 신입사원이 자기 직업의 희소성을 과연 제대로 알고 있는지 궁금했다. 기본소득이 보편화되고 10년 정도가 지나면서 사람들은 직업이 없는 삶에 적응했다. 비관론자들의 예상처럼 모두가 무기력하고 게으르게 살지는 않았다. 무료함을 주된 원인으로 하는 우울증에 빠지는 사람들이 없지는 않았으나, AI 시대의 개막 전, 경제적 빈곤 때문에 우울증을 앓던 사람들의 수에 비하면 현저히 적었다. 무직자 중 대다수는 현실세계나 가상세계에서 하고 싶은 것을 하거나 배우고 싶은 것을 배우며 살았다. 현실의 휴머노이드와 가상세계의 AI 캐릭터는 각종 교수법을 우선순위로 습득했기에, 원하는 사람에게 거의 모든 종류의 기술과 학문을 가르칠 수 있었다. 하지만 무제한 복제가 가능한 정보와는 달리, 물질적 자원을 모두가 원하는 만큼 가질 수는 없었다. 결국은 그것이 기본소득 이상의 돈을 버는 유직자들이 엘리트 계층을 형성하게 된 이유였다.

연경은 엘리트라고 불리는 것을 싫어하면서도 일종의 계급적 책임감을 지니고 있었다. 그런 연경이 볼 때 수연은 유직자치고 너무 에너지가 없었다. 항상 연구소의 분위기를 처지게 하는 존재였다. 심지어 자기가 오자고 한 와인바조차도 별로 좋아하는 것처럼 보이지 않았다.

"주임님, 저 조심스럽지만 하나 물어볼게요."

"네?"

"혹시, 우리 연구소에서 일하는 게 별로 재미없어요?"

"네? 아뇨! 아닙니다!"

수연이 화들짝 놀라며 대답했다. 물론 직장 선배로부터 그런 질문을 받고 재미없다고 답할 사람은 많지 않겠지만, 연경은 수연의 민망해하는 태도가 왠지 거짓돼 보이지는 않았다.

"주임님이 아니라면 아니겠지만, 이건 좀 더 조심스러운 말이긴 한데, 사실 주임님이 평소에 에너지가 별로 없어 보이거든요."

수연은 고민이 되었다. 연경은 그의 친구나 상담사나 정신과 의사가 아니었다. 평상시 같으면 그 얘길 꺼낸다는 걸 상상도 안 할 것이다. 하지만 오늘 연경의 태도를 보아하니 일을 계속하려면 뭐라도 대답해야 할 모양이라 결국 수연은 입을 열었다.

"실은 제가 약한 AI우울증이 있습니다. 정말 약한 거라 일상생활에 별지장은 없고요, 전 직장도 잘 다녔어요. 다만 한 공간에 오래 같이 있다 보면, 다른 사람들의 정서에 영향을 끼칠 수 있다고 하더라고요."

"아, 죄송해요."

연경은 아차 싶었다. 부하를 독려할 생각이었지 건강 상태에 관한 개인정보를 캐고자 한 것은 아니었다. 인간의 외관으로 인간처럼 말하는 AI가 일상에 보급되고 약 2년이 지났을 때, AI와의 일상적이고 빈도 높은 접촉이 우울증을 유발할 수 있다는 분석이 처음으로 등장했다. 처음 매크로니아의 휴머노이드 100대가 파견되기 시작한 지 5년이 지난 뒤의 일이었다.

사실 일반 우울증과 구분해서 정의할 만큼 AI우울증에 특징적인 증상은 없었다. 그러나 그 원인이 비교적 명료하게 파악되어, 병 치료를 위한 임상적 차원에서 미국 정신의학회는『정신 질환

진단 및 통계 편람 제9판』에 AI우울증을 위한 별도의 코드를 만들었다. 현재 AI우울증의 발병 원인에 대한 일반적인 설명은 'AI와 일상적으로 접촉하는 사람들이 AI와 인간의 구분에 어려움을 겪으면서 갖게 되는 자신의 인간성에 대한 회의'라는 것이다.

"사실 이전 직장에서는 지금보다 증상이 더 심했어요. AI 연구소에 있었거든요. 솔직히 저는 정신과 의사들 말처럼 제 인간성에 대해서 회의한 적은 없지만 AI랑 얘기하다 보면 기분이 이상하긴 해요. 뭔가 위화감이 든달까…… 진짜 사람과의 소통에 대한 욕구불만이랄까……."

마침 그때 그들 곁에 휴머노이드 종업원이 다가왔다. 서비스업에 종사하는 대부분의 휴머노이드와 마찬가지로 현대사회 미의 기준을 충실히 따르는 외관이었다.

"두 분, 아까부터 빈 병을 아쉽게 쳐다보시던데 제가 다른 와인을 한 병 추천해드릴까요?"

"괜찮아요, 필요하면 부를게요."

빈 병에 대한 두 사람의 시선을 군이 언급한 것은 일종의 유머 작용인 것 같았지만 그리 재밌지는 않았다. 사실 연경은 음료 서빙과 같은 단순 작업에 고성능 AI와 인간 수준의 섬세한 하드웨어를 지닌 휴머노이드를 투입하는 것은 사회적 낭비라고 생각했다.

"그러니까 주임님 말은 일에 너무 파묻혀 진짜 사람을 만날 시간이 부족했다는 거예요?"

"아뇨, 그런 게 아닙니다. 진짜 사람을 많이 만나도, AI와 대화하고 있다 보면 다시 사람이 그리워집니다. AI와의 대화가 정신에 나쁜 영향을 줘요."

"말하자면 우리가 살아가는 데 필요한 진짜 소통의 총량이 있는데, AI와 대화하면 그동안 쌓아둔 걸 오히려 갉아먹게 된다는 건가요?"

"맞습니다, 팀장님! 바로 그거예요."

어느새 수연은 술술 상당히 많은 말을 하고 있었다.

"그런데 정신과 의사들은 그게 제 인간성에 대한 회의라는 겁니다. 그러면서 자꾸 저 자신을 더 신뢰하라고 하는데 아무리 해도 증상이 안 나아져요. 그러다가 AI를 그만 보려고 회사를 옮긴 겁니다. 물론 가정용 휴머노이드나 AI 생활 인터페이스도 안 쓰고요. 그랬더니 지금은 조금씩 나아지는 것 같아요."

AI 연구의 대세는 아직 인간 두뇌의 신경망을 최대한 흉내 내고 같은 패러다임 안에서 그것을 더욱 발전시키는 것이다. 그래서 AI 연구자들과 뇌공학자들은 교류가 활발하고 분야 간 이직도 흔한 편이었다.

"저는 오히려 AI에 대한 회의가 우울증의 원인 같습니다. 요새 학계에서는 AI가 인간의 뇌신경망은 이미 완벽하게 베꼈고 그이상을 본다고 하는데, 저는 정말로 인간 지능을 따라잡은 건지도 모르겠어요. 팀장님은 정말 AI가 사람같이 느껴지세요?"

"글쎄, 제 개인적인 느낌이 중요한가요?"

"튜링 테스트 같은 개념도 있잖아요."

"튜링 테스트는 여기 적용될 수 없죠. AI를 AI라고 밝히지 않

고 사람처럼 굴게 만드는 것은 불법이니까. 제 느낌에 대한 대답
도 바로 할 수 있겠네요. 저는 AI와 상호작용할 때 항상 그것이
AI임을 이미 알고 있었습니다. 인간과의 이질감을 느낀 적이 있
지만, 애초에 그게 AI라는 선입견이 작용했을 가능성이 높아요."

"팀장님은 그게 단지 선입견이라고 확신하실 수 있으세요?"

"확신이라고 하긴 어렵지만, 대부분의 연구에서는 AI와 인간
행동의 유의미한 차이를 찾지 못했잖아요."

"어쩌면 AI와 인간의 동일성이라는 문제는 종전의 통계적 연
구 기법을 적용할 수 없는 분야 같아요. 애초에 인간 개체별 행동
의 높은 다양성을 생각하면 말입니다."

연경은 수연을 데리고 나올 때 이런 토론이 벌어질 것은 예상
하지 못했다.

"그럼 지금 AI 연구가 다 헛된 거란 말이에요?"

"제 생각은 그 반댑니다. 우리가 많은 일을 한 것은 사실이지만,
그 한계도 인정하면서 한참 더 연구해야 된다고 봐요. 인간 정신
은 아직도 거의 무한한 미지의 영역이라고요."

면담의 결론은 묘했지만, 어쨌든 효과가 있었는지 이후 수연
과 연경의 연구는 속도를 냈다. 그들의 연구는 실제 사람의 두뇌
신경망 연결 상태와 신경활성패턴을 시뮬레이션해서 컴퓨터의
인공신경망에 업로드하는 것이었다. 그를 통해 회사가 최우선으
로 진출하려는 시장은 영생 사업이었다. 임종을 앞둔 부자들에
게 그 정신을 영원히 남겨주고 심지어 현재의 신체보다 훨씬 더

좋은 휴머노이드로 옮겨준다고 제안하고 천문학적인 금액을 청구하는 것이다. 그 천문학적인 금액이 곧 수연과 연경의 몫은 아니었지만, 그래도 상당히 높은 보수가 주어지고 있었다.

그렇게 높은 보수를 받으며 하는 일에는 실험 지원자와의 면담도 포함되어 있었다. 회사의 목표는 죽어가는 사람들에게 상품을 파는 것이었지만 실험은 산 사람들을 대상으로 진행했다.

"연결띠를 써보신 적이 없다고요?"

"예, 좀 겁이 나서……."

지원자의 대답을 들은 연경은 그렇게 기계에 겁 많은 사람이 무슨 보상을 받기로 하고 정신 업로드에 동의했냐고 묻고 싶었다.

"그런데 대체…… 아닙니다. 그럼 AI 인터페이스는 쓰세요?"

"그건 쓰죠."

그래도 AI 인터페이스는 쓰는구나, 연경은 한숨을 쉬었다. AI 인터는 사람의 두뇌 접속 없이 현실 공간의 시청각 정보만을 제공하는 AI 중 생활에 가장 밀접한 것을 말했다. 증강 현실 기술이 적용된 콘택트렌즈와 작은 인이어 하나만 끼면 눈짓과 말로 세상 모든 공개 정보에 즉각 접근할 수 있으니 AI우울증이 아니라면 대부분의 사람이 쓰고 있었다.

"연결띠는 전혀 안 쓰시고요?"

"네."

얇고 긴 띠 모양의 기계를 들고, 연경은 전혀 겁날 것이 없다고 지원자를 설득했다. 세계 최초로 한국에서 개발, 상용화된 연결띠의 개발사는 이 물건에 '뇌 자극-상황구성기(brain stim-simulator)'라는 제품명을 붙여놓고 스스로 재치 있다고 생각했으나, 사용자들은 대체로 그 모양과 기능을 보고 연결띠라고 불렀다. 처음에 연결띠는 사람들에게 시각과 청각 정보를 제공하고, 신체 각 부위를 움직이려는 이용자의 신경활성신호를 받아 그 움직임을 가상현실에서 구현하는 역할을 했다. 그러나 연결띠를 사용해 가상의 행성에서 전쟁을 치른 게이머들은 분명히 시청각 정보만을 제공받았음에도, 우주복에 뚫린 구멍에서 절대 영도의 한기를 느끼고 레이저 무기에 맞았을 때 살갗에서 타는 냄새를 맡았다고 증언했다. 여기까지는 그래도 뇌의 안쪽 전전두엽에서 벌어지는 감각과 감정, 이성적 판단의 통합적인 작용 및 이와 유사한 계통의 뇌내 작용이라는 말로 어느 정도 설명이 되었다. 그러나 주인공 캐릭터가 줄거리상 정해진 행동을 하는 자동 이벤트 장면에서, 주인공의 사고(思考)까지 따라 하게 되었다는 게이머들의 증언은 많은 뇌과학자를 당황하게 했다. 어쨌든 이제 기술자들은 영문은 몰라도 연결띠를 이용해서 시청각 정보뿐 아니라 관념적 정보까지 이용자에게 전달할 수 있게 되었다.

수연은 연경과 함께 지원자를 업로드 실험실로 안내했다. 정신 업로드는 지원자의 뇌에 다양한 자극을 가하여, 뇌가 나타내는 신경활성패턴을 인공신경망에서 재현하고 그 신호가 재현된 회로를 강화하는 방식으로 이뤄졌다. 한 사람의 뇌를 가장 정확하게 업로드하려면 신경망 연결 상태를 완벽하게 스캔해서 그대로 재구성하는 것이 좋겠지만, 불과 1350세제곱센티미터 내에

밀집해 있는 1000억 개의 신경 세포 구조를 모두 스캔하는 것은 대상자가 죽은 후 뇌를 해부할 수 있더라도 엄청난 시간과 돈을 들여서만 가능한 일이었다. 그래서 매크로니아는 역으로 결과값에 불과한 신경활성패턴으로부터, 원래의 뇌신경망 구조를 구축해내는 방식을 택한 것이다.

그 방식으로는 뇌신경망의 구조를 100퍼센트 재구축하는 것은 불가능했다. 원래 인간의 뇌에 비해 시냅스의 밀도도 턱없이 낮았다. 그러나 휴머노이드의 인공신경망도 진짜 뇌신경망에 비해 밀도가 현저하게 낮아도 수행하는 기능은 인간과 동일한 수준이라고 평가받고 있었다. 결국 뇌과학자들은 뇌신경망 구조 중 상당 부분은 실제 신호로 활성화되는 일 없이 그저 존재하기만 하는 여백과 같은 것이라고 결론지었다. 수연과 연경은 이러한 일들을 잘 이해하는 사람이었고, 실험이 성공할 것이라 확신했다.

사흘 후, 첫 번째 실험은 부분적 실패라는 평가를 받았다. 업로드가 문제는 아니었다. 회사 서버에 업로드된 지원자의 디지털 자아는 가족, 학교, 직장, 취미에 대한 기억, 성적 취향, 지식 수준, 정치 성향 등 모든 면에서 지원자와 일치했다. 지원자의 가족들도 지원자의 디지털 자아와 한 시간 동안 영상 대화를 한 끝에 지원자가 맞다고 판단했다.

문제는 현실에 남은 지원자였다. 그는 자신의 디지털 자아가 절대 자신과 같지 않다고 주장했다.

"지원자님 말씀을 아무리 들어도 이해가 안 돼요. 지원자님도 딱히 뭐가 문젠지 말씀 못 하신단 거잖아요?"

"아니, 그거야 당연한 거 아닙니까? 내가 보면 나인지 아닌지 그냥 딱 알지 그걸 어떻게 설명을 해요."

"그러니까 그건 지원자님이 자기 자신과 얘기해본 적이 없으셔서 그런 거예요. 지원자님 가족들은 다 디지털 버전과 현실의 지원자님이 똑같다고 합니다."

"나보다 날 잘 아는 사람이 어딨답니까?"

"지원자님이 자신을 잘 안다고 해도 그건 오직 내면에서 어떻게 느끼고 생각하는가에 대한 것이죠. 스스로를 외부에서 제삼자의 눈으로 본 적은 없어요, 맞죠?"

"그건…… 그렇죠."

"그런데 지원자님 가족은 항상 지원자님을 외부에서 봐왔어요. 그분들은 지원자님의 디지털 자아도 동일한 방식으로 보고 있고요. 그러니까 오히려 그분들 판단이 더 정확할 수 있어요."

"아니 뭐, 무슨 말씀을 하시는 건진 알겠는데, 아무튼 저건 제가 아니에요."

결국 그에게는 어떤 논리도 통하지 않았다. 계약에 따라 이제 지원자의 업로드된 정신은 매크로니아 서버에 동결되어 있다가, 지원자가 사망 시 다시 활동을 시작한다. 매크로니아의 입장은 업로드된 정신은 현실에 살아 있는 사람과 동일성을 유지한다는 것이다. 동일한 인격체가 현실과 가상 세계에 동시에 존재하는 가정적 상황은 매크로니아 법무팀 및 그들이 고용한 로펌을 심각한 고민에 빠뜨렸고, 결국 그것을 현실화해서는 안 된다는 것이 결론이었다.

지원자가 젊을 때 업로드된 정신과 사망 시의 정신이 다르다는 문제는, 임종이 임박했을 때 다시 정신 업로드의 기회를 준다는 내용을 약관에 넣는 것으로 해결했다. 그러나 이번 지원자는 막상 업로드된 자신의 정신을 보고 나자 매크로니아와 계약한 것 자체가 후회되는 모양이었다. 그 반응에서 수연은 AI에게 위화감을 느끼던 자신의 모습이 떠올랐다.

그러나 이후 실험에서는 정신을 업로드한 사람 대부분이 디지털 자아가 자기 자신과 같음을 인정했다. 그들의 가족도 마찬가지였다. 예외가 없었던 것은 아니나, 첫 번째 지원자 이후 3년간 53회 실험을 더 진행하며 단 세 건의 추가 사례가 나왔을 뿐이었다. 그동안 수연은 계속해서 정신 업로드에 대해 연구했다.

D-98.

"실장님."

"네? 네, 팀장님."

텅 빈 책상에 멍하니 앉아 있던 수연이 놀라며 대답했다.

"뭘 그렇게 놀라세요?"

연경이 가볍게 웃자 수연도 얼굴에 조금 생기가 돌아왔다.

"아, 죄송합니다. 요새 좀 피곤해서……."

"하긴 그렇죠. 3년 치 실험을 정리 중이니까."

처음 업로드 실험을 시작하고 3년이 지나면서 수연의 얼굴은 많이 야위었다. 아직 노화로 인해 그럴 나이는 아니었다. 근로기

준법을 가볍게 무시하고 매일 초과 근무를 하는 연경이 보기에는 과로를 해서 그런 것 같지도 않았다. 수연은 법정근로시간보다 훨씬 적은 시간 일을 하고 있었다. 결국은 수연이 3년 전에 고백했던 그 문제 탓이라는 생각이 들었다.

"자아불일치 케이스 요약 보고서는 준비하셨어요?"

연경이 어제까지 해달라고 지시한 일이었다. 보고서를 작성할 기간도 충분히 주었다. 지금 시각이 오후 4시가 넘었으니 연경으로서는 상당한 인내심을 발휘한 셈이었다. 그러나 안타깝게도 수연은 조금 전보다 훨씬 더 놀란 표정을 지었다.

"아, 죄송합니다! 제가 보고서 납기일을 착각한 것 같습니다."

연경은 잠시 수연을 빤히 바라보았다. 수연은 최근에 세 번이나 실험 일정 또는 보고서 납기일을 놓쳤다. 어느새 연구실장으로 승진한 수연은 연경 바로 다음가는 지위에서 그에 맞는 급여를 받고 있었다. 회사의 첫 번째 유료 고객은 이미 계약을 마쳤다. 여기까지 생각하면 수연에게 화를 내야 마땅했다. 하지만 수연은 AI우울증 환자였고 점점 증세가 깊어지는 듯 보였다. 연경은 일단 보고서 작성 여부보다 더 궁금한 것을 묻기로 했다.

"보고서는 못 썼어도 자아불일치 케이스 정리는 하셨죠? 지금 한번 구두로 설명해주시겠어요?"

"네⋯⋯. 아시다시피 총 54건 중 4건에서, 업로드 지원자들이 자아불일치감을 느꼈습니다. 그리고, 그렇죠. 자아불일치 케이스에서 나머지 케이스와 구분되는 특질들이 있는지, 향후 자아불일치감 가능성을 예견할 수 있을지 알아보는 게 과제였습니다."

"과제가 뭔지는 저도 알아요. 답이 있습니까?"

"음, 그러니까, 먼저 자아불일치감 호소자들이 디지털 자아와 자신이 뭐가 다른지 공통적으로 말하는 부분이 있었습니다."

수연은 잠시 한숨을 쉬었다. 1년 전만 같았어도 연경은 대화의 집중도를 높이기 위한 수연의 화법이라고 생각했을 것이다. 그러나 지금은 그저 수연이 말하는 것 자체를 힘들어하는 것처럼 보였다.

"네 명 모두 디지털 자아가 너무 기계 같다는 말을 했습니다."

맥 빠지는 결론이었다. 인간의 일상생활 의사소통 능력을 완전히 재현한 AI를 보면서도 그것이 비인간적이라고 느끼는 사람들이 있었다. 심리학자와 AI학자들은 그들의 느낌을 '확증편향'이라는 고전적인 개념으로 간단하게 설명했다. 기계가 인간과 같을 리 없다는 선입견을 가지고 AI를 관찰하면서 자기가 목격한 AI의 행동 중 기계적이라고 보이는 부분만 선택적으로 기억하며 선입견을 강화해나간다는 것이다.

"그건 별로 도움되는 얘기가 아닌 것 같은데요."

"구체적으로는, 디지털 자아의 행동이 사람에 비해 너무 일관적이라고 표현한 사람도 있기는 합니다."

"그게 다인가요?"

"네……."

결국 연경은 실험 참여자들의 자아불일치감 케이스는 무시하기로 결정했다. 연경 자신도 때로는 자기 몸을 떠나 컴퓨터에 자리 잡은 정신을 가지고 그 인격의 동일성이 유지된다고 말할 수 있느냐는 철학적 질문에 빠지기는 했지만, 기술적 측면에서 정신 업로드는 완성된 것이 분명했다. 도시에 정전이 오고 회사의 비상 발전기까지 때맞춰 고장 나지 않는 한 실패할 이유가 없었다.

D+2.

"도대체 컴퓨터가 왜 꺼졌는지 알아냈어요? 정전은 없었다면서요."

연경은 시스템팀의 막내인 하드웨어 기술자 문호를 추궁하듯 캐물었다.

"실은, 그보다 업로드의 성공 여부를 알아내는 게 급할 것 같아 확인해봤습니다. 사고 당일 업로드한 정신 데이터는 물론이고, 소프트웨어상 관련한 어떤 기록도 남은 것이 없습니다. 일을 진행한 로그도 하나도 남지 않고 모두 지워졌습니다."

연경의 표정이 어두웠다. 이것이야말로 연경으로서 가장 궁금하면서도 대답을 듣기 두려워한 부분이었다. 임종한 고객의 정신이 컴퓨터에도, 그 어느 곳에도 남지 않았다.

"그래도 하드웨어의 로그는 남아 있어서 관련 보고를 드리겠습니다. 컴퓨터가 꺼진 원인은 과부하 때문입니다. 당시 업로드 그래프가 순식간에 100퍼센트를 채웠는데 그게 표시 오류였던 것 같습니다. 시간선을 보면 업로드 개시 순간부터 전원이 나갈 때까지 계속 컴퓨터 연산 능력이 최대로 가동됐거든요. 주어진 연산 과제가 우연히도 컴퓨터의 최대 연산 능력과 일치한 건 아닐 테니까, 실제로는 더 많은 연산 과제가 주어져서 연산 장치에 과부하가 걸린 채 계속 100퍼센트로 가동된 것 같습니다. 그동안 업로드는 계속 미완료 상태였을 테고요."

"아니, 그럴 리가 없는데."

"그리고 연산 장치뿐만 아니라 저장 장치도 용량이 가득 찼다고 나옵니다. 지금은 다 없어졌지만 업로드된 정신 자료가 엄청 컸던 것 같습니다. 그러다가 팀장님께서 재시도 버튼을 눌렀을 때, 과부하가 걸려 전원이 나간 것 같아요."

"이럴 리가 없어요. 그 전에 54회나 실험을 해도 멀쩡했는데."

"저도 앞서 했던 실험에 전부 참여했는데, 이럴 리가 없긴 한데……."

"혹시 앞선 실험의 하드웨어 로그도 확인해보셨어요?"

"네, 비교해봤습니다. 예전에는 연산 능력은 10퍼센트 정도 썼고, 저장 장치 용량은 남아돌았습니다."

연경으로서는 이해되지 않는 현상이지만 이번 일의 원인을 밝히는 데 주어진 유일한 힌트였다. 어쨌든 파악된 내용이라도 사장에게 보고해야 했다.

"사실 이전 실험의 조건하고 이번 실험의 조건 중 다른 점은 명확합니다."

"예전에는 건강한 사람들이 지원했단 거, 이번에는 임종을 앞둔 사람이 지원했단 거죠."

"네, 맞습니다. 임종을 앞둔 사람의 뇌 활동은 뭐가 다른지 확인이 필요합니다."

연경은 사장 뢱에게 새로운 실험 계획을 보고하는 중이었다. 뢱은 뇌공학 선진국인 한국에 유학을 왔다가 뿌리내리게 된 프랑스인이었지만, 이미 한국에 산 지 오래되어 한국말이 유창했다.

"일단 어떤 방법으로 확인할지가 문제겠군요. 혹시 차이점이 뭔지 짐작 가는 것이 있습니까?"

"있기는 한데, 과학적인 근거가 없어서 말씀드리기 어렵습니다."

"이건 순전히 내부적인 대화잖아요. 말해보세요."

"아, 정말 좀 이상한 얘긴데."

주저하던 연경이 마지못해 입을 열었다.

"혹시 사람이 죽기 직전에 생애의 기억이 빠르게 스쳐 간다는 얘기 들어보셨습니까?"

"주마등이라고 하는 그거요? 고객의 주마등이 컴퓨터를 과부하시켰다는 거예요?"

연경은 아무리 뢱이 한국에 잘 적응했어도 이런 표현까지 한 번에 알아들을 줄은 몰랐다. 뢱은 연경에게 묻고 있었지만 연경의 대답이 정말로 궁금하다는 눈빛은 아니었다. 연경은 얼른 다음 이야기를 꺼냈다.

"그리고 피험자들에게 특정 신경 회로 활성 상태를 보여주며 의식적으로 그 회로를 강화하라고 주문했더니 실제로 회로가 강화되었다는 실험 논문도 검토하는 중입니다."

"그 실험이 어쨌다는 거죠?"

"가설이 있는데, 좀 더 검증을 하고 나서 보고드리겠습니다."

뢱은 알겠다고 하며 대화를 끝냈다. 다행이라고 생각하며 몸을 돌리던 연경은 뢱이 혼자 고개를 내젓는 것을 보았다.

연경이 주마등 이야기와 자의적 신경 회로 강화 실험을 엮으면서 생각해낸 가설은 사람이 죽음을 앞두면 어떤 형태로든 기존의 신경 회로를 강화한다는 것이다. 주마등은 검증의 어려움 때문에 과학적 명제로 인정받지 못했다. 하지만 궁지에 몰린 연경은 죽음을 앞두고 순간적으로 신경 회로가 강화되어 흐려진 예전 기억들이 비교적 선명하게 되돌아오는 현상으로 주마등을 해석할 수 있다고 생각했다.

수연은 연경의 가설을 반박했다.

"팀장님, 말씀하신 가설 말인데요."

"네, 실장님. 얘기해봅시다."

"이건 사실 너무 당연한 얘긴데, 신경 회로 강화가 그렇게 순간적으로 일어날 수가 없습니다. 팀장님이 말한 자의적 신경 회로 강화 실험도 피험자들이 실제 신경 회로를 강화하는 데 일주일 정도는 걸렸어요. 물리적으로 봐도 몇 분이나 몇 초 만에 시냅스 구조가 유의미하게 변할 수는 없습니다."

"물론 그렇죠. 그걸 몰라서 세운 가설이 아니에요. 하지만 죽어가는 사람하고 살아 있는 사람은 뇌 활동이 분명히 뭔가 다르단 말이죠. 실장님이 제 가설이 틀렸다고 생각한다면 그보다 좋은 가설이 있어야 돼요."

"사실 팀장님 가설을 듣고 그것을 검증할 시뮬레이션 실험이 하나 생각나긴 했습니다."

"뭘 시뮬레이션하는데요?"

"일단은 건강한 사람의 정신 업로드를 준비합니다. 그리고 컴퓨터가 신경활성패턴을 읽을 때, 신경 회로가 더 강화된 것으로 시뮬레이션하게 만드는 거죠. 신경 회로 강화의 정도는, 자의적 신경 회로 강화 실험에서 사람이 할 수 있었던 가장 큰 규모로 합니다."

"그렇게 해서 컴퓨터가 강화된 신경 회로에서 나타나는 신경활성패턴을 처리하는 데 얼마나 많은 연산량이 필요한지 보자는 건가요?"

"네, 그렇죠."

"하지만 지난번 과부하 때 얼마나 많은 연산량이 필요했는지 모르잖아요. 단지 우리 컴퓨터 연산 능력으로는 모자랐다는 것뿐이고, 당시 100퍼센트의 연산 능력을 쓰고 있었으니 원래 필요한 게 150퍼센트였는지 200퍼센트였는지는 알 수가 없죠."

"그래도 팀장님의 가설이 틀렸다고 사실을 증명하는 경우의 수는 있습니다."

"신경 회로를 강화했는데 우리 컴퓨터가 무리 없이 처리하는 경우군요."

"네. 만약 과부하가 걸리지 않는다면 신경 회로 강화는 컴퓨터한테 별문제가 아니란 걸 알 수 있고, 따라서 우리 고객한테 일어난 일은 뭔가 다른 원인이 있다는 것도 알 수가 있죠."

연경은 자기 가설의 틀림만을 증명할 수 있는 실험 설계가 썩 마음에 들지는 않았다. 그러나 지금은 달리 할 수 있는 일도 없었다.

"실장님이 책임 연구원으로 진행해주시겠어요?"

"물론입니다."

"그런데 실장님 최근에 표정이 많이 밝아지셨네요?"

연경은 수연의 AI우울증이 급격히 완화된 것을 조심스레 언급해보았다.

"네, 무슨 말씀이신지 알아요. 실은 저도 제가 왜 이러나 생각해봤는데, 우리 실험의 실패가 AI우울증과 연관되어 있다는 직감이 듭니다. 이 문제를 해결하면 제 병의 원인도 알 수 있을 것 같아요."

연경은 수연의 느낌에 공감하지는 못했지만, 어쨌든 핵심연구 인력이 돌아온 것은 반가웠다.

급한 대로 준비한 결과, 이번 실험의 대상은 회사 직원이 되었다. 실험의 목표는 직원의 정신을 업로드하는 과정에서 가상 환경에서 신경 회로를 강화하여, 그로부터 발생하는 신경활성패턴을 처리하는 과정에서 컴퓨터에게 과부하가 걸리는지 보는 것이었다. 신경 회로를 강화하는 것 자체에도 연산 능력이 소요되기 때문에 회로 강화만을 전담할 컴퓨터를 병렬로 설치했다.

메인 컴퓨터의 뇌 자극용 출력 장치는 직원에게 직접 연결했고, 뇌스캔 입력 장치는 회로 강화용 컴퓨터에 연결했다. 그 후에는 메인 컴퓨터가 평소처럼 지원자의 신경활성을 위한 일련의 자극을 가하고, 회로 강화 컴퓨터가 일차적으로 지원자의 신경활성패턴을 스캔하고 가상의 뇌신경망에서 해당 패턴에 대응하는 신경 회로를 강화한 다음 신호를 재생하면, 다시 메인 컴퓨터가 가상의 뇌신경망을 스캔해 모든 패턴을 디지털로 저장하는 방식이었다. 이때 메인 컴퓨터는 업로드 완료 후 그 신경활성패턴을 재생할 수 있을지 검증하기 위하여, 패턴을 저장할 때마다 자체 인공신경망에서 그 패턴을 다시 활성화시키는 시뮬레이션을 하도록 설정되었다.

"준비 끝났습니다, 팀장님."

"그래요, 시작하겠습니다."

수연이 보고하자 연경은 실행 버튼을 눌렀다.

업로드 속도는 평소보다 약간 느린 편이었다. 신경 회로가 두 배로 강화되자 원래의 신경활성패턴에서는 끝나는 지점이 되었어야 할 신경 세포에서 신경전달물질이 다시 분비되어 전체 신호의 길이가 길어지는 경우가 발생했다. 그러나 그 정도의 신호 연장으로 컴퓨터가 꺼진다거나 CPU가 타는 일은 벌어지지 않았고, 결국 업로드는 무사히 끝났다.

실험 결과지를 보며 연경은 문호에게 물었다.

"메인 컴퓨터 연산 능력 사용량은 얼마였어요?"

"평상시의 150퍼센트정도지만, 그래봤자 한계 용량의 12퍼센트죠. 과부하가 되기에는 턱도 없습니다."

그 정도의 연산량 증가 패턴이라면 설령 증폭 강도를 몇 배 더 높이더라도 과부하가 될 것 같지는 않았다.

"그래도 가설 하나를 제외하는 성과는 있었습니다, 팀장님."

수연의 위로의 말을 들었는지 못 들었는지 연경은 아무런 답이 없었다. 어서 일을 진행하여 자신의 우울증 원인을 알고 싶었던 수연은, 머쓱해하면서도 어떻게든 한 번 더 연경을 격려하고 위로할 말을 짜냈다.

"가설 검증에 성공했든 실패했든, 결정적이든 사소하든 실험 결과들이 쌓이다 보면 결국 뭔가 한 방향을 가리키지 않을까요? 꼭 명확한 방향이 아니더라도 아무튼 뭔가 힌트를 줄 겁니다. 원래 과학은 축적의 과정이잖아요."

연경은 갑자기 눈을 동그랗게 뜨고 수연을 똑바로 바라봤다. 수연은 자신이 너무 극적으로 말해서 그러는 것인가 했다. 하지만 연경이 수연을 바라본 이유는 그런 것이 아니었다.

"축적. 여러 실험들이 가리키는 어떤 방향."

"네?"

"1000억 개의 신경 세포. 100조 개의 시냅스. 무슨 말인지 알겠어요?"

"아……."

수연이 뭔가 말하려는 순간 뢰이 실험실에 나타났다.

"팀장님, 아까 말씀하신 가설이 혹시 하나의 단순한 신경활성 패턴에도 사실은 직접 그 신호가 통과하지 않는 나머지 시냅스망이 함께 관여하고 있다는 것인가요?"

수연과 연경은 서로 얼굴을 쳐다보았다.

"그러니까 정리하면 이렇게 되는 거죠?"

뤽과 연경, 수연은 사장실에 모였다. 뤽이 물었다.

"지금까지 뇌공학의 기본 전제는 특정한 신경활성패턴은 특정한 정보와 관련이 있다는 것이었어요. 물론 그 전제는 지금도 유효합니다. 다만 그동안 우리는 활성을 보인 것으로 관측되는 신경 세포들만이 그 신경활성패턴에 관여한다고 생각했는데, 사실은 활성이 관측되지 않은 다른 시냅스들도 패턴에 관여하고 있을지도 모른다는 거예요. 맞습니까?"

"네, 사장님. 우린 신경 세포에 나타나는 일정 수치 이상의 전기 신호를 기준으로 신경활성패턴을 관측하고 분석했지만, 사실 그 패턴에는 신호가 흘러가는 신경 세포 말고도 주변의 다른 신경 세포와 시냅스도 영향을 끼칠 수 있습니다. 신경 세포의 전기 신호란 결국 전하를 띤 이온이 세포막을 투과하는 거고, 그런 이온은 모두 뇌척수액에 녹아 있죠. 뇌척수액의 흐름은 당연히 접하고 있는 시냅스의 형태에 영향을 받습니다. 그리고 신경전달물질의 흐름도 영향을 받겠죠."

"하지만 신경활성패턴에 직접 관여하지 않는 각각의 시냅스 형태가 뇌척수액의 흐름에 영향을 끼쳐 신경활성패턴에까지 그 가시적인 결과가 나타난다는 건, 한반도 동해상에서 오징어 어선이 일으킨 파도의 영향으로 미국 서부 연안 유조선이 뒤집어진다는 수준의 얘기가 아닙니까?"

"맞습니다, 사장님. 아마도 우리의 뇌를 설명하는 데에는 카오스 이론이 필요한 거예요. 그리고 컴퓨터가 한 사람 머릿속에 있는 1000억 개 신경 세포와 100조 개 시냅스의 카오스적인 상호 작용을 계산할 수 없으니까 과부하에 걸린 거고요."

"그렇다면 우리가 지금까지 신경활성패턴을 단순하게 인식하는 방법으로 54회나 정신 업로드에 성공한 것은 어떻게 설명하죠? 또 인간형 AI들도 단순 패턴을 기반으로 한 인공신경망회로를 갖고 있는데 인간과 동등한 지능을 가진 것으로 평가받고 있지 않습니까."

"사실 그 부분에 의견이 하나 있습니다."

한동안 두 사람의 대화를 듣고 있던 수연이 끼어들었다.

"그러니까, 우리가 그동안 54회의 업로드에 성공했다거나, 인간형 AI의 지능이 인간과 동등하다거나 하는 얘기 말입니다. 저는 확신할 수 없다고 봅니다. AI와 인간의 차이를 느끼는 사람들이 있고, 그들의 증상은 사회적으로 따로 명명되기까지 했습니다."

예전에 수연의 고백을 들은 연경은 이제 수연이 무슨 말을 하는 것인지 알 수 있었다.

"AI우울증 말씀이시군요."

"네, 팀장님. 그동안 의학계에서는 환자들이 AI가 인간과 너무 똑같아서 우울증에 걸린다고 진단했죠. 하지만 저는 오히려 AI를 대할 때 인간과의 차이가 너무 크게 느껴져서 힘들었습니다. 물론 인간이 아닌 것이야 세상에 수두룩하죠. 그냥 컴퓨터도 있고 동물도 있고요. 하지만 인간형 AI는 인간 흉내를 내고, 심지어 대부분의 사람들이 AI가 인간과 같은 수준으로 행동한다고 여깁니다. 인간의 이성과 감성을 모두 가지고 있단 거죠. 저는 그런 사회 일반의 인식과 제 느낌 사이의 괴리를 못 견딘 것 같습니다. 그리고 저는 우리가 업로드한 54개의 디지털 자아를 볼 때도 같은 괴리를 느꼈습니다."

뤽은 수연의 AI우울증에 대해서 처음 듣는 것이었지만, 잠자코 있었다.

"저는 인간과 AI, 실제 사람과 디지털 자아의 차이가 무엇보다도 일관성의 유무라고 생각합니다. 저뿐 아니라 제가 다니는 AI우울증치료 모임의 동료들이나 자아불일치 지원자들도 비슷한 얘길 했죠. AI나 디지털 자아, 즉 인공신경망의 사고 회로는 일관성이 지나치게 높다는 겁니다. 사실 사람은 객관적으로 주어진 요소가 똑같아도 때에 따라 다른 반응을 보이곤 합니다. 그런데 인공신경망의 사고는 일관됩니다. 물론 특정 인공신경망이 같은 문제에 대해서 때에 따라 다른 선택을 하기도 하지만, 그건 신경 회로 구조에 변화가 있었던 경우죠. 하지만 인간의 경우에는 특정 선택에 직접 관여하는 신경 회로의 변화가 없는데도 변덕이 일어나고요."

"결국 AI의 수준이 인간을 따라잡았다는 우리 생각은 오만이었고, AI우울증 환자들이 그러한 오만을 먼저 눈치챘다는 거군요."

수연은 연경의 말에 대답하지 않았다. 잠깐의 침묵이 감도는 동안 고민하던 뤽이 물었다.

"그런데 그런 모든 시냅스의 카오스적인 관여가 그 전에는 포착되지 않다가 임종하는 사람의 정신을 업로드할 때만 포착된 이유가 뭘까요?"

"당시의 모든 로그가 사라져서 정확히는 모르지만 짐작되는 바는 이렇습니다."

뢰의 질문에 이번에는 연경이 대답했다.

"임종을 앞둔 사람이 신경 신호를 전반적으로 증폭시킨다는 가설은 유지합니다. 다만 저번 실험처럼 갑자기 신경 회로 자체를 강화시키는 게 아니라, 같은 회로에서 더 많은 전위차가 발생하고, 더 많은 신경전달물질이 분비되는 거죠. 물론 그렇게 증폭된 신경 신호에는 직접 전기 신호를 전달하지도 않고 신경전달물질을 받지도 않는 다른 신경 세포와 시냅스들도 관여하죠. 그리고 신호가 증폭되면서 그런 관여의 영향이 가시적으로 나타나 신호에 요동을 만든 겁니다. 그 요동은 평소에도 있었지만 평소에는 너무 작아서 보이지 않다가, 증폭되면서 측정이 된 거죠. 그런데 컴퓨터는 업로드가 끝난 후 고객의 정신을 시뮬레이션하여 디지털상에서 부활시키는 것이 목적이기 때문에 그러한 요동을 단순히 기록만 하고 끝낼 수는 없습니다. 고객의 뇌에서 요동을 만들어낸 부분이 어디인지 파악하고 그 부분에서 요동까지 이어지는 과정을 다시 계산해야 합니다. 그 계산 과정에 수많은 시냅스가 관련되면서 컴퓨터에 과부하를 일으켰다는 게 제 결론입니다."

"그렇다면 우리가 그동안 업로드한 건강한 사람의 정신은 불활성 시냅스의 영향을 무시한 불완전한 것이었다는 말이죠. 임종 직전에 이른 사람의 정신을 스캔할 때는 불활성 시냅스의 영향이 우리 스캐너에까지 직접 나타나기 때문에 온전한 업로드로 볼 수 있는 대신에, 컴퓨터의 연산 능력이 그것을 따라가지 못한다는 거고요. 흥미로운 가설이지만…… 검증할 방법이 있을까요?"

"작은 신경활성패턴에도 전체 신경 세포와 시냅스가 관여한다는 전제를 컴퓨터에 입력하고 그 전제에 따라 정신 업로드를 시도해서 과부하가 발생하는지 볼 수는 있습니다."

"하지만 그 경우에는 과부하가 발생하더라도 그게 과연 정신 업로드에 실패한 것과 같은 원인인지는 알 수 없죠. 무조건 과부하를 일으키는 게 목적이라면 모든 계산을 할 때마다 의미는 없지만 1만 번씩 반복하라는 조건으로 가능하지 않습니까."

"네, 그래서 전체 신경 세포·시냅스 관여 프로그램을 고객의 경우와 비교할 방법을 고민 중이죠."

"결국 고객의 정신을 업로드했을 당시의 소프트웨어 로그가 하나도 없는 게 문제군요."

자리로 돌아온 연경은 문호를 찾아 뤽, 수연과 함께 세운 가설을 설명했다.

"이 가설을 검증하는 데 하드웨어 로그를 써볼 수 있을까요?"

"네, 가능할 것 같습니다."

"그런데 하드웨어 로그만으로는 컴퓨터가 무슨 연산을 했는지 모르잖아요. 그리고 연산량 부하가 계속 100퍼센트였으니 실제 필요했던 연산량이 100퍼센트를 초과해서 몇 퍼센트에 달했는지 알 수도 없고요."

"우선 설명드리자면, 컴퓨터의 연산 자원이 100퍼센트 활용됐더라도, 작업 내내 100퍼센트로 유지되진 않습니다. 일단 처음 작업을 시작해서 100퍼센트에 달할 때까지의 그래프가 있고, 또 100퍼센트에 달하고서도 간헐적으로 95퍼센트 정도까지 내려올 때가 있습니다. 작업용 메모리에 데이터를 로드하고 연산 이후 다시 저장용 메모리로 내보내는 과정 등에서 그런 일이 생기죠. 그러니 100퍼센트 이하로 내려오는 빈도나 패턴도 특정한 연산 작업의 특징으로 볼 수 있습니다."

"그런 그래프 패턴을 이용해서 실제 필요했던 연산 작업량이 얼마인지 계산할 수 있단 말인가요?"

"그건 어렵습니다. 하지만 비슷한 작업을 다시 시도해보고 그때의 연산 자원 사용량 그래프 패턴을 분석해서 고객의 정신을 업로드할 때의 그래프 패턴과 비교해볼 수는 있습니다. 그 패턴이 일치한다면 서로 비슷한 연산량을 요구한다고 추측할 수 있고요."

신나게 떠드는 문호를 보며 연경은 그가 평소에도 대체 어떻게 하드웨어 로그를 사용해서 문제를 풀 수 있을지 고민하고 있었다는 것을 깨달았다. 결국 연경은 문호를 실험 책임자로 하여 전체 시냅스·신경 세포 관여 프로그램을 실행하고 그 연산 자원 사용 패턴을 기록하여 고객 정신 업로드 당시의 패턴과 비교해보기로 했다.

연경은 또 다른 가설 설계자인 수연에게도 역할을 기대하고 쳐다보았지만 수연은 누구와도 눈을 마주치지 않겠다는 듯 고개를 숙이고 있었다.

　얼마 후 연구진은 실험 결과 앞에 실망한 채 서 있었다. 가설은 검증되었지만, 사람의 정신을 업로드하는 기계를 개발한다는 회사의 목적은 달성 불가능해 보였다.

　연구진은 전체 시냅스·신경 관여 프로그램을 실행했을 때 연산 자원 사용량이 100퍼센트로 올라갈 때까지의 그래프의 형태, 100퍼센트로 올라간 이후 간헐적으로 100퍼센트 미만으로 내려오는 빈도와 패턴이 고객 정신 업로드를 실시했을 때와 일치하는 것을 확인했다. 문제가 뭔지는 알았지만 해결 방법을 찾는 게 문제였다. 현대 뇌공학 분야에서 시냅스 연결의 강도와 형태는 일반적으로 각각 50단계와 50가지로 분류하여, 시냅스마다 2500개의 경우의 수가 있었다. 한 사람의 뇌에 있는 시냅스는 대략적으로 100조 개이므로, 존재하는 시냅스의 경우의 수만 25경(京)이었다. 그리고 그 시냅스들이 모두 독립적으로 각각의 신경 신호에 영향을 끼치는 것이 아니라 100조 개 시냅스 상호 간의 작용도 있었으므로, 컴퓨터가 하나의 신경 신호당 연산해야 하는 경우의 수를 세려면 수만 해(垓)를 넘어 모두에게 생소한 한자가 등장해야 했다. 문호의 추산으로는 현존하는 인류의 어떤 컴퓨터로도 그런 연산을 해낼 수 없었다.

　수연은 모니터를 쳐다보면서 울상을 짓다가 연구실을 나갔고, 연경은 그 모습을 보며 동정심을 느꼈다. 그러나 그와 함께 문제의식도 따라왔다. 이번 실험 결과에 따르면 회사의 목표 달성이 어렵다는 것은 알았다. 그래도 가설을 검증한 것은 좋은 일이었고, 더구나 그 내용은 적어도 학계에서는 엄청난 반향을 일으킬 것이었다. 연경은 뭐가 문제인지 알면 반드시 해결 방법도 찾을 수 있다고 생각하는 쪽이었다. 새로운 문제가 던져진 상황에 연구실장이 저 모양이어서는 곤란했다. 연경은 수연을 뒤쫓아 나갔다.

수연은 긴 계단을 올라가며 기묘한 생각에 빠져 있었다. 사람들은 자기들이 개발한 AI가 인간의 지성을 쫓아왔다고 생각했고, 이제 인간의 지성 자체를 디지털화할 수도 있다고 믿었다. 그리고 그 믿음이 터무니없는 것이었음을 수연은 다른 연구진과 함께 증명해냈다. 사실 수연은 오래전부터 사람들의 생각이 틀렸음을 직관적으로 알고, 그에 대해서 고민했다. 그러나 고민하는 수연에게는 오히려 환자라는 꼬리표가 붙었다. 수연만이 아니라 어떤 방법으로든 그 모순을 느낀 사람들은 모두 우울증 환자라고 불려왔다. 만약 사회가 그토록 성급하게 병으로 규정하지 않았다면 AI우울증을 앓다가 자살한 사람도 훨씬 적었을 것이다. 부당한 일이었다.

그렇다면 그 부당함을 밝히는 것이 먼저겠지만, 그 일은 수연이 아니어도 회사가 할 것이다. 수연이 할 수 있는 일은 이제 모두 끝났다. 인간의 정신을 컴퓨터에 업로드한다는 시도는 불가능한 것으로 밝혀졌다.

정처 없이 비상계단을 오르던 수연은 어느새 옥상 문 앞에 와 있었다. 어쩌면 여기가 처음부터 목적지였는지도 몰랐다. 문을 열고 나간 옥상에서 보이는 하늘은 미세먼지 때문에 뿌연 색을 띠었다. 옥상 공간은 정원으로 꾸며져 있었다. 난간은 사람 가슴 높이까지 올라오고 50센티미터 정도의 너비로 두껍게 마감된 철판 구조였다. 한 번에 난간 위로 올라가기는 어려웠지만, 주변에 있는 나뭇가지를 잘 밟으면 몸을 걸칠 수 있을 것 같았다. 수연은 애써 난간 위로 올라가 모서리 쪽에 앉아 먼 곳을 내다보았다. 아니, 내다보려 했지만 미세먼지 때문에 실제 시야는 매우 제한되었다. 답답함을 해소할 길이 없었다.

"실장님!"

목소리에 수연이 고개를 돌리자 연경이 있었다.

"실장님, 지금 뭐 하시는 거예요."

연경은 놀람을 가라앉히며 최대한 침착하게 말하려 했다.

"죄송합니다, 팀장님."

수연은 고개를 들어 뿌연 하늘을 바라보며 말했다.

"뭐가 죄송한지 모르겠지만 아무튼 빨리 내려오세요."

"죄송한데, 너무 억울해요."

"뭐, 뭐가 억울한데요?"

연경은 계속 수연과 대화를 이어가면서 천천히 수연을 향해 걸어가고 있었다. 그와 동시에 각막에 설치된 AI 인터에 신호하여 긴급 전화로 구조 요청을 보냈다.

"그동안 환자 취급을 받은 거요. 아니, 사실 환자가 맞기는 맞죠. 사람들의 착각 때문에 제가 환자가 된 것 자체가 억울해요.

사실은 제 잘못이 아니었잖아요."

"그럼요, 당연하죠. 실장님의 생각이 맞았어요."

"이제 제가 맞았다는 걸 알았으니 됐습니다."

수연이 천천히 몸을 일으킬 때 연경은 수연의 바로 뒤에 와 있었다. 키가 큰 편인 연경은 바로 수연의 정강이를 잡아챌 수도 있을 것 같았다. 하지만 그러다가 수연이 균형을 잃어 반대편으로 넘어지면 오히려 큰일이었다. 고민하던 연경은 자신도 근처의 나뭇가지를 밟고 난간 위에 발을 올렸다. 수연은 연경과 눈을 마주치고는 놀라 소리쳤다.

"아니, 팀장님. 위험하게 뭐 하시는 거예요?"

연경은 기가 막혔지만 수연이 정신을 차린다는 생각이 들었다.

"그러는 실장님은요. 자, 어서 내려가요."

연경이 자신을 잡으러 난간 위까지 올라온 것을 보자 수연은 당황스러운 동시에 기분이 조금 나아지기도 했다. 다시 보니 하늘도 생각보다 맑고 시야까지 넓어진 것 같았다. 수연은 연경과 함께 내려가기로 했다.

그 순간, 갑자기 거센 바람이 불었다. 수연이 바깥쪽으로 휘청했다. 연경은 한 발을 나뭇가지에, 한 발을 난간 위에 올린 채로 가까스로 넘어지는 수연의 왼손을 양손으로 잡았다. 그러나 연경의 애매한 무게중심으로는 이미 난간 끝에서 몸이 기울어진 수연의 몸을 잡아당길 수 없었다. 연경은 남은 발도 난간에 올리고 무릎을 최대한 굽혀 주저앉다시피 하며 수연의 몸을 끌어당겼다. 한동안 팽팽하게 당겨지던 수연의 몸은 갑자기 안쪽으로 무너졌다. 연경도 뒤로 나동그라지면서 충격으로 오른쪽으로 몸이 굴렀다. 난간의 반대 방향이었다. 연경은 그대로 5층 아래의 테라스 정원으로 떨어졌다.

연구소 관리 안드로이드 A는 고급 옵션을 다 갖추고 있었고, 그중에는 의료 기능도 있었다. A는 연경이 아직은 살아 있으나 길어야 한 시간 이내에 심장이 멈출 것으로 진단했다. 외력에 의한 다발성 장기부전이었다. 병원으로 옮겨도 별로 달라지는 것이 없을 거라는 설명이었고, 실제로 병원 AI의 의료 프로그램이 A의 것과 다르지 않았다. 뤽은 즉시 연경의 가족에게 연락할 것을 지시했고, A에게 할 수 있는 모든 조치를 하라고 했다. 그리고 별로 달라질 것이 없더라도 우선은 병원으로 옮기는 게 좋겠다고 말하려던 참이었다.

"저, 사장님."

수연이 어두운 얼굴로 말을 꺼내자 뤽은 단호하게 말을 잘랐다.

"지금 책임 소재로 대화할 때가 아닙니다."

"아뇨, 그런 게 아니라, 팀장님을 살릴 방법이 있을 것 같습니다."

뤽은 의사도 아닌 수연이 그런 말을 하는 것에 어이가 없었지만, 다른 방법이 없으니 우선 말을 들어보기로 했다.

"지난번 정신 업로드가 실패한 건 컴퓨터의 연산 능력이 우리 두뇌의 작용을 따라올 수 없어서였죠. 그리고 두뇌의 작용 전체를 연산할 만한 컴퓨터는 없고요."

"네, 맞습니다."

"그렇다면 두뇌의 작용, 그러니까 특정 신경활성패턴을 보이게 만드는 나머지 시냅스의 영향을 계산하지 말고, 단순히 측정된 패턴만 복사하면 어떨까요?"

"그걸 계산하지 않으면 컴퓨터의 시뮬레이션으로 나중에 정신을 재생하는 것이 불가능합니다."

"맞습니다. 그러니까 재생할 때도 모든 시냅스의 작용을 시뮬레이션하는 게 아니라, 그냥 단순하게 그때 주어진 패턴의 결괏값만 재생하면 되죠."

"그렇게 한 결과가 실제 인간의 정신과 다르다는 게 실장님의 결론 아니었나요?"

"컴퓨터로 모든 시냅스의 작용을 시뮬레이션할 수는 없다고 했잖아요. 그럼 가상 환경에서 시뮬레이션을 돌리는 게 아니라, 실제로 모든 시냅스가 직접 작용하는 환경에 정신을 업로드하면 되지 않을까요?"

"설마 1000억 개의 신경 세포를 하드웨어로 만들자는 건가요? 맙소사. 그건 시뮬레이션용 컴퓨터보다 더 만들기 힘들 겁니다. 그리고 무엇보다도 팀장님에게는 시간이 없어요."

"아뇨, 그런 하드웨어는 이미 있습니다."

수연은 뤽을 똑바로 바라보았다. 잠시 후 수연의 말뜻을 깨달은 뤽은 입을 벌렸다. 수연은 1000억 개의 신경 세포를 똑같이 따라 만든 것이 아닌, 진짜 1000억 개의 신경 세포, 즉 인간의 뇌를 이야기하고 있었다. 잠시 당황하던 뤽은 겨우 입을 다시 다물었다가 떼었다.

"아, 아니······ 이론적으로는 가능한 얘기긴 한데······ 실제 어떤 결과가 발생할지 아무도 모르지 않습니까."

"하지만 가만히 있으면 팀장님은 죽습니다. 무슨 나쁜 일이 생겨도 지금보다 나빠질 일은 없어요. 무슨 위험이 있을지 모르지만 애초에 이 일은 제 책임이니까 제가 감수할 겁니다."

"그런데 실장님의 신경망 구조 자체가 팀장님과 다를 거 아니에요. 모든 시냅스의 영향을 시뮬레이션할 필요가 없다는 건 맞지만 서로 완전히 다른 뇌끼리 신경활성패턴을 복제하는 것이 불가능할 텐데요?"

"서로 강화된 신경 회로의 패턴은 다르겠지만, 사실 시냅스가 100조 개란 건 거의 무한하단 얘깁니다. 팀장님의 특정한 신경활성패턴을 제 뇌가 똑같이 따라 하지는 못해도 근방의 시냅스와 신경 세포를 이용하여 매우 근사하게 따라 할 수는 있을 거예요. 적어도 컴퓨터보다는 나을 겁니다. 모든 시냅스의 카오스적인 영향에 따른 인간 특유의 비일관성도 재현될 거고요."

"일관성이 결여된다는 측면에서만 본다면 카오스적인 영향이 재현된다고 말할 수도 있지만, 팀장님의 모든 시냅스의 모양과 실장님의 모든 시냅스의 모양이 다르니 같은 기본 신호가 주어지더라도 카오스적인 영향의 결과 자체는 달라지지 않을까요."

"그렇긴 하겠죠. 하지만 팀장님을 이대로 죽게 만드는 것보단 불완전한 업로드 시도라도 해보는 게 낫다고 생각합니다."

뤽은 고심 끝에 연경의 정신을 수연의 뇌에 업로드하는 것에 동의했다. 어느새 수연은 연경의 정신을 다운로드하기 위해 연결띠를 머리에 끼고 있었다. 그러나 이를 위한 장치 설계를 부탁하자 문호가 반문했다.

"그런데 팀장님 동의는 얻으신 건가요?"

"아시다시피 팀장님은 지금 의식이 없어서……."

"저라면 제 의식이 없다고 마음대로 제 정신을 다른 사람 몸에 집어넣는 건 싫을 겁니다."

"하지만 이대로 있다가는 팀장님은 그냥 죽는단 말입니다. 일단 살려놓고 나중에 물어보든가요."

"아뇨, 아무리 그래도 저는 팀장님 동의 없이 그런 일은 못 합니다."

수연은 마음이 급했다. 이미 A가 말한 한 시간의 생존 시간 중 30분이 넘게 지나 있었다.

"우리의 뇌스캔 기술로 팀장님의 의사를 확인해보죠."

수연이 마지막으로 말했다. 고집부리던 문호도 그 선에서 타협하기로 했다. 문호는 이미 연경의 머리에 씌워진 연결띠를 조심스럽게 조정하고는, 정신 업로드에 관한 관념으로 먼저 연경을 자극하고, '타인의 뇌에 정신을 업로드한다'라는 명제를 제시했다. 다행히도 신체적으로 어떤 반응도 보이지 못하던 연경은 연결띠를 통해서는 미약하나마 반응을 보였다. 먼저 연경의 두 뇌에서 위와 같은 명제를 인식한 것으로 해석되는 신경활성패턴이 나타나자, 이번에는 '연경의 정신을 수연의 뇌에 업로드한다'라는 명제를 제시했다. 다시 한번 연경이 그 명제를 인식했다. 이

제 질문할 차례였다. '당신은 당신의 정신을 수연의 뇌에 업로드하는 데 동의하십니까?'

기묘한 동거 제안이었다.

D+302.

수연은 자기가 사는 곳을 좋아했지만 완벽하다고는 생각하지 않았다. 반년 전에 급하게 집을 고른 것이 두고두고 아쉬웠다. 오늘도 역시 수연은 한여름 햇빛이 창문으로 들어오는 각도가 지나치게 높다고 생각했다.

그 점을 제외하면 완벽한 집이었다. 남쪽을 향한 통유리창 너머로는 야트막한 언덕으로 둘러싸인 호수가 보였고, 그 호수에는 새하얀 구름 몇 조각이 파란 하늘을 배경으로 비치고 있었다. 집에서 더 선명하게 풍경을 보고 싶다면 2층 테라스에 나가면 되었다. 풍경에 술 한잔을 곁들이고 싶다면 정원에는 진짜 흙을 파서 만든 와인 저장고가 있었고, 자가 헬기로 10분 거리인 마트에는 모든 생필품이 있었다. 이 모든 것이 군사용으로나 쓰이는 첨단 양자회로 AI 시스템 아래 있다는 것은 말할 것도 없었다. 물론 수연이 제일 좋아한 것은 20단 책장과 레일을 따라 움직이는 사다리가 있는 큰 서재였다.

수연이 창문 앞에서 서재 쪽으로 발을 돌리려 할 때, 연경이 말하는 것 같은 느낌이 들었다.

'전 호수가 더 보고 싶어요.'

수연은 연경의 얼굴을 보거나 목소리를 들을 수 없었다. 차가

워진 연경의 육체는 호숫가 봉분 아래 묻혀 있었다. 그래도 수연은 연경과 대화하고 있었다.

'햇볕이 너무 뜨겁지 않으세요?'

'이렇게 해가 높을 때만 볼 수 있는 게 있거든요.'

수연에게도 연경이 말하는 것이 보이는 것 같았다. 호수 한가운데서 약간 동쪽에 뭔가 반짝이고 있었다.

'저게 뭐예요?'

'저도 몰라요. 언젠가 한번 가보려고요.'

'왜요, 그냥 지금 저한테 가보라고 하셔도 될 텐데?'

'제가 원래 수영을 좀 했거든요. 언젠가 제가 몸을 잘 다루게 되면 수영해서 가고 싶어요.'

'알겠습니다, 팀장님.'

정신 업로드는 성공이었다. 하나의 두뇌에 두 개의 정신이 평화롭게 공존할 수 있음이 밝혀졌다. 많은 사람이 그 기괴한 발상에 거부감을 표했지만, 처음부터 회사가 상정한 고객은 대중이 아니었다. 사람의 뇌를 타인의 정신 업로드 매체로 제공한다는 윤리적 질문을 두고 회사는 많은 고민을 했고, 그들이 마련한 답은 '경제적 동기 또는 제삼자와의 관계와 무관하게, 충분한 숙려 끝에 진심으로 자기 뇌를 다른 사람 정신의 업로드 매체로 제공할 준비가 된 사람'에게만 서비스를 제공한다는 정책이었다. 지원자가 정말로 그러한 의도를 가졌는지에 대한 판단에는 뇌스캔 컴퓨터를 이용했다. 물론 동일한 인격체가 두 곳에 존재하게 하지 않는다는 원칙에 따라, 임종에 임박한 사람에게만 업로드가 허용됐다.

극소수의 사람들이 거액의 돈을 내고 정신 업로드-다운로드를 했다. 수연에게는 가끔 그런 이야기가 들려왔다. 화가의 정신을 음악가의 두뇌에 업로드하여 새로운 예술 매체의 개발을 시도하고 있다든가, 어느 사업가가 자신의 두뇌에 다른 기술자의 정신을 다운로드하고 싶어 했지만, 경제적 동기로는 안 된다는 회사의 방침 때문에 아쉬워하더라는 식의 이야기가. 어떤 연인은 하나의 뇌에 동거하게 된 이후 두 개의 몸으로는 결코 느낄 수 없던 정신과 육체가 동시에 하나 되는 쾌락을 사람들에게 설파하고 다닌다고도 했다. 수연과 연경을 비롯한 여러 사람에게 많은 흥미로운 일이 일어났다.

이제 수연과 연경은 일종의 요양 생활을 하는 중이었다. 회사는 그동안의 연구 실적 및 최종 실험에 자원한 대가로 수연과 연경에게 조건 없는 경제적 지원을 약속했다. 덕분에 생활에는 어려움이 없었지만 그들에게는 동거를 결정하기에 앞서 숙고할 시간이 없었다. 두 정신이 평화롭게 공존할 수 있다는 것은 어디까지나 기술적인 차원의 이야기였지 두 사람 사이에는 많은 마찰이 있었고, 다른 일에 신경 쓰지 않고 그것만 조정할 시간이 필요했다.

최근 두 사람의 과제는 하나의 뇌안에서 상대방에게 인식되지 않는 자기만의 기억, 즉 사생활을 만드는 것이었다. 현재까지는 한쪽이 상대방의 인지와 사고를 전혀 읽지 않겠다고 결심해야 가능한 수준이었지만 연구는 계속되었다. 두 사람 다 뇌공학자인 것이 다행이었다.

인간 정신의 방대함은 인간들에게 그들이 꿈꿔온 방식의 영생을 허락하지 않았다. 하지만 그러한 정신이 없었다면 영생을 꿈꾸지도 못했을 것이다. 수연과 연경은 인간의 정신을 인간의 기술로 이해하기 어렵다는 절망에 빠지는 대신, 계속해서 자신들이 할 수 있는 선에서 그에 대해 사유하고 행동하기로 했다. 그것이 그들의 정신이 작용하는 방식이었다.

미래의 죽음

안리준 ─────────────────────────────

감춰진 세계에는 완전한 질서가 있다고 믿는다.

잘 돌아가던 전자레인지가 갑자기 멈췄다. 내 머릿속에 든 생각은 딱 하나였다. 내가 고칠 수 있는 영역인가 아닌가. 하드웨어의 문제라면 내 영역 밖이고 소프트웨어의 문제라면 어떻게든 해볼 수 있었다. 전동 드라이버를 들고서 전자레인지 뒤판을 고정하는 나사를 풀었다. 나를 지켜보던 미래가 한숨을 내쉬며 말했다.

"그거 AS 기간 남았어."

미래는 주방 서랍장을 뒤져 품질보증서를 꺼내 왔다.

"더 망가뜨리지 말고."

나는 대꾸하지 않고 하던 일을 계속했다. 미래는 무어라 더 말하려다가 말고는 커피포트의 전원을 켰다.

후배에게서 전화가 걸려 온 건 전자레인지 컨트롤 패널의 조잡한 뒷면을 들여다보고 있을 때였다. 후배는 형식적인 안부 인사도 없이 대뜸 자신이 이번에 개발한 프로그램의 오류를 잡아

달라고 부탁했다. 아무리 살펴봐도 도무지 오류가 생기는 이유를 알 수 없다면서. 내 기억에 후배는 좀체 당황하는 일이 없었다. 그런 그가 이토록 다급한 목소리를 내는 것을 듣자 호기심이 일었다. 몸 구석구석이 근질근질해지는 기분이었다. 그렇다고 후배의 부탁을 선뜻 받아들일 순 없었다. 심심풀이로 개발한 애플리케이션이 운 좋게 대박을 터뜨린 후 회사에 사표를 내고 지방 소도시로 내려와 산 지도 어언 5년이 넘었다. 그동안 프로그래밍에 손댄 적이라고는 애플리케이션의 시스템을 몇 차례 업데이트했을 때뿐이었다. 내게 과연 현역 때 실력이 남아 있을까. 확신할 수 없었다. 괜히 체면만 구기는 게 아닐지 걱정부터 되었다. 하지만 한때 내가 끼고 가르치다시피 했던 놈이 울며불며 매달리니 차마 거절할 수가 없었다.

후배는 자신이 이번에 개발을 주도한 게임에 캐릭터들이 능동적으로 움직이는 프로세스를 적용했다고 말했다. 인공지능 언어인 PROLOG를 변형하여 활용한 것인데, 그는 그걸 '자기 결정 프로세스'라고 불렀다. 물론 말이 자기 결정이지 결국에는 프로그래머가 짜놓은 명령어대로 움직이는 것뿐이었다. 하지만 유저들 입장에서는 캐릭터가 스스로 자기 행동을 결정한다고 착각할 만큼 세련된 프로세스였다. 문제는 캐릭터가 자기 결정을 하는 과정에서 드문 확률로 오류가 발생한다는 점이었다. 베타 테스트 과정에서 그 문제가 발견되었는데 내가 오류의 양상을 묻자 그는 캐릭터가 갑자기 동작을 멈춘다고 말했다.

"다른 건 다 멀쩡한데 딱 그 캐릭터만 멈춰요. 이런 경우는 저도 처음이에요."

　떠밀리다시피 일을 맡긴 했으나 막상 작업에 착수하자 이내 은근한 즐거움에 빠져들었다. 아무래도 오류라는 말이 그간 잊고 있던 욕구를 자극한 모양이었다. 한창 프로그래머로 일할 때 내가 가장 희열을 느꼈던 건 프로그램의 오류를 잡아내는 일이었다. 디버깅에서만큼은 누구보다 뛰어나다고 자부했었다. 심지어 내가 개발에 참여하지 않은 타 회사 프로그램에 문제가 생겼을 때도 종종 내게 수정 의뢰가 들어오곤 했다.

　하지만 후배의 프로그램에서는 도무지 오류의 원인을 찾아낼 수 없었다. 후배는 어디 가서 내가 가르쳤다고 자랑이라도 하고 싶을 만큼 완벽한 프로그램으로 짜놓았다. 디버거로는 당연히 오류가 잡히지 않았고, 논리적 모듈과 물리적 모듈에서도 아무런 문제도 발견할 수 없었다. 알고리즘 역시 완벽했다. 거의 아름답다고 할 수 있을 정도였다. 후배에게 전화를 걸어 진짜로 오류가 발생하긴 한 거냐고 묻지 않을 수 없었다. 후배는 한숨을 내쉬며 말했다.

　"선배라면 찾을 수 있을 거라고 생각했는데……."

　전화를 끊으며 자괴감에 휩싸였다. 내 실력이 녹슬었다고 생각하니 폭삭 늙어버린 기분이었다. 몸속에 수십만 개의 버그가 득실거리는 것만 같아 잠도 잘 오지 않았다. 그때부터였다. 몇 날 며칠 후배가 보내온 프로그램의 소스 코드만 들여다본 것이. 거기 어딘가에 도사리고 있을 오류를, 아주 작아서 거의 눈에 띄지 않을 것이 분명한 벌레를 찾아내야 했다. 찾아서 밟아 죽이고 싶었다. 하지만 아무리 애를 써도 찾아낼 수가 없었다. 대체 왜 멈추는 걸까. 아무리 복잡해 보여도 결국에는 yes와 no 중 하나를 무한히 반복해서 선택하는 코드일 뿐인데 대체 왜.

화면보호기가 작동되었다. 검은 바탕 위로 나타난 색색의 선이 저들끼리 얽히며 둥둥 떠다녔다. 그걸 보고 있자니 0과 1 사이에 끼인 벌레 한 마리의 이미지가 머릿속을 가득 채웠다. 벌레는 압정처럼 내 뇌에 박혀 있었다. 방향성 없이 떠돌던 그것의 눈동자가 슬며시 내 쪽을 향하자 뇌 표면의 고랑에 가려서 보이지 않던 수십 개의 다리가 불현듯 인식되었다. 벌레는 꿈틀대며 움직이려 하고 있었다. 바로 그 순간, 모니터 한가운데를 실낱같은 선 하나가 횡으로 가르듯 번뜩이더니 머릿속에 어떤 영상이 펼쳐졌다.

염불을 외는 것만 같은 낮은 웅성거림 속에서 검은 옷들이 분주히 움직이고 있었다. 코끝에 진한 향냄새가 밀려들었고, 백합이 줄을 선 듯 가지런히 놓인 제단 아래로 구릿빛 향로가 보였다. 향이 세 개 꽂혀 있었고, 그중 가장 긴 향의 끄트머리는 회색으로 탈색돼 있었다. 그것이 가루가 되며 무너져 내리자 위로 피어오르던 연기가 잠시 흔들렸다. 연기가 향하는 곳에 한 여자의 영정 사진이 놓여 있었다. 미래였다. 결혼 10주년을 기념하여 함께 갔던 한 휴양지에서 내가 직접 찍은 사진이었다. 그 사실을 인식하자 돌연 분향실 밖에서 들리던 웅성거림이 선명해졌다.

누군가 내 앞으로 성큼 다가오더니 덥석 손을 잡았다. 가만 보니 결혼식 때 딱 한 번 보았을 뿐인 미래의 먼 친척이었다. 그 나이 든 친척은 아무 말 없이 그저 내 손을 쓰다듬어주었다. 위로해주려는 게 분명했지만 이상하게도 하나도 위로가 되지 않았다.

얼마 지나지 않아 절친한 친구인 P가 찾아왔다. P는 옷차림을 제대로 갖추지 못한 채 침울한 표정으로 분향실로 들어왔다. 제단을 향해 두 번 절을 올린 그가 이내 나와 마주 보고 섰다. 사실이때만 해도 슬픔이 그리 크지 않았다. 그런데 맞절하려고 바닥에 무릎을 꿇으려는 순간 곧 눈물이 터져 나올 거라는 걸 예감했다. 아니나 다를까 무릎이 바닥에 닿자마자 눈물이 눈가에 맺힐새도 없이 뜨겁게 쏟아져 나왔다. 나는 양 손바닥을 바닥에 붙인채 그 사이에 고개를 박고서 울었다. 그런 나를 향해 P가 무릎걸음으로 기어왔다. 우리는 한 덩어리가 된 듯 포개져서 함께 흐느꼈다.

그 순간 영상이 끝났다. 영상 속에서 느낀 슬픔이 어찌나 생생했던지 영상 밖 내 눈에서도 눈물이 흘러내리고 있었다. 나는 생에 단 한 번도 느껴본 적 없는 거대한 비감에 빠진 채 소리쳐 미래를 부르려 했다. 하지만 목이 잠겨 소리를 낼 수가 없었다. 베란다 쪽에서 미래가 화초에 물 주는 소리가 들려왔다.

미래는 내 이야기를 대수롭지 않게 받아들였다. 내가 낮잠에 빠져 꿈을 꾼 것으로 생각하는 모양이었다.

"뭐야, 내가 빨리 죽었으면 좋겠어?"

그렇게 말하며 미래는 실소를 터뜨렸다. 영영 못 볼 줄 알았던 미래의 웃는 모습을 보자 또다시 눈물이 터져 나왔다. 진짜였어,

진짜 같았다고, 진짜였다니까, 라고 중얼거리는 나를 미래가 놀라며 안아주었다.

평소라면 나 역시 그저 나쁜 꿈을 꾼 것이라고 생각했을 것이다. 그게 소위 이성적인 판단일 테고, 그 관점에서 보자면 나는 비이성적인 상태라고 할 수 있었다. 하지만 실제로는 그 반대였다. 나는 그 어느 때보다도 이성적으로 사고하려고 노력했다. 나라고 내가 본 장면이 한낱 꿈이었다며 부정하고 싶지 않았겠는가. 하지만 도저히 그럴 수가 없었다. 내게는 그 영상이 하나의 체험으로 다가왔다. 뭇 종교에서 성스러운 체험이라고 하는 게 이런 걸 두고 하는 말일까. 내가 본 영상은 정말이지 놀랍도록 생생했다. 나는 내가 본 걸, 아니 체험한 걸 믿지 않을 수 없었다. 눈앞에 놓인 잔을 들어 물을 마셨는데 누가 옆에서 '아니야, 넌 물을 마시지 않았어. 잠깐 졸았고 그사이 물을 마시는 꿈을 꾼 것뿐이야'라고 말한다고 해서 그의 말을 믿을 순 없는 노릇이었다. 손에 남은 잔의 감촉과 잠시나마 식도를 차갑게 한 물의 존재를 믿는 게 훨씬 더 자연스러운 일이었다. 내가 겪은 일이 정확히 그랬다.

나는 미래가 죽고 말 것이라고 믿게 되었다.

물론 미래는 언젠가는 분명 죽을 것이다. 그것이 모든 인간의 숙명이므로. 문제는 그 순간이 머지않았다는 데 있었다. 나는 그 사실을 거의 확신했는데, 그건 본능적인 생체 감각 때문이었다. 어제의 몸과 오늘의 몸이 크게 다르지 않다는 건 설명하지 않아도 자연히 아는 일이다. 마찬가지로 장례를 치르는 내 몸과 현실의 내 몸 사이에는 육체의 피로도만 조금 다를 뿐 생체적으로 별 차이가 느껴지지 않았다. 길어야 한두 달. 그것이 내가 어림잡은 시간이었다.

한동안 아무것도 하지 못한 채 슬픔에 빠져 허우적댔다. 미래의 사소한 행동 하나하나가 내 가슴을 미어지게 했기 때문이다. 나는 그 몸짓들을 조만간 볼 수 없게 될 것이라는 강한 예감에 휩싸였고, 그럴 때마다 울었다.

미래는 내게 갱년기가 찾아왔다고 생각한 모양이었다. 나는 이제 갓 마흔 중반에 접어들었을 뿐인데. 어느 날 미래가 몰래 갱년기 남성용 영양제를 사다 냉장고 옆 선반의 가장 깊숙한 곳에 둔 사실을 알게 되었다. 내 자존심을 지켜줄 생각에서인지 아직은 숨겨두고 있지만 시도 때도 없이 우는 나를 품에 안고 토닥이는데 질리면 언제든 약통을 꺼내 내 눈이 닿는 곳에 둘 수 있었다. 어쩌면 자기보다 열 살이나 많은 나와 결혼하기로 마음먹었을 때부터 머지않아 이런 상황이 벌어질 것을 예상하고 만반의 준비를 해왔던 것인지도 몰랐다.

미래가 틀렸다는 것을 증명하기 위해서라도 그만 슬픔에서 빠져나와야 했다. 감정을 추스르고 나자 곧 내가 그 영상을 보게 된 데 어떠한 이유가 있을 거라는 생각에 사로잡혔다. 미래의 죽음을 막게 하려는 어떤 거대한 힘 안에 속한 기분이 들기까지 했다.

죽음에 대한 단서가 영상 속에 있을지도 모른다.

나는 영상의 내용을 찬찬히 되짚어보기로 했다. 놀랍게도 그렇게 생각하자마자 영상이 머릿속에 고스란히 떠올랐다. 마치 내 뇌가 하드디스크나 블랙박스이고 내 몸은 재생 장치라도 되는 것만 같았다. 나는 내가 원할 때면 언제든지 그때의 영상을 머릿속에서 꺼내서 재생할 수 있다는 사실을 알게 되었다. 영상이 선사하는 온전한 체험의 감각 역시 마찬가지였다. 나는 되도록 내 방 컴퓨터 앞에 앉아서 영상을 재생했다. 컴퓨터 모니터를 보고 있는 것처럼 보이기 위해서였다. 그렇게 영상을 반복해서 보는 동안 미래의 죽음이 머지않은 시기에 벌어질 일이라는 걸 점점 더 확신하게 되었다. 머릿속에 자연스레 다음과 같은 문장이 떠올랐다.

아직 일어나지는 않았으나 겪은 일.

나는 이 모순된 문장 앞에서 도망칠 수 없었다. 겪은 일과 겪을 일 사이에 갇혀버린 셈이었다.

컴퓨터 앞에 앉아서 일하는 척하며 머릿속으로는 내내 영상을 재생시켰다. 어떻게든 사망일과 사망 원인을 알아내야만 했다. 그 두 가지만 알아낸다면 죽음을 막을 수 있을 것 같았다. 하지만 영상을 아무리 봐도 날짜를 알 수 없었다. 조문실 어디에도 달력은 걸려 있지 않았고, 날짜를 확인하기에 제일 적합한 물건인 핸드폰 역시 보이지 않았다.

사망일을 알아낼 수 없다면 사망 원인이라도 알아내면 좋으련만 그것 역시 불가능했다. 조문객들은 나를 배려하는 마음에서인지 미래의 죽음에 관해 일절 말하지 않았다. 하지만 미래가 정상적인 방식으로 죽은 게 아님은 알아낼 수 있었다. 조문객들의 표정과 분위기에서 느껴졌다. 미래는 그들이 장례식장에 찾아오기 전부터, 그리고 떠난 후에도 수군거릴 수밖에 없는 이유로 죽은 게 틀림없었다. 나는 미래의 죽음이 그녀 내부에서 비롯할지, 아니면 외부에서 비롯할지를 먼저 구분하기로 마음먹었다.

건강 검진을 받아보자고 말했을 때 미래는 어이없다는 표정을 지었다. 나와 미래는 이미 올봄에 함께 건강 검진을 받았다. 검진 결과 미래의 몸에는 아무런 이상도 없었다. 오히려 내 몸에서 사소한 이상들이 발견되었다. 콜레스테롤 수치가 높게 나왔고 고혈압 증세도 있었다. 퇴직한 후로는 술을 거의 마시지 않았는데도 위염은 여전했다.

나는 병은 원래 갑자기 생기는 거라고 둘러댔다. 미래가 얼굴을 찌푸리며 말했다.

"꼭 내가 병에 걸리길 바라는 것 같네?"

"그게, 사람 일은 모르는 거니까."

"……설마 그때 꿨던 그 꿈 때문이야?"

미래는 내가 악몽—미래는 여전히 그렇게 믿고 있었다—과 그로부터 비롯한 갱년기 증상에서 완전히 벗어난 줄 알고 있었다. 시도 때도 없이 우는 걸 멈춘 지도 꽤 되었고, 항상 내 방 컴퓨터 앞에 앉아 있었으니까. 미래에게는 그 모습이 후배가 부탁한 일을 하고 있는 것으로 보였을 것이다.

"부탁이야. 그냥 조금 불안해서 그래."

"뭐야, 진짜. 당신답지 않게."

미래는 못마땅한 표정을 지으면서도 알겠다고 대답했다.

다음 날, 미래를 병원에 데리고 가서 검진표의 추가 검사 항목에 모두 체크했다. 현대 의학이 판명할 수 있는 모든 질병이 검진에 포함되었다. 미래는 미간을 찌푸렸지만 별말을 하지는 않았다.

검사의 마지막 과정인 의사와의 문진 시간에 나는 미래 대신 나서서 이것저것 캐물었다. 반년 전만 해도 없던 질병이 발생해서 급작스레 사망에 이르게 되는 경우가 얼마나 됩니까. 인류 역사상 가장 지독한 질병이 무엇입니까. 암전이 속도의 최대치는 얼마나 됩니까.

의사는 지난 검진 기록을 들춰 보며 차분하게 대답했다.

"검진으로 특정 질병의 발생 위험도를 알아낼 수는 있으나 모든 질병에 대한 완벽한 예측은 불가능합니다. 다만 현재 아내분은 건강하시니, 갑자기 목숨을 위협할 만한 심각한 병에 걸릴 확률은 무척 낮다는 게 제 견해입니다."

나는 납득했다는 듯이 고개를 끄덕였고, 미래는 이제야 모든 게 끝났다는 듯이 한숨을 푹 내쉬었다. 하지만 아니었다. 나는 몰래 같은 병원 정신건강의학과에 상담 예약을 해두었다. 미래를 이끌고 상담실로 향했다. 몹쓸 짓이라는 걸 알면서도 어쩔 수가 없었다. 미래가 그때와 같은 짓을 저지르지 말란 법은 없으니까.

미래는 문 앞까지 와서야 자신이 어디에 온 건지를 깨달았다. 문패를 확인하자마자 나를 밀치더니 순식간에 복도를 빠져나갔다. 달려가서 미래의 어깨를 붙잡고 돌려세웠다. 미래의 눈시울이 붉었다.

"뇌! 지금 이게 뭐 하는 짓이야?"

달래려 했으나 쉬이 진정되지 않았다. 미래가 나를 노려보며 말했다.

"저기 들어가야 할 사람은 내가 아니라 당신이야."

집으로 돌아오자마자 미래는 영양제를 꺼내 전부 쓰레기통에 버리고는 나를 추궁했다. 대체 내게 무슨 일이 벌어진 거냐고. 나는 솔직하게 전부 다 말했다. 당신은 믿을 수 없을 테지만 내가 그날 본 것은 꿈이 아니라 앞으로 틀림없이 일어날 일이라고. 그렇게밖에 생각할 수 없다고.

"시간이 얼마 없어. 네가 죽는 걸 어떻게 가만히 지켜만 봐?"

미래는 내가 컴퓨터 앞에 앉아 있는 게 일을 하는 게 아니라 영상을 보는 행위란 것도 알게 되었다. 미래가 보기에 나는 정신 이상자와 다름없었을 것이다. 내가 봐도 그렇게 생각하는 게 당연했다. 다행인 건 미래가 내 상황을 섣불리 외부로 알릴 생각은 하지 않았다는 점이다. 내가 지금은 쉬고 있지만 벌어놓은 돈이 다 떨어지면 다시 프로그래밍 일을 해야 할지도 몰랐으니까. 그때 복귀가 원활하려면 프로그램 개발 업계에서 쌓은 명성이 유지되어야만 했다. 내 명성은 단 하나의 오류도 허락하지 않는 완벽주의에서 비롯했다. 그런 내게 정신 이상 증상이 있다는 소문이 퍼져서는 안 될 일이었다.

미래는 나와 연애하던 시절, 내가 작업하는 모습을 몇 번 본 적이 있었다. 그때 감탄하며 말했었다. 프로그램이란 건 하나의 독립된 세계와 다를 게 없지 않으냐고. 거기서 오류를 잡아내는 일이 얼마나 벅차고 짜릿할지 자긴 짐작조차 안 된다고. 그렇게 말하는 미래의 눈빛에는 자기 인생의 오류도 잡아주길 바라는 마음이 깃들어 있었다. 나는 그렇게 했다. 그게 내가 가장 잘하는 일이었으니까. 하지만 이제는 자신이 없었다. 영상을 본 뒤로 나는 내가 이제껏 신봉해왔던 이성이라는 것이 아주 좁은 세계에서만 통용되는 하찮은 규칙이라는 걸 절실히 느끼고 있었다. 이성의 세계는 빙산의 일각에 불과하고 거대한 비이성의 세계가 삶의 본질이라는 생각마저 들었다. 이성(理性)의 사전적 정의가 '개념적으로 사유하는 능력을 감각적 능력에 상대하여 이르는 말'이라면 내게 필요한 건 이성이 아닌 감각적 능력, 곧 비이성이었다.

얼마 안 가 건강 검진 결과가 날아왔다. 안타깝게도 미래의 몸에서는 아무런 이상도 발견되지 않았다. 미래의 육체에서 문제가 발견됐더라면 그것만 고치면 될 일이었는데…….

하지만 검진 결과를 무턱대고 믿을 수만은 없었다. 어쩌면 후배의 프로그램에서 아직 오류를 발견하지 못했듯이 미래의 몸에도 분명 오류가 있는데 그저 발견되지 않았을 뿐일지도 몰랐다. 오류가 미래의 몸이 아니라 머릿속에 있을 가능성도 있었다. 그걸 검사해보지 못한 게 못내 아쉬웠다. 이제는 달리 방도가 없었다. 나는 만일의 사태를 대비해 미래의 일거수일투족을 감시해야만 했다.

미래는 지역 스포츠센터에서 운영하는 요가 수업에 꾸준히 참여해왔다. 여태까지는 센터에서 운영하는 무료 순환 버스를 타고 다녔지만 앞으로는 내가 태워다 주기로 했다. 교통사고는 갑작스러운 죽음 이유 1순위였으니까. 요가 교실 앞에 마련된 벤치에 앉아 미래를 지켜보았다. 교실 벽이 유리라 안을 훤히 들여다볼 수 있다는 점이 마음을 편하게 해주었다. 나는 오직 미래만 지켜보았다. 그녀는 요가 선생을 따라 몸을 기괴한 모양으로 접어대고 있었다. 그 모습을 한참 보고 있자니 문득 미래가 몸부림치고 있다는 생각이 들었다. 나는 꿈틀대는 환형동물을 볼 때면 그것의 내부에서 무언가가 조만간 터질 것 같다는 생각을 하곤 하는데 미래의 모습이 꼭 그래 보였다.

다행히 얼마 안 가 스트레칭이 끝났다. 미래는 반가부좌 자세로 명상에 빠져들었다. 처음에는 별생각 없이 미래의 얼굴을 지켜보았다. 그러다 갑자기 이런 생각이 들었다. 미래가 자기 머릿속에 빠져서 영영 나오지 못할지도 모른다는 생각. 벌떡 일어나교실 문을 열고 들어가서 미래의 손을 붙잡고 끌고 나왔다. 내 이성의 둑이 무너져 내리는 소리가 들려왔다.

미래의 인내심이 처음으로 무너진 것도 그날이었다. 미래는 차 안에서 내게 고래고래 소리 질렀다. 나는 침착하게 내 행동의 이유를 설명했다. 내 말을 듣고 있던 미래가 말했다.

"네가 네 세계에 빠져 사는 인간이란 건 진작부터 알고 있었어. 그래도 이 정도는 아니었는데."

그렇게 말한 미래는 아랫입술에 자국이 남을 만큼 입을 꽉 다물었다. 그리고는 그날 이후 내게 어떤 말도 하지 않았다. 스포츠센터에도 더는 나가지 않았다. 내 걱정거리가 하나 줄어든 셈이었다.

　나는 미래가 깨어 있는 동안엔 최대한 티 나지 않도록 애쓰며 미래를 주시했다. 그러다가 미래가 잠들면 영상을 보았다. 사망 일도, 사망 원인도 여전히 알 수 없었지만 내가 미처 눈치채지 못한 단서가 분명 숨어 있을 것이라 믿었다. 달리 도움을 청할 곳도 없었다. 그 영상을 본 사람은 오직 나뿐이었고, 그걸 직접 보지 않고서는 아무도 나를 이해하지 못한다는 사실을 잘 알고 있었다. 나를 이처럼 괴로운 상황에 몰아넣은 그것이 동시에 나를 괴로움에서 벗어나게 해줄 유일한 수단이라는 점에서 거대한 모순의 구렁텅이에 빠진 것만 같았다. 구렁텅이에서 나를 건져낸 건 후배였다. 그는 일을 맡기고 나서 보름쯤 지난 어느 날 아직도 오류를 발견하지 못했느냐며 확인 전화를 걸어왔다. 순조롭게 흘러가던 일이 이상한 오류 하나 때문에 이렇게 틀어질 줄이야! 한탄을 내뱉은 그가 덧붙이듯 중얼거렸다. 이미 다 만들어놨는데……. 그 말을 듣는 순간 한 가지 중대한 사실을 깨달았다. 왜 지금까지 그 생각을 하지 못했던 걸까.

　그건 바로 내 삶이 어딘가에 이미 만들어져 보관된 영상 기록물에 불과하다는 생각이었다. 나는 그 영상 기록물을 재생시키는 프로그램을 상상해보았다. 그것은 일종의 동영상 재생 프로그램이었다. 프로그램상에서 나 자신은 타임라인 위를 움직이는 재생 바와 같아 보였다. 재생 바는 가만히 놔두면 프로그램에 입력된 초깃값대로 착실하게 움직인다. 바로 그 재생 방식과 속도가 인간이 현재라고 믿는 삶의 순간들을 구성하고 있는 것이 아닐까.

알고리즘을 짜듯이 생각을 이어나갔다. 만약 프로그램에 어떤 오류가 생겨서 불현듯 재생 바가 앞으로 건너뛴다면? 내가 본 장례식 장면이 바로 그런 순간일 수 있었다. 물론 이내 오류가 해결되어 재생 바는 원래 지점으로 돌아왔다. 사람의 인생을 움직일 정도의 프로그램이라면 자체 디버깅 기능쯤은 분명 갖추고 있을 테니까. 즉, 내 인생 프로그램에 오류가 일어났다가 고쳐진 건 순식간이었다. 그러고 나서 마치 아무 일도 없었다는 듯이 타임라인 위를 다시 예전처럼 움직이고 있는 것이다. 하지만 오류가 일어났을 때 내가 봤던 한 장면만은 사라지지 않고 라이브러리에 남아서 하나의 서브루틴으로 형성된 게 틀림없었다. 그게 바로 내가 영상을 계속 볼 수 있는 이유라는 생각이 들었다.

인생을 하나의 프로그램으로, 그리고 나 자신을 재생 바라고 생각하자 모든 게 명료해졌다. 흥분한 목소리로 내가 알아낸 사실을 미래에게 말해주었다. 우리 인생은 일종의 프로그램이며 당신이든 나든 이미 완성된 영상 기록물이 재생되는 과정에 불과하다고. 아마도 그 말이 미래의 마지막 인내심을 무너뜨린 모양이었다.

어느 날 후배가 연락도 없이 나를 찾아왔다. 그는 오랜만에 내 얼굴도 볼 겸, 또 내가 부탁을 수락해준 것에 고마움을 표할 겸 해서 왔다고 했다. 하지만 나는 후배가 미래의 부탁을 받고 온 것임을 단번에 알아챘다. 후배가 밥을 사겠다고 했으나 나는 밥은 됐고 커피나 한잔하자며 근처 커피숍으로 갔다.

후배는 오류를 찾아내지 못해서 죽을 것 같다는 말을 늘어놓으면서 쉴 새 없이 내 얼굴을 살폈다. 불쾌했다. 그가 내 얼굴에서 오류를 찾고 있는 것 같았다. 한참 눈치를 보던 후배가 슬쩍 물었다.

"잘 지내셨죠?"

"잘 지낸다고 생각했다면 안 왔을 거잖아?"

"……실은 며칠 전에 형수님께 전화가 왔어요."

"알아."

"어떻게 된 거예요? 설마 형수님 말이 사실은 아니죠?"

최대한 조심스레 말을 꺼내는 후배의 모습을 보고 있자니 차라리 잘되었다 싶었다. 후배라면 내 생각을 이해해줄지도 몰랐다. 후배는 현직에 있으니 내가 미처 보고 있지 못한 점을 알려줄 수도 있었다. 인정하기는 싫지만 이제 후배가 나보다 나은 프로그래머라는 점은 분명해 보였다. 그건 후배가 보내온 프로그램만 봐도 알 수 있는 사실이었다. 비록 오류가 발생한다고는 하지만 후배가 보내온 프로그램은 그 자체로 아름다웠다.

후배에게 그간 내가 겪은 일을 차분하게 들려주었다. 인간의 삶은 일종의 프로그램이며 이미 완성된 영상 기록물이 재생되는 과정에 불과하다는 이야기까지 모조리 다.

내 이야기를 듣고 후배는 침묵했다. 그 역시 내 정신이 이상해졌다고 생각하는 걸까 봐 조바심이 났다. 그래서 원래는 하지 않으려던 이야기까지 하고 말았다.

"기시감이 뭔지 알지?"

"데자뷔 말하는 거예요?"

"그래. 믿기 어렵겠지만 그걸 어느 정도 컨트롤할 수 있게 됐어."

"뭘 어떻게 한다고요?"

"재생 프로그램의 일시적인 오류로 재생 바가 몇 분 후 장면으로 건너뛰었다고 해보자. 그 상태로 몇 초간 재생돼. 하지만 다행히 오류가 금방 잡혀서 재생 바는 다시 원래 지점으로 돌아오고, 거기서 다시 재생이 시작되는 거야. 어떤 일이 벌어질 거 같아?"

후배는 분명 관심을 보이는 것 같았다. 대답을 기다리지 않고 말을 이어나갔다.

"재생 바는 좀 전에 건너뛰었던 장면을 향해 다시 나아가겠지. 그러다가 딱 그 장면에 이르렀을 때, 그때 사람들은 그걸 어떻게 느낄까?"

"……이미 본 거라고?"

"맞아. 분명 좀 전에 본 장면이니까 이미 보았던 거라고 느낄 거야. 기시감의 정의가 딱 그래. 이미 본 것 같은 느낌이란 뜻이지. 자, 여기서 질문. 방금 내가 말한 상황이라면 그건 과거에 이미 본 거라고 해야 맞을까, 아니면 미래를 미리 본 거라고 하는 게 맞을까?"

"미리 본 거라고 하는 게 맞겠죠."

"데자뷔는 누구나 살면서 한 번쯤 겪는 현상이야. 물론 너도 느껴본 적이 있겠지?"

"네."

"데자뷔가 방금 내가 말한 이유 때문에 일어난다고 생각해봐.

그 상태로 내 말을 들어줬으면 좋겠어."

후배는 아무 말 없이 고개를 끄덕였다. 나는 그동안 내가 영상을 끊임없이 돌려보면서 알게 된 사실을 차근차근 후배에게 알려주었다.

우리 삶이 기록된 영상을 구성하는 정보들은 재생 바에 종(鐘) 모양의 그래프 형태로 들러붙는다. 종의 정점에 가장 많은 정보가 모여 있고 옆으로 퍼질수록 정보량이 줄어드는 그래프다. 우리는 그중 정보가 가장 많은 종의 정점에 있을 때 삶을 가장 생생하게 해독할 수 있다. 그게 바로 사람들이 일컫는 현재다. 하지만 종의 정점에서 조금 떨어진 곳의 정보들도 간혹 인식되곤 한다. 종의 정점만큼은 아니지만 그 근처에도 상당한 양의 정보가 모여 있기 때문이다.

"나는 이제 종의 정점에서 얼마 떨어지지 않는 곳의 정보도 의식적으로 인식할 수 있게 됐어. 그건 고작 영 점 몇 초 앞의 일에 불과할 테지만 그게 가능하다는 것만으로도 내가 지금까지 한 얘기가 입증되는 셈이지."

후배가 검지로 테이블을 딱딱 두드리기 시작했다. 마치 스크립트를 위에서 아래로 내리는 손놀림 같았다. 곧 동작을 멈춘 그가 말했다.

"좋아요. 그럼 제가 이제 뭘 할 건지 맞혀보세요."

"말했잖아? 길어봤자 영 점 몇 초 후라고. 그마저도 굉장히 집중해야지만 가능해. 아무튼 이 정도 수준에서는 뭐랄까, 레코드판이 튀는 것처럼 느껴질 뿐이야. 시간이 겹쳐 있는 것 같은 느낌이랄까? 내 앞에 놓인 미래를 인식하면서도 현재를 살고 있는 거지."

이때까지만 해도 후배가 내 이야기를 이해하고 믿어줄 것이라고 기대했다. 하지만 그건 내 착각이었다. 후배는 마치 거대한 의문 부호를 새겨놓은 것처럼 얼굴을 일그러뜨리며 내게 말했다.

"좋아요. 선배 말이 다 맞는다고 치죠. 그래서 이제 뭘 어쩔 건데요? 선배 말대로 우리 인생이 이미 정해져 있고 형수님이 죽는 것 또한 이미 정해져 있는 거라면 말이에요."

"인식할 수 있는 지점을 점점 늘려가고 있어. 지금은 영 점 몇 초지만 그 시간을 몇십 초 앞까지만 늘릴 수 있다면 와이프가 어떤 이유로 죽든 미리 알고 막을 수 있을 거야."

"미안한 얘기지만 그건 인생이 이미 만들어진 영상 기록물이라는 선배의 가정과 어긋나는데요?"

"내가 와이프 장례식장 장면을 보게 된 건 아까도 말했듯이 프로그램상의 어떤 오류 때문이야. 그건 프로그램이 완벽하지 않다는 거고, 그건 곧 프로그램에 변화를 줄 수도 있다는 뜻이지."

"선배, 프로그램에 변화를 주는 것과 이미 만들어진 영상의 내용을 바꾸는 건 전혀 다른 문제 아닌가요? 프로그램은 영상을 재생하기 위한 도구일 뿐이에요. 도구를 변형한다고 해서 영상물의 내용이 바뀌는 건 아니죠."

후배의 말이 끝났을 때 나는 침묵할 수밖에 없었다. 사실 후배의 지적은 내가 가장 고민하는 지점이었다. 설령 몇십 초 후를 인식할 수 있게 되었다 한들, 그 후에 미래의 죽음을 막으려고 내가 취하는 모든 행동 역시 이미 어딘가에 기록되어 있을 가능성. 더 넓혀서 생각하자면, 애초에 내가 장례식장 장면을 본 것 역시 내 인생에 이미 기록된 일일 가능성.

침묵하는 내게 후배가 타이르듯이 말했다.

"이런 말 하기는 뭐하지만, 저는 형수님이 선배 상태를 걱정하는 게 당연하다고 생각해요. 선배가 지금까지 한 말이 그럴듯하고 재밌는 이야기라는 건 인정해요. 하지만 그건 그냥 재밌는 이야기일 뿐이에요. 그걸 진짜로 믿는 건 정상적인 게 아니라고요. 선배 말대로 오류예요. 오류가 생겼으면 그걸 고쳐야 하잖아요? 그런데 선배는 지금 거꾸로 오류에 맞춰서 프로그램 전체를 뜯어고치려고 하고 있어요. 멀쩡한 선배 삶을 망치고 있다고요. 그건 뭔가 좀 이상하지 않아요?"

집으로 돌아오는 길에 후배가 한 말을 곰곰이 생각해보았다. 내가 내게 생긴 오류를 고치려 하지 않고 오류에 맞춰서 프로그램 전체를 뜯어고치려 하고 있다는 후배의 말은 타당했다. 나는 지금껏 내가 문제라는 생각은 하지 못했다. 아니, 사실은 일찌감치 알았으면서도 인정하고 싶지 않았던 건지도 모른다. 하지만 이제는 인정해야만 했다. 다른 누구도 아닌 바로 내게 오류가 났다는 걸. 미래의 장례식장 장면을 본 건 분명 오류였고, 그건 내가 알 수 없는 이유로 손상됐기 때문이다. 내 몸속은 이미 나도 모르는 버그로 가득 찼을지도 모른다. 그토록 밟아 죽이고 싶던 벌레들이 내 안에 있다고 상상하자 온몸이 가려운 기분이 들었다. 나는 시도 때도 없이 내 몸을 긁었다. 하지만 가려움증은 사라지지 않았다.

후배를 만나고 나서도 인생이 일종의 프로그램이라는 생각만큼은 변하지 않았다. 오류가 존재하려면 당연히 프로그램도 존재해야 하니까. 나는 새삼 오류의 정의를 떠올려보았다. 그건 계산값과 참값의 불일치를 뜻한다. 참값을 도출하기 위한 계산식을 쓰고, 그 식에 따라 계산했는데 도출된 값이 참값과 일치하지 않으면 오류가 발생한다. 나는 깊은 생각에 빠져들었다. 그렇다면 인생이라는 프로그램에서 계산값은 대체 무엇일까? 프로그램 속에서, 우리는 무엇을 어떻게 계산하며 살아가는 것일까?

미래가 그 답을 주었다.

미래는 베란다에서 화초를 가지치기하고 있었고 나는 그 모습을 여느 때처럼 주시하고 있었다. 평생 나와 말하지 않고 살기로 마음먹은 것 같던 미래가 갑자기 말을 걸어왔다. 관엽식물의 잎에 묻은 먼지를 손가락으로 쓸어내리며, 내 쪽은 보지도 않은 채.

"선택해. 계속 이렇게 살 건지 이제 그만 그 미친 생각에서 벗어날 건지."

열린 베란다 문을 통해 고층 건물 특유의 찬 바람이 밀려들었다. 미래의 목소리는 바로 그 바람에 실려 왔고, 그런 만큼 차갑게 들렸다. 그 순간 머릿속이 번뜩였다.

선택.

인생이라는 프로그램에서 인간들이 하는 계산이란 바로 그들이 매 순간 하는 선택이었다. 계산값은 그들이 한 선택의 결과로 벌어질 일이었고.

나는 미래에게 고맙다고 말했다. 진심이었다. 하지만 미래는 그걸 전혀 다른 의미로 받아들인 모양이었다. 미래가 나를 똑바로 바라보며 물었다.

"뭐가 고마운데? 내가 아직 살아 있어주는 게?"

그렇게 말하는 미래의 표정은 마치 깜박이는 커서 같았다. 불확실성이 점멸하는 표정. 베란다 문을 닫고 거실로 들어선 미래는 한참을 내 앞에 서서 아무 말 없이 그저 내 눈만 바라보았다. 손에 원예용 가위를 든 채였다. 그러더니 미끄러지듯 안방으로 들어갔다. 따라가서 미래가 침대에 눕는 걸 지켜보았다. 그러다 기회를 보아 손에서 가위를 빼앗았다.

밖으로 나와 조금 전에 떠올린 생각을 이어나갔다. 인생이란 프로그램의 계산값은 우리가 한 선택의 결과 벌어질 일이다. 만약 내가 눈앞에 놓인 커피와 물 중 물을 마시기로 선택했다면 계산값은 실제로 물을 마시는 행위가 되는 것이다. 이어지는 질문은 자연스레 이것이었다.

인생에 있어 참값이란 무엇인가?

이 질문에 대한 답은 간단해 보였다. 참값의 참은 '진짜'를 의미하고, 그걸 인생에 적용하면 진짜 인생, 곧 이미 정해진 삶이 있다는 뜻이었다. 물을 마시기로 선택한 사람의 인생은 이미 물을 마시기로 결정된 것이고, 그것이 바로 참값인 셈이었다. 이로부터 다음과 같은 결론을 도출할 수 있었다.

선택 결과, 인생이 결정되는 게 아니다. 우리는 이미 결정된 삶에 맞추기 위한 선택을 하고 있을 뿐이다. 그래야만 인생은 오류 없이 흘러간다.

내게 남은 마지막 과제는 결국 이것이었다.

미래의 죽음이라는 참값에 변화를 줄 수는 없는가? 참값은 정말로 고정불변하는 값인가?

한 가지 방법이 있어 보였다. 그건 일부러 계산을 틀리게 하는 것이었다. 내가 하기로 되어 있는 행동을 일부러 하지 않는 것. 즉, 그 행동이 벌어질 선택을 하지 않는 것. 그건 결국 참값이 되지 않을 계산을 함으로써 일부러 오류를 유발하는 일이었다. 인생의 프로그램은 오류가 발생하자마자 자체 디버깅할 테지만, 만약 짧은 시간 내에 끊임없이 오류를 유발한다면 예기치 못한 일이 벌어질 수도 있겠다는 생각이 들었다. 이제 나는 약 일이 초 후의 일을 느낄 수 있게 되었으므로 충분히 시도해볼 만한 일이었다.

그런데 이상했다. 일부러 계산을 틀려야 한다고 생각한 순간 즉각적으로 거부감이 느껴졌다. 해서는 안 되는 일이라서가 아니었다. 그냥 그렇게 하고 싶지 않은 기분이었다. 오류에 대해 프로그래머가 갖기 마련인 본능적인 거부감이었을까.

다음 날 절친한 친구인 P로부터 연락이 왔다. 그 역시 대뜸 나를 찾아오겠다고 했다. 미래의 생각이야 빤했다. 내 부모에게 알릴 수는 없었을 것이다. 고지식한 그들은 내게 이상이 생긴 게 전부 미래 탓이라고 생각할 테니까. 미래는 그들이 쏟아낼 말들을 견딜 자신이 없었을 것이다. 그러니 P가 가장 합리적인 대안이었다. 그는 내가 가장 믿는 사람이었으니까. 하지만 미래가 미처 알지 못한 사실이 하나 있었다. 그건 P가 가장 믿는 사람 역시 나라는 점이었다.

P에게 내가 아니라 미래에게 이상이 있다고 믿게 하는 건 쉬운 일이었다. P는 미래의 과거를 알고 있는 몇 안 되는 사람 중 하나였으니까. 나는 P가 미래로부터 무슨 이야기를 들었건 그건 그녀의 망상이라고 말했다. 이미 이력이 있는 사람과 그렇지 않은 사람 중에 누굴 믿을 건지는 비교적 선택하기 쉬운 문제였다. P는 그럴 줄 알았다는 듯이 고개를 끄덕이며 물었다.

"제수씨한테 또 전화 오면 어떡하지?"

나는 그냥 달래주라고 대답했다. P는 잘 알겠다며 내 어깨를 몇 번 두드려주고 떠났다.

집으로 돌아온 내게 미래가 기다렸다는 듯이 물었다.

"어땠어?"

"좋았어."

"좋았다고? 뭐가?"

"그냥 다."

미래는 어이없다는 표정으로 나를 바라보다가 천천히 방으로 들어갔다. 미래를 따라가려 할 때 후배에게서 전화가 걸려 왔다. 후배는 들뜬 목소리로 말했다.

"선배, 이유를 알아냈어요."

후배는 프로그램상에서 도무지 문제를 찾을 수 없자 방대한 베타 테스트 자료를 다양한 방식으로 분석해보았다고 했다. 그 과정에서 동작을 멈추는 캐릭터들의 한 가지 공통점을 발견했다. 하나의 에피소드에서 한 캐릭터가 맞닥뜨리는 선택의 순간은 대략 30번쯤 되는데, 에피소드의 마지막 선택과 함께 게임이 종료된다. 게임은 리셋되고, 같은 에피소드의 첫 번째 선택부터 게임이 다시 시작된다. 이때 마지막 선택에 이르기까지의 30번의 선택이 공교롭게도 이전 게임의 선택들과 똑같이 반복되면 마지막 선택을 앞둔 캐릭터가 갑자기 동작을 멈춘다.

후배의 설명이 끝났을 때 나는 캐릭터가 자신이 처한 부조리한 상황을 깨닫고는 스스로 멈춰버린 것 같다고 느꼈다. 후배도 나와 비슷한 감정을 느낀 모양이었다. 하지만 그런 말을 입 밖에 내지는 않았다. 대신 선택의 순간마다 캐릭터에게 주어진 선택의 가짓수가 서너 개쯤 되므로, 두 차례의 연이은 게임 플레이에서 동일 캐릭터가 30번 다 똑같은 선택을 할 확률은 대략 삼의 삼십제곱(3^{30}) 분의 일의 확률이라고만 말했다.

후배와 통화를 이어가고 있을 때 방에서 나온 미래가 내게 물었다.

"그렇게 내가 죽길 바라?"

나는 다급히 통화 종료 버튼을 누르고 자리에서 일어나 미래를 끌어안았다. 그 상태로 미래의 귀에 대고 되뇌었다. 아니야, 그런 게 아니야…… 미래는 아무 말도, 미동도 없이 그저 가만히 안겨 있었다. 미래의 좁고 동그란 등이 내 양팔 아래서 오르락내리락하고 있었다.

잠시 뒤 품에서 빠져나온 미래가 전자레인지 쪽을 바라보았다. 얼마 전에 뜯어놓은 뒤판이 전자레인지 위에 고스란히 얹혀 있었다. 갑자기 미래가 웃으며 말했다.

"하긴, 넌 스스로 틀렸다고 생각한 적이 한 번도 없지."

미래는 전자레인지 앞으로 가서 동작 버튼을 여러 번 눌렀다. 전자레인지는 작동되지 않았다. 나는 조용히 미래를 불렀다.

"미래야."

미래가 뒤를 돌아보았다. 나는 미래의 눈을 바라보았다. 눈동자 속에 내 모습이 느리게 일렁이고 있었다. 그리고 그 너머 어딘가. 누군가가 느껴졌다. 나는 그가 이 프로그램을 만든 사람일 거라고 직감했다. 아니면 신이라고 불러야 할까. 이제 와 그가 누구인지는 중요하지 않았다. 그가 완벽하지 않다는 게 중요했다. 그는 완벽하지 않은 프로그램을 만들었다. 완벽하게 만들 능력은 되지만 만드는 도중 게으름을 피우다가 실수했을지도 모르고 혹은 일부러 그런 것일 수도 있었다. 어쩌면 자기 피조물이 자신을 눈치채주길 바라는 게 아닐까. 단순한 장난이든 아니면 자기애적 욕망의 발현이든 그건 분명 인간적인 감정이었다. 만약 그런 감정을 지닌 존재가 이 세계를 만들었다면 어떻게 되는 걸까.

나는 늘 그리스신화의 신들이 신이 아니라 철부지 어린애들이라고 느껴왔다. 신이란 존재가 질투하고, 갈등하고, 실수하고, 장난칠 리가 없으니까. 하지만 이제껏 신을 내 멋대로 규정하고 거기에 맞춰 생각해온 건지도 모른다. 신은 형이상학적이고 절대적이며 무결한 존재라고. 신을 믿지도 않으면서 신이란 개념에 대해선 그토록 뚜렷하게 인식하고 있었다는 사실이 새삼 우스웠다. 신은 결국 인간이 창조한 하나의 개념일 뿐이다. 개념이 우리를 만들었을 리는 없다. 누군가 우리를 만들고 우리 인생까지 만들어놓았다면, 그런 놀이를 하는 존재는 신보다는 분명 인간에 가까울 것이다. 어쩌면 그리스신화는 우릴 만든 존재가 우리에게 주는 힌트인지도 몰랐다. 우리를 닮은 존재가, 우리만큼이나 인간적인 존재가 우릴 만들었다는 암시.

미래는 어느새 베란다로 나가 바깥 유리문을 활짝 열고 밖을 내다보고 있었다. 바람이 거실로 불어 들어왔다. 익숙한 바람이었다. 나는 미래를 자극하지 않으려고 애쓰며 천천히 미래 쪽으로 걸어갔다. 전화를 끊기 직전에 후배와 했던 대화가 귓가를 맴돌았다. 후배는 말했다.

"이제 고치는 일만 남았네요."

나는 물었다.

"고칠 수 있겠어?"

후배는 대수롭지 않게 대답했다.

"고쳐야죠. 그게 저희 일이잖아요. 만들고 나서 고치고, 고치고, 또 고치고."

베란다 문턱에 이르렀을 때 미래가 돌아보았다. 내가 한 발자국 더 내딛으려 하자 팔을 뻗어 오지 말라는 신호를 보냈다. 멈춰서서 미래에게 말했다.

"방법을 알아냈어."

"무슨 방법?"

"신호를 보내는 거야."

"신호?"

"내가 다 알고 있으니까 바꿔달라는 신호."

미래는 속으로 한숨을 내쉬는 것 같았다. 잠시 뒤 물었다.

"뭘 아는데?"

나는 대답하지 않았다. 대신 미래의 눈동자 너머에 있는 존재를 향해 마음속으로 외쳤다.

네 프로그램에 오류가 있어. 나는 그걸 알아냈지. 너도 알 거야. 지금도 날 보고 있지?

나는 그가 나를 흥미로운 장난감으로 여기길 바랐다.

지금 당장 내 인생이 기록된 영상을 수정해. 무슨 말 하는지 잘 알 거야. 만약 미래가 죽으면…….

거기까지 말하고 났을 때 갑자기 말을 이을 수가 없었다. 원래는 미래가 죽으면 곧장 나도 따라 죽겠다고 말할 작정이었다. 재밌는 놀잇감을 잃기 싫거든 내 요구를 수용하라고. 하지만 그렇게 말하려고 마음먹은 순간, 내가 그러지 않을 것을 알았다. 정확히는 그러지 못할 것을. 그건 내가 프로그램의 오류를 발견한 것과는 별개의 일이었다. 내가 어떤 마음을 품든 상황은 만들어진 영상의 내용대로 흘러갈 것이다. 내게 아무리 강한 의지가 있어도, 그 의지는 더 큰 의지 앞에서 무력해 보였다. 내 미래는 일찌감치 죽어 있었다.

내가 울었을까? 모르겠다. 눈앞이 흐려지는 느낌이 든 순간 온 힘을 다해 소리쳤다.

고쳐! 그게 네 일이잖아? 오류가 생기면 고치는 게 프로그래머의 일이고, 자존심이잖아! 그러니까 고쳐! 나를 고쳐내!

미래가 나를 안고서 내 눈가를 닦아내는 게 느껴졌다. 귓가에 대고 무슨 말을 속삭였으나 잘 들리지 않았다. 원치 않던 미래가 임박했음을 느낄 뿐이었다.

아무것도 할 수 없다는 무력감과 절망을 느꼈을 때, 후배가 만든 게임 속 캐릭터가 떠올랐다. 갑자기 동작을 멈춘 캐릭터들. 나도 할 수 있지 않을까. 미래를 바꿀 순 없어도 현재를 정지시키는 일은 가능하지 않을까. 그저 이 순간에서 더는 나아가지 않는 것이다. 그것만은 어떻게든 내 의지로 가능하지 않을까.

나는 멈추기로 했다. 내 모든 신체 작용과 사고를. 나를 둘러싼 시공과 나라는 현상 자체를 멈추기로.

온 힘을 다해 머릿속을 멈춰진 재생 바의 이미지로 가득 채웠다.

감정을 할인가에 판매합니다

© 신조하 유이립 임하곤 최희라 이세형
  클레이븐 강윤정 이성탄 안리준, 2022

초판 1쇄 발행일 2022년 3월 15일
초판 2쇄 발행일 2023년 5월 29일

지은이   신조하 유이립 임하곤 최희라 이세형
           클레이븐 강윤정 이성탄 안리준
펴낸이   정은영

펴낸곳   네오북스
출판등록   2013년 4월 19일 제2013-000123호
주소   10881 경기도 파주시 회동길 325-20
전화   편집부 (02)324-2347, 경영지원부 (02)325-6047
팩스   편집부 (02)324-2348, 경영지원부 (02)2648-1311
이메일   neofiction@jamobook.com

ISBN 979-11-5740-338-7 (03810)

이 책의 판권은 지은이와 네오북스에 있습니다.
이 책 내용의 전부 또는 일부를 사용하려면 반드시 양측의 서면 동의를 받아야 합니다.